民国
武侠小说
典藏文库

泗水渔隐卷

民国
武侠小说
典藏文库

泗水渔隐卷

艳塔记

泗水渔隐 著

中国文史出版社

自　序

　　不肖生著《半夜飞头记》，久而未续，时还书局主人访余于吴下，具言不肖生事繁无间，将嘱余以藏其事。

　　余不治小说久矣，昔年主汉口《大汉报》时，以论政之余，间作杂稿以实篇，亦不尝轻试，更不欲以小说闻于人。旋以主人之请，遂为续《双雏记》以应，兹事距今匆匆两年矣。《双雏记》既付刊，其续本曰《艳塔记》者，而稿仍未竟，主人催询有加，为言阅者纷纷索续，日不暇给，甚至有责难。而余以奔走政治社会事业，仆仆道途，未获一日休，即偶有暇晷，而心不闲。昔所著述，尽皆遗忘，势必重复阅览。欲委诸他人，抑又不能，以是迟迟迄兹，未克杀青，是余之深有负于阅者诸君，幸有以谅之也。

　　余之所以不欲治小说也，何故？请略言之。

　　小说至今为极盛，海上一隅，无虑千万，书贾之图利，文蠹之雌黄，有盗窃者、剽掠者，有改头换面者，有以淫秽博下流之好而逞所欲者，要皆以报纸广告之宣传，诱一时阅者之往售。初不问其所为何事，余心耻之，不敢有所论列，是以每畏避若勿及也。

　　昔言稗官野史为士大夫所不屑道，今则非赤裸裸描写，不足以言文学之真美。时势之变，斯其所尚。质言之，小说者流，与其为娱乐，毋宁为心理化之教育，不然者，灾及纸墨，欺及遐方，书贾

1

之罪，文艺之贼，不宜使现于社会也。是则阅者之责，阅者诸君读吾书后，果无所获，则吾书亦犹是耳。

中华民国十七年五七国耻日泗水渔隐识

目　录

1

第一回

赛飞燕卖技寻仇
黑盘蛇因恩消怨

话说居敢当、陈兴、葛周通、李大、李二、范老、范木大一行人等，当日自绣龙山福缘寺回来，众人纷纷议论，究竟无来大禅师是怎样一个和尚，如何闭门不纳，如何知得过去未来。

居敢当对陈兴道："倒是我们与他有半面之缘。记得当时在蔡元村雇船不得，寻到绣龙山，无意中在观音阁破房子内曾见他老人家儿坐着蒲团上，眉长过颧，须长过腹，双目下视，双手加膝，活似寿星一尊。"

陈兴道："果然，可惜被那知客僧叫什么普海的叫回头了，不得进去。"

众人又问大约有多少年纪，穿什么衣服，究是哪里人氏。

薛成道："我只不信，尽谈他什么，世间没有个好和尚，都是那小贼秃捣鬼。我们这些人去，自然看得出有事儿，况且史卜存在那里早把我们的来历说过了，有什么稀罕！"

众人见薛成不服气，也就不提。大家回到扬州，已是年边时候，陈兴因家有事，回马官渡去了。李二在丹徒县当差，自然有公干，不能久留，伴同李大辞别众人，也就回县。只薛成、周通无家可归，经不得居敢当殷勤留客，哪里容得便走。范木大本在居明记糟坊值事，范老因珊珊在居家住宿，自然伴同一处。四人

1

都在居明记歇宿。

韶光容易，又是新年，转眼柳暗花明，春江水暖，二十四桥景物袅娜动人，春风十里，游客如云。居敢当邀薛成、周通、范老，少不得往外逛逛。常时饮酒取乐，对周通、薛成道："二位前虽有些官司牵缠，如今时日已久，却在这里，又无一熟人，也不妨碍的。"周通、薛成一则只怕案发，连累居敢当；二则一心要寻无怀，屡次要走，居敢当再三劝住。二人撇不过情面，只得住下。

这日，居敢当与周通、薛成、范老四人踱出门来，在酒馆上喝了酒，一路说说笑笑，行到市梢头，只见一群人围着，断住去路。走近一看，却是个变把戏的，正在那里走索。看那走索的却是个女孩儿，不过十五六年纪，瘦腰纤足，明目皓齿，轻似飞燕，捷如猿猱。旁边站着个老婆子，约有五十多岁，头裹青布，手提铜锣，正与众人打招呼，好似母女两个，余外更无别人。周通上前，喝一声彩，欲待挤入众人丛中，被范老一把拖住。周通回头，只见居敢当携着薛成走向街心，捷步奔跑。周通急忙与范老跟上，看居敢当时，已面色如土，默不作声，十分惊惶模样。周通心下疑惑。大家也不发话，一径奔到居明记糟坊。早有伙计迎前来说道："适才有婆子携着个小姑娘来店，说要见店主人，我们回说主人已出门去了。她说过几天再来，必要与店主人说句话。"

居敢当点头道："是了，她若再来，你们仍说我出门去了，切莫说我在家。"

周通心知有蹊跷，问道："是怎么样人？"

居敢当道："停刻再说。"

大家走入店后耳房上坐下，居敢当又叫掌柜的殷勤嘱咐了一番，闩闭房门，对众人道："诸君有所未知，刚才来店的婆子与她女儿两人便是在市梢头变把戏的。那婆子是直隶大名府人氏，绰号赛飞燕，惯在江湖上行走。十几年前她来扬州卖技，正是三月迎神赛会时候，当时因本地人每于迎会时搅扰打劫，致送犯人命大案，官厅禁止一切江湖僧道，不准在内地设场哄众。因我是向来当公事的人，就派我率领兄弟们前去弹压，所有城内外江湖弟兄都顾我面子，一时收场散了。唯有那婆子坚执不肯。我再三说与她听，她说：'我是个女流，丈夫死亡，家无所有，只落得母女两口，吃饭不得，没奈何把本事换饭糊口。如今不趁这热闹当儿发个利市，倒叫我去深山冷湾喝西北风不成？岂不是要我的命？横竖一条命，也须得拼一拼，你要我走，除非我这里住不得了才走。'我听她那些话强硬到底，虽有理性，却是公事，不得不办。我便说：'你是个异乡女流，我不难为你，晓事的快快收拾家伙与我走了，免得多事。'她说：'任凭你怎么办，我不讨情。'当时各处江湖朋友都散了，怎容得她一人？又有许多本地泼皮指指笑笑，说我要不过这黄脸婆子。我当时年事较轻，忍不住这些气，便道：'你当真不信？'那婆子招招手说道：'来来，别多说了，我走了江湖十几年，倒要请教请教这扬州城里的好手！'我一时兴起，也便跳入圈子，抵注与她拼个死活。

"那婆子真了得，说声请，忽地一个满天星，接着飞起右腿闪将来。幸亏间常我也看过她那本领，急地躲避，不被她命中。两下来了十余回合，被我看出破绽，紧紧送了她一铁指甲，中了她右腕上。当时她喝声住，跳出圈子，拱手道：'佩服佩服，后会有期，等几年再来求教。'说着，急忙把家伙收拾起，领了她小女儿去了。众人都夸奖我果然好身手，只是我心中害怕，三五年来常时提防她，却不见她再来，只道她已死了，不想今日还健在。诸兄知道，她敢重来扬州变把戏，就是为了找我。这会儿可比不得前次，我已年迈了，她的功夫必然胜我十倍，单单她的女儿已不是对手，刚才我已看得清楚，到了上乘了。幸喜她不见我，我回避得快，又巧我们出来在酒馆上喝酒，正是她到家来找我，伙计们回说我已出门去了却好，要不然，只得拼了。她必然等几天又来，诸兄与我做个道理。"

薛成道："怕她什么？我们这许多人，难道敌不过她母女两口？我不信！"

周通道："不然，只好请居老避一避，我们与她来说话，看她来意，再做道理。"

居敢当道："我也是这么想。其实我已年近六十了，料在人世尚有几何，与她拼了完了也罢。只是扬州这地方从此不得太平，不但给江湖上笑话，必然后来有横蛮的再禁他不得，以此我要避她。"

范老道："避一避为是。"

居敢当道："若是我避了她去，店里说我已出门了，还是不妥，她必然早晚来个不了，时时刻刻要提防她。不如说我死了，直截痛快，一面由诸兄在店照付，我且到马官渡陈兴家暂住，使她永不再来了才是。"

众人都道："这个使得。"

当下四人议定，居敢当入内，说与妻子听了，叫几个亲信的把话说明，吩咐不得泄露，瞒住贴邻，当夜报丧挂孝，办理后事。一面居敢当悄悄地雇了船只，独往陈兴家去了。这里众人真的办理丧葬，一般披麻执杖，满堂号哭。邻近都道居老上了年纪，急病身亡，孝堂上有薛成、周通招呼伺候，范老内外奔走，煞是热闹。亲戚故旧少不得前来吊丧，足足忙了两三天。

等到第四天，果然听门上报道："有婆子携了女儿来见主人。"当下薛成、周通在孝堂上伺候。

婆子进来问道："店主人居敢当在这里吗?"

周通回道："不幸主人前天回店，急病死了。"

婆子道："死了吗？果真？可惜可惜！我与主人一别十二年，不想今日半面无缘，却是我来得晚了。"随口叫女儿道，"燕儿，你去买些锡箔锭烛，与人主磕个头才是。"女儿应声去了。

周通掇过椅子，让婆子坐下。薛成端了茶。婆子接过茶来，拱手道："谢谢！"也不就喝，对准庭柱上只一嚣，但见假装箭般的一道白练早在庭柱上穿了拳头大的一个窟窿。薛成心中气愤，却不敢动手。

婆子笑道："主人死后，有何言语吩咐？"

周通道："主人急病身亡，无甚言语。"

婆子道："二位是主人亲属不是？"

周通道："我们是帮闲打杂的。"

婆子道："二位高明得很。"

周通道："不懂什么事。"

婆子咭地一笑。一会儿，她女儿买了锡箔锭烛来了，婆子接过手，燃了烛，化了锭箔，叫女儿磕过头，说道："二位引导，咱们来瞧瞧主人灵枢。"

周通急引身撩起孝帐，婆子携女儿入内，说道："这就是我常与你说的居家店主人。"

她女儿应道："是吗？"望着她娘，对那灵枢底板靠近七星灯去处，轻轻只一踢，正待回顾身来，婆子道："好了，燕儿，咱们走吧！"当下婆子携着女儿出孝帐来，与周通、薛成拱了拱手，兀自去了。

婆子去后，众人悄悄地都出来道问。周通道："好凶狠的婆子，幸喜居老避了他处，果真与她拼起来，哪里是她对手。便是她那小女儿，真个了得，若是居老果死了，今日也被她踢断了脊骨。"范老忙问什么道理。周通道："她要我引进里面瞧瞧灵枢，不想她小妮子这一踢，你们试看，这灵枢里面的东西必然损伤了。"

原来枢里面装的是整块的砖瓦石灰，众人打开一看，不觉喊声哎呀，那整块的砖瓦都打得粉碎了。大家又看庭柱上的窟窿，面面相觑，不敢作声。薛成只顾叹气。范老道："这婆子不再来了吗？"

周通道："她信得居老已死，不会再来了。"

薛成道："我只不服气，不是葛兄在此，凭她是个妖精，我也要与她拼一拼。"

周通道："使不得，她练的功夫比我们纯熟，又有必报之心，我们只好让她，何苦与她去拼呢。"

范老道："说得是，既是走了，算了吧，多一事不如少一事。"

薛成见周通、范老这样说了，也就无语，心下思量："这婆子就有天大的本事，难道三四个人也敌不过她？可笑他们竟这么无用。我薛成生不带来，死不带去，倒要看看这鬼婆子的本领。"思量既定，悄悄地独自出了居家店，走向市梢头来，寻那婆子变把戏去处，只一块荒地，不见一人，贴近有爿酒店。

薛成跨入店堂，问道："这里有个北方婆子变戏法的，如何不见了？"

酒店上人回道："时候不早了，散了。"

薛成道："这鬼婆子住在哪里？"

那人道："住在北市关帝庙，此去不远。"

薛成道："那庙里还有甚人？"

那人道："是个破庙，向无人居住。如今有没有人住在那里，我们不知。"

薛成道："是了。"

依着那人所说，飞也似的跑向关帝庙来。走近一看，果然一座破庙，山门脱落，窗户半倾半颠，大殿上堆着砖瓦石条之类，两边廊下矮墙已塌，一望空空。但见关二爷满面尘垢在上高坐，旁边站的周仓只有一半胡子，余外更无他物。趱入大殿后面，见小小三间矮屋窗户紧闭，其中似有声息。薛成放轻脚步，走近小屋檐下，打从窗槅子一看，却见那婆子的女儿上身脱得精光，端端直立，靠住壁间。那婆子立得远远的，提着尺长的飞刀，对准她女儿的胸部，死劲地顶去。她女儿运运气，稍微一挺，那飞刀仍又抛回过来。婆子重又接住，又下力搠去，如此一来一往，或对乳部，或对脐上，或对颈项，通身顶搠，刀尖触处，正似石壁一般，嘀铃有声。

薛成心想："这如何下手？眼见得她母女两个又有凶器，怎得近

6

身?"正在思疑，忽见那婆子接住飞刀，叫声"燕儿"，说道："外面有贼。"随即开了门外，正与薛成打个照面。她女儿也即穿好衣服，随即跟出门来。

婆子喝道："你来则甚?"

薛成道："我来杀你。"

婆子冷笑道："杀我吧，凭你怎么杀便怎么杀。"

薛成道："我必要杀死你两个。"

婆子笑道："好大的话！我且问你，我与你无仇无隙，两不相干，凭空倒要杀死我母女两口，却是何来?"

薛成道："你这鬼婆子，恃强欺弱，凶狠无理，世上哪里容得你！"

婆子道："奇怪！"忽又道，"是了，你是居明记糟坊的伙计，为的居敢当而来? 你知道居敢当是怎样一个人?"

薛成道："管他是怎样一个人，你便与他有切齿之仇，他既死了罢了，你更叫你女儿踢碎他尸身，岂不是凶狠无礼? 我既不是他的伙计，又不是他的亲戚，只是朋友，在他家暂住。看不过你这鬼婆子凶狠恶毒，特来杀你。"

婆子道："原来如此。你既来报咱们，咱们两口儿逃不了这破庙，且请里面暂坐说话。"

婆子叫女儿掇过一条板凳，让薛成入内坐了。婆子与女儿并坐在草荐上，问道："客记高姓大名?"

薛成道："江湖上叫作黑盘蛇薛成的便是。"

婆子道："哎呀！是无锡的黑盘蛇成爷吗? 何来此地?"

薛成道："为的犯了七条人命大案，奔逃无所，暂在此处。"

婆子道："也听江湖上传说，不想在此却遇薛大爷，多有失敬。"

薛成道："如何你也知得我?"

婆子道："向昔在无锡时，母女两口投奔无处，那时我女儿年小，正我夫身亡之后，可恨无锡这地方都是欺凌外乡人。亏得成爷给予盘缠，送我上道，此恩何日能忘？"

薛成道："我倒忘了，记不起这回事，也不曾听说赛飞燕。"

婆子道："当时是面筋店伙计送我的，只见得成爷一面，匆匆便走。早知道成爷是行义好施的人，多少过往流客满承接济，怪得成爷事多忘了。不瞒成爷说，今日到居明记老店吊孝，看得成爷，好生面善，只是记不起。回来也曾与女儿说过，若不因这个，险些害了义士。且问成爷因何在居明记居住，知得居敢当是怎样的人？"

薛成道："居敢当是个讲义气的汉子，众多兄弟都知道他是端正的人。我也是因投奔无处，承他留我在家。"

婆子道："成爷可知道我与居敢当的交往？"

薛成道："也听他讲过，只不清楚。"

婆子道："成爷明谅，咱们走江湖的有个规矩，有恩必报，有仇必寻。当日他乘势欺凌外乡人，不准我在扬州城住搭，下了毒手，直害我咳嗽三年不愈，险些儿被伤了性命。凡是江湖上人都抱不平，我因此必要寻到他。"

薛成道："他那时也因官司逼迫，没奈何，只好公事公办，不是他故意害人。"

婆子道："话虽如此，既是江湖上朋友，大家都有个情面，哪里好托官行势？如今他既死了，也便罢了。"

薛成道："若是不死，你便怎样？"

婆子道："凭咱们娘儿两个，不管居敢当有多少人，也须拼个你死我活，只要他一条命是了。"

薛成心想："这婆子到底厉害，却说不得。"便道："可惜居老死了，他家下又没多人，我在这里也住不得了。"

婆子道："成爷想往哪里去？"

薛成道："也没个去处，随风逐浪，走到哪里是哪里。"

婆子笑着点头。

薛成此时见婆子这样相待，早把胸中气愤消尽，便问婆子从哪

8

里来，将去哪里。

婆子道："这回从北方来扬州，就是为找居敢当。如今事毕，想去逛逛南边好地方，也没一定去处。"婆子说着，立起身来，就草荐底下掏出一包银钱，约莫有二三十两白银，提与薛成道，"成爷恩德，报答不尽，这些是咱们娘儿两个孝敬成爷，不成意思，望成爷赏脸，暂且收下。"

薛成连忙起身答道："薛成是个鲁莽汉子，有话尽讲，有事尽做，想薛成有何恩德待人，哪里说得上报答？若论银钱，薛成现在尽够使用。这个还请你们路上盘缠，薛成没有钱时，再来取用。"婆子定要薛成收下，薛成哪里肯收。

婆子道："既是成爷不需这个，咱们只得罢休。若是成爷有什么差拨，咱们娘儿两个可以效力。"

薛成忽然记起无怀来，说道："我倒想起一桩事，托你们顺便替我留心。你们到处为家，走遍天下，这桩事少不得要请你们帮忙。"

婆子道："成爷有何吩咐？咱们自应着力。"

薛成道："你可知无锡王家少爷名作无怀的那人吗？"

婆子道："不知。"

薛成道："就是无锡有名世家王石田的儿子。"

婆子道："莫不是什么白玉兰犯了命案的王家吗？"

薛成接着道："正是正是。白玉兰就是刚才所说王无怀的后娘，如今王无怀失踪了，我们正寻得他苦，因此托你顺便打听。"

婆子想了想道："哎呀，不差！王无怀吧，说起来这人还恐我也曾见过，是不是四方面孔，洁白皮肤，身材不长不短？据说是个少年科甲，是他不是？"

薛成听说，一把拉住婆子，叫道："一些也不差，果真是他，你哪里见来？这人现在哪里？"

婆子道："现在南京天津桥下小巷内居住。"

薛成拉着婆子坐下，急着问："你如何知得这般详细？"

那婆子不慌不忙说出来，正是：

踏破铁鞋无寻处，得来全不费工夫。

欲知后事，且听下回分解。

第二回

翻旧案无怀重入狱
惊噩耗周通夜探衙

话说那卖技婆子赛飞燕对薛成道："我这回从北方来，在南京耽搁了半个多月，每日往西华门天津桥空地上开场。有一天来了个小厮，叫我去瞧病，因我那时节在南京挂了牌子，专治跌打损伤诸病，有许多本地人常来求治，说我的膏药灵验，因此那小厮也来请我。那小厮姓王，便住在天津桥下一条小巷内，说家下有位少主人，因骑马跌伤了，命在顷刻，定要我歇了锣鼓便去。我看他十分诚意，也就答应了去。当初我只道是大户人家的用人，他说什么少主人，定是那家的公子了。及到小巷内一看，却是小小几间矮屋，是个破落户模样。那少爷卧在左厢耳房上，惨白已无人色。有个老儿坐在旁边，好似那小厮的父亲，指点那少爷的伤处。我看他膝盖骨已受重创，左腿皮肉坼裂，都是硬伤，我便用些末药替他敷了，贴上膏药，又给他开了个方子。那老儿缠不清地对我说：'他是名门之后，是少年科甲，是个孝子。他父亲不该讨水性杨花的姑娘，整整害了一家。他从来不曾吃这般苦，只是我家服侍又不周，地方又不好，要请女郎中格外周旋，速速与他医治好了，感激非凡。'我问他是哪里人氏，因何到此，那老儿低声说道：'他是无锡人，你不知道无锡闹得众人皆知的白玉兰吗？便是他的后娘。'我也曾听江湖上说，什么有个剑客掣取白玉兰的首级，杀了一个当差的，因不关我事，也

11

不盘问。看看病人无妨，当时给药就走了。第三天又去复看，已瘥了许多，又给他换了药，叫他不要动弹，大约八九天就可痊愈了。我急得要来此地，以后也就不知。今日听成爷说起，定是他人无疑。"

薛成听了大喜，接着问道："你这几天不走吗？你不会记错那个去处吗？"

赛飞燕道："我这里事完，又没什么生意，大约走得快了。那个去处，我去过两次，不会错，便是天津桥下靠左小巷内，问姓王的小厮便是了。"

薛成听说，连忙立起身，拱拱手道："后日再得相会。"

赛飞燕携女儿直送到山门外。薛成飞也似的跑到居明记，尽把话与周通、范老说了。二人大喜，范老当即报知珊珊，珊珊急着要走。

周通道："我与薛大哥先去探看，如果真在那里，伴同他回扬州是了。"

范老道："也说得是，我们静候消息。"

当下周通、薛成拴了包裹，备些盘缠，一路投向南京城来。

有话即长，无话即短，不则一日，来到南京。二人哪敢停留，急忙进城，问到天津桥下，果然靠左有一条小巷，入得巷内，打问左右居户，有个姓王的小厮却在哪里。巷内一人道："可是王大汉不是？"

薛成道："不管大汉小汉，我只知他家中住有一位姓王的客官，先前骑马跌伤了，是他家不是？"

那人尽看薛成、周通，上下打量了一面，说道："不差，他家出了事，你自进去道询，就在此不远。"说着，手指那第六个门户说道，"看门口站的那老儿便是王大汉，你去问他是了。"

二人大踏步行来，走近老儿，周通问道："老人家可就是王大汉吗？"

王大汉道："小人便是。"

周通道："请问无锡王少爷名作无怀的在这里吗?"

王大汉看了周通、薛成好一会儿，说道："二位哪里来，找他何事?"

周通道："我们与他都是至好朋友，为他家的事，正寻得他苦。"

王大汉道："二位尊姓大名?"

周通道："我名葛周通，这位便是薛大哥薛成。"

王大汉一躬到地，说道："原来却是二位义士，里面请坐说话。"

王大汉引入周通、薛成在里间坐下。薛成急得道："王少爷呢，病好了吗?"

王大汉叹口气道："哎，完了。"

薛成、周通听说，立起身道："死了吗?"

王大汉道："不是，上天保佑……"说着，濑濑流下泪来。

看官记得，这王大汉便是王墨耕的父亲。当日王石田逐出无怀之后，并将墨耕撵去不用，叫他父亲王大汉领回。王大汉托人荐墨耕在南京曹家做小厮，两年以来，已娶妻立家。自从王无怀在石落村脱险，奔到浦口，找李大、李二不遇，渡江到南京城外客店下宿，看了珊珊题壁之诗，一心要去丹徒县寻李二兄弟。正在雇车，遇着墨耕，一把拖住，留到家里。无怀思量没法，即在墨耕家度过残年。

岁开新春，无怀在墨耕家坐立不安，再三要去丹徒县找李二。墨耕父子知不能挽留，雇了牲口，送行上道。不料那牲口性刚，无怀又向不善骑，正要出城，遇着前面来了一辆骡车，两下借避不及，那牲口性急，忽地耸身一跳，管牲口的在后追随。墨耕又在其后，都跟不上招呼，无怀哪里拉得住缰，只一声，跌下马来，正撞着那骡车，跌伤膝骨，一时不省人事。墨耕吓得魂不附体，连忙在城门口雇轿子，回头抬无怀到家。王大汉急去邻近请伤科，都说路远不及。有人指点天津桥下卖技婆子专治跌打损伤，非常灵验，因此墨耕急得去请赛飞燕来医。果然药到病减，复诊一次，渐渐复原。

无怀因赛飞燕吩咐，病后不许动弹，足足睡了一个月光景，方才起床，心中闷极，有话难说。墨耕父子手脚不住地内外伺候，越发使无怀难堪，无怀只待急走。墨耕父子殷勤劝住，王大汉尤其小心将意，说病后不可行路，只叫无怀写封信，自己去丹徒县寻李二，道问众兄弟消息。正在计议，哪知福无双至，祸不单行。

这一日，无怀因家居沉闷，独自过天津桥，在西华门内明故宫游逛，劈面来了一人，目不转睛地对着无怀打量，问无怀道："客官尊姓？"

无怀脱口而出地答道："姓王。"

那人听说姓王，不分皂白，一把抓住，喝道："大胆劫贼，目无王法，闯了大祸，独自逍遥。我们为你吃多少苦，上天下地，正寻得你屁滚尿流。如今却来此地，狭路相逢，哪容得你，一路去吧！"

无怀突然一惊，一时间想不出什么道理，说道："与你前世无冤，今生无仇，为何这般欺侮人？"

那人大怒，提起手来一巴掌，打得无怀天昏地黑，喝道："你在溧阳闯了大祸，在敖荡口通了大盗劫你逃走，你是有名劫贼王家彦，你认不得我，我却认得你。老实告诉你，我名张霸，溧阳县押差的就是我，如今正在这里做公。天不容你，自来投罗网，待逃哪里去？"说着，抓住无怀，横拖直拉便走。

无怀一想："不好了，这如何得了？"婉求道："你是做公的，公事公办，我也逃不到哪里去，请你放松些。"

张霸道："今日到我手里，由不得你做主，你可知道，我为你这死囚吃的苦千千万万了。你莫不是又想赚我，又打算通大盗来劫我？"

无怀仰首叹道："天哪！"

张霸道："别要说天，便叫地也不中用，今日须看个分晓。"

张霸抓住无怀，似鹞鹰捉小鸡一般投向江宁县衙门来，先把无怀交与手下的人看管，自回县堂禀报道："小人前在溧阳县当差，有劫贼葛周通、王家彦等于迎神出会时乘势打劫，杀伤数十人众，当场被小人等获住解县，由溧阳县详文镇江府。镇江府尊因案情重大，谕令解府严讯。小人等随带十二个士兵，押解囚徒葛周通、王家彦两名上镇江府，谁知囚徒私通大盗，早自在路等候。小人等行过敖荡口，被盗众拦阻夺囚，尽将十二个士兵打落水里。小人没奈何，只得回禀禀报，一面详文镇江府通令缉拿。溧阳县老爷察知小人实情，恕小人无罪，限日逮捕到案。小人等四方巡逻，久久缉拿不着。今日小人过西华门，撞见在逃囚徒王家彦，认明无误，当经小人拘捕来县，听候发落。"

原来张霸前在溧阳县因押解囚犯，半途被劫，本判坐罪，再三挽了情面，用了手脚，方始无事。因他眼亮手快，最会钻营，如今正在江宁县承当捕快头儿。当时江宁县听知张霸禀报，知获住在逃囚犯，案关非轻，立即坐堂，叫将囚徒王家彦一名带上来，喝道："该死的囚犯，擅敢勾结大盗，拦路劫囚。今日来到本县跟前，不再得蒙蔽，着实供说，免加刑讯。"

无怀思量："事已如此，即使说出真名实姓、一切原委，便有何益？无非辱没先人，秽亵词林。念自己颠沛流离，投奔无处，回思从前种种，更何面目在世？人间生趣，到此净尽，倒不如早死为快。"思量既定，便如张霸所禀县官所问的话，一一照样供认。

县官道："你这囚徒，既乘迎会抢劫，又敢拦路夺囚，必然党羽不少。如今你们这些盗伙究在哪里，着实说来。"

无怀思量："这如何说得出来？"答道："同党早已散了，却不知现在哪里。"

县官道："胡说！你既结伙抢劫，岂有不知之理？现有张霸为证，你那盗伙葛周通现逃哪里？"

无怀道："当时窜散，各人逃命要紧，实实不知了。"

县官道："你来此何事？"

无怀道："无路可投，无处可奔，在此闲逛。"

县官道："住哪里？"

无怀道："人地生疏，向无住所，随时落店。"

县官拍案大喝道："胡说！该死的囚犯，不动刑不成！左右，与我用刑！"两边值堂齐应一声，当将无怀拉倒，整整实实一顿抽打。县官喝道："囚徒！着实供认，不得抵赖！"

无怀道："小人所供是实，余外委实不知。"

县官重叫用刑。可怜无怀哪里经得起这般严刑，早自皮绽血流，上气不接下气。县官叫令押入死囚牢里，再行复讯，一面详报江宁府，一面又追叙旧案，行文溧阳县，申详镇江府，命张霸察听盗党，归案讯办。南京城中都传说江宁县获住海洋大盗，天津桥下早讲得沸沸扬扬。墨耕父子哪里敢作声，只急得五脏中烧，目瞪口呆。当下跑到江宁县前探听消息，见许多人围在衙门口，墨耕父子却不敢进去，又不敢问，只探头探脑在门外张望。

县差喝道："走开些，你们忙什么？"

王大汉拱手问道："县里老公，却是哪里一个大盗？杀了没有？"

县差望了望道："你问他吧。你难道是盗伙？既是大盗，自然早晚便杀了，关你则甚？"

王大汉看看风色不对，只好悄悄回来，对墨耕道："如何是好？你那东家曹老爷可有什么熟人在县里？你哀求他老人家暗中探听探听，究竟王少爷生死存亡如何？"

墨耕道："怎好与曹老爷说呢？"

王大汉道："曹老爷待你还不差，他也知道你向在王家的，索性你尽将这事与他说了。究竟王少爷是个文弱书生，哪里会干劫盗的事，唯有这种瘟官会闹出这种冤枉案来。"

墨耕听他父亲的嘱咐，果然与他东家曹老爷细细说了。谁知那姓曹的是个老滑官僚，听到案关劫盗，又是脱逃囚徒，早自吓扁了头，说："这是何等紧要的大案！不管他是个文弱书生，毕竟半路上有抢劫囚徒之事，难免勾结大盗之嫌。"整整把墨耕大骂了一顿，以后再不准提此事，若还再提此事，也要把墨耕送到县去。吓得墨耕发哭，回来告知王大汉。王大汉直急得五脏倒流，只叫墨耕在县前县后探听，如此一连七八日，毫无消息。正不知是死是活，适逢这天薛成、周通到来，王大汉悲喜交集，一时间竟说不出话。两下坐定，方把一切缘由告知了二人。

薛成不待说毕，急得立起身来，要去县里探看。王大汉道："不可，如今关防极严，县里正派人四处察探党徒，二位进去探看，正是自投罗网，白白送了性命。况且葛大爷本是案中的人，难保他们不认得，王少爷曾经都与我讲过，二位委实去不得。"

周通道："都是我害了他，不如我投案去也罢。"

王大汉道："这又有何益，难道葛大爷进去，王少爷便得出来吗？"

薛成道："终不成我们听他死了便休？"

王大汉道："如今只好从长计议。"

说话之间，墨耕回家来了。王大汉叫拜见二人，问道："今日消息如何？"

墨耕道："早上曹老爷有事，叫我去下关，不曾往县前。适才偷空出来，在县后得意楼吃茶，听人讲，就怕这几天要上法场了。"墨耕说着，禁不住呜咽痛哭。

薛成道："你莫哭，有我们在此，不打紧，抵注一条命，什么事都干得，怕他则甚？"

周通道："如今要去探监可不行，县里正待捉人，我们进去正好。若是闹了一回，也只出口气，仍然救不得王家少爷。依我看来，没有别的法子，薛大哥稍住，且等夜深了，让我进去暗探，再做计较。"

王大汉道："这个使得，但葛大爷要格外小心。"

周通道："这是俺们看家本领，不劳嘱咐。"

众人听说，都觉转忧为喜。王大汉道："我倒忘了，二位远路而

17

来，路上难得好酒菜，叫墨耕速备酒肉管待。"宾主四人满觥豪饮，吃了个既醉且饱。夜晚三更，周通打开包裹，穿起夜行衣靠，问明路径，直投江宁县衙门来。四周察看了一会儿，纵身一跳，踏上屋瓦，见左侧后面有许多短屋，料是囚牢，翻过屋瓦，行到左面，伏在瓦上细听。隐隐有人声，又夹杂些铁链声、叹息声，又好似有人在那里呜呜地啼哭。周通听了一会儿，一个鹞子翻下，轻轻着地，定睛一看，却是个甬道。慢慢靠壁行去，哪知前面栅门锁住了，走不得进，又退回来。翻过一重披屋，下望是个天井，四面都是狱户，廊檐下点着一盏油灯，管牢的坐在旁边打盹。周通翻下身，先去廊下把油灯吹歇了，借着天空星光射下天井来，微微映得出面目。周通沿着狱户细看犯人，一一认过来，却不见无怀，周通心疑。

那时，犯人大半都睡熟了，有的面向里壁，看不清楚。周通看外面有几个犯人尚在咳嗽，轻轻走近，推醒了，低声问道："这里有几个人？新近添了几个？内中有姓王的吗？"

那犯人只摇手不语。周通没法，仍复翻上屋瓦，绕了一会儿，望见后院有灯光，投向灯光处行来。静听有人说话，细看那房屋十分精致，知是官家居处了。周通又耸身下地，悄悄地行到房屋旁，打从窗槅子望去。两人对坐谈心，都是四十以上年纪，一个手提烟袋，尖脸秃顶，颊下有短须，穿一件二蓝袍子；一个穿酱黄的棉袍，雪白面孔，戴一副玳瑁眼镜。

只见那提烟袋的摇头拨脑，忽地里拍案叫道："不错不错，定是他谋死的。东家，你看这口供十分明白的。"

那一个走近身来，也摇头拨脑地道："有理有理，老夫子高见自是不爽。"

周通心想："原来一个是江宁县，一个是师爷。"两人谈了好些话，周通都不懂，只见桌上有许多卷本，都翻看了，好一会儿，听那师爷道："这几桩案件容易办了，只是那个王家彦这案，还有些牵缠。若讲王家彦本身，全是个书生模样，一经拷打，便挣扎不起，绝不是个巨盗。再看溧阳县原案，捣毁神轿，杀伤数十人众，那人是极有本领，而且据张霸所说，敖荡口劫夺囚犯时，也只有两三人，可见那盗伙凶横无比，这案主犯明明是葛周通，不是王家彦。"周通听了一惊，心想："这鬼师爷倒是厉害。"又听他接着说道，"依我所见，大约王家彦与葛周通是朋友，但葛周通杀人毁轿，并不闻抢劫什么东西，也只怕别有缘故。"

遂听江宁县道："老夫子所见自是高明，但当日我问案件时，王家彦一口供认，毫不抵赖，又始终不肯说出葛周通来，却是何故？"

师爷道："也许他受不了刑讯，也许与葛周通有约，或者委实不知葛周通下落。总之，这犯人与案情不合，如今须要审讯他，究与葛周通有什么关系，如果拿住葛周通，这案才明白了。东翁须知道，这案且不可久悬，逃犯王家彦在监，尤要当心看守，只怕风声一紧，还有别的祸水，所以要赶紧审讯明白，从速解府为是。"

江宁县道："府里回文，饬本县严行羁押，怎能押解？"

师爷道："就是为的本案尚有未明之处，若果审讯明白了，不管府里收不收，本县责任已了。"

江宁县道："兄弟愚见，这个只好拜托老夫子，还请老夫子将逃犯王家彦提来，暗地审一审，如何？"

师爷道："也未始不可。今日时候太晚，明日晚生独自来问他，只怕晚生才疏，审问不出，要请东翁原谅。"

江宁县道："好说好说，就是这么办吧，明日再会。"

周通听得江宁县出来了，急忙闪开。看他远远走入内室去了，又瞧那师爷也登床就寝，周通方始跳上屋瓦，离开县衙，奔向天津桥来，一路思量："明日倒要看看这鬼师爷的手段。"

欲知师爷如何问法，周通如何探听，且听下回分解。

第三回

壮士挺身县吏落魄
儒生设计阴阳会审

话说周通回到天津桥下王大汉家中，薛成、王大汉、墨耕都在那里伺候。周通把刚才所听的话告知了三人，大家计议怎样可以救出无怀。

周通道："不知江宁县与那师爷是哪里人氏，怎样来历，你们在南京居住的，谅来明白。"

王大汉道："也不明白，我们小百姓，哪里知得官司的事。"

周通道："明日我先去探听他两个的底细。"

薛成道："不差，如果是个清官也罢，若有些不端的勾当，索性结果了他两个性命，免得啰唆。"

王大汉道："却使不得，葛大爷日间不好出去，现在正查得紧，若有些高低，可就误了大事。不如我去探听为是。"

周通道："也好。"

四人议定，草草安歇。

次日清早，王大汉出得门来，心想："往哪里探听为是？"记起县前有个本地讼师，名作李志道，与王大汉向昔认得。李志道走投无路时，也曾托王大汉出面借过钱。王大汉想："他是衙门蠹虫，自然晓得底细。"便一直跑到县前李志道家，敲门进去。李志道尚没起来，叫王大汉里面坐。

李志道靠在床上问道："老王，好久好久不见你，近来做些什么事？一向很好？"

王大汉道："托你老的福，家里还平顺。"

李志道道："今日大清早到这里来，可有什么事情？"

王大汉道："为是有个老乡到这儿来找差使，从前他父亲也是做官的，据说与这里江宁县老爷很好。如今他老太爷死了，家下也很为清苦，想到这里找一点儿事做，从不曾见过这里县老爷，却不知究竟是不是他老太爷的朋友，托我道听道听这里县老爷的底细。我是个粗人，哪里去道听呢，因此来请教你老。"

李志道道："如今江宁县是安徽寿州人氏，姓陆名宣光，是个捐班出身。从前署过溧水县，听说家里很有钱，向来干买卖的，并不是老州县。他的做官，全靠师爷。"

王大汉道："大约他那师老爷很好。"

李志道道："厉害得很，是个老师爷，绍兴山阴县人氏。"

王大汉道："还是你老的老乡，叫什么名字？"

李志道道："姓方，号子山。"

王大汉道："县里有这位好师爷，乡下人打官司的就少了。"

李志道笑道："你外行不懂，师爷虽好，要钱是一样的，而且越发厉害。不过这方子山现在已有钱了，差不多的事不干，盗案办得很认真。"

王大汉道："我倒不懂，他们做官的、做师爷的，家眷都住在衙门里吗？"

李志道道："不一定，现在江宁县陆宣光有两个姨太太住在衙门里，大老婆与儿子媳妇都在寿州，方子山向来是不带家眷的。"

王大汉道："干买卖的已有钱了，还做什么官？"

李志道道："做官也是干买卖，陆宣光一年进账，少不了几万。虽担着些烽燹，究竟比生意威风。"

王大汉道："你老现在生意好吗？"

李志道道："还好，只是近来乡下人打官司的也精明，弄不到多钱了。"

王大汉道："听说现在有个大盗姓王的捉进去了，满城讲得沸沸扬扬，你老常在衙门里，也见过这人吗？"

李志道道："谁到牢监里去看囚犯？"

王大汉道："譬如像这种大盗，倘使用钱，放不放得出来？"

李志道道："不行，这是王法，只可改轻定罪，哪里可以释放？"

王大汉想话已问完，说道："你老再睡歇，我去了，改天再来。"

王大汉回到家中，与周通、薛成说了备细，大家又商量了一会儿。向晚二更时分，周通整备出门，投向县衙来。这回是熟路，一径纵上昨晚出入去处，看看灯光明亮，静听毫无声息。又翻过后面，见师爷方子山在江宁县陆宣光房里说话，周通路远听不清，正待前进，只见方子山、陆宣光都出门来了。听方子山道："花厅里不好，防有人偷听，不如押到我房里问话。"

陆宣光道："最好最好。"

二人绕出右廊，转到前面去了。周通仍复翻过屋瓦，伏在对窗屋角上远望，见方子山、陆宣光两人又说了好些话。

陆宣光起身拱手道："时候不早，兄弟暂失陪，就叫他们带囚犯来，听老夫子细问。"

方子山道："好好！"

遂见陆宣光走出门来，又蹑入里面去了。一会儿，远远听得脚镣声响。周通定睛注意，只见一人提着风灯，两个兵丁扶着犯人从前面侧门行经天井来。周通细看无怀，蓬头赤脚，面黄骨耸，映着风灯微光，惨凄凄似荒野骷髅，一时竟认不得，心中一酸，不觉下泪。但见兵丁们扶着无怀走入方子山室中，听方子山道："你们出去，在后面守候。"兵丁们应声是，走经厅上屏门后去了。

周通这当儿急得翻身下地，提起脚尖，捷步行到方子山室外。打窗槅子一瞧，见方子山闭上房门，正掇了一把椅子叫无怀坐，无怀不坐。

方子山道："坐了说话，此地不是公堂。"

无怀点头坐下。方子山提起烟袋，一面装烟，一面笑吟吟说道："你是王家彦，原籍无锡，是吗？"

无怀应声道："是。"

方子山道："你是念书的人，绝不会干没本钱买卖的勾当，这案我很知道冤枉你。我也是读书人，要知道我们读圣贤书，所学何事？所谓非先王之言不敢言，非先王之法不敢法，何等慎重。修身、齐家、治国、平天下，读书人又何等矜贵？看你这般眉清目秀，谅不是愚鲁蠢莽之徒，何故识结匪人，冒天下之大不韪？如今就平反你冤，你总有交友不慎之过，我很想成全你。只是这案件，主犯不到案，即使你毫无干碍，终是从犯，而且你的口供句句直认，好像畏惧刑讯，其中别有隐情。论你有多大的艰难困苦情形，你但直说出来，我便与你判白，设法脱罪。今日不是公堂问话，是你我私人交情，尽管随便说话。"

周通听得方子山这般言语，心中非常愉快，几乎要直喊出来。转看无怀，簌簌下泪，半晌说道："老夫子恩情，犯人心领，犯人有该死之罪，生无所用，但求速死，不求超生。"

方子山道："你莫要这么想，凡事有个情理，你只顾说出来，死也要死得干净。我且问你，你与葛周通究是什么关系？"

无怀道："是我朋友。"

方子山道："如何你认匪为友？"

无怀道："他并不为匪，也不曾抢劫人，他是个磊落丈夫。只因那日一时气愤，杀伤迎会人众是实。"

方子山道："如今这人在哪里？你与他有多少时不见？"

无怀道："案发之后，便不复见他。如今不知在哪里。"

方子山道："无论葛周通是强人不是，这案是他主犯，与你无干。如果葛周通到案，只要他说与你无关，你便无事，这是就情理上而论，国法本不外乎人情，你可明白我的意思了？"

无怀道："老夫子虽是一片婆心，但犯人求死之心甚切。犯人如今委实不知葛周通的所在，就是晓得，犯人死也不说。他是我的恩人，我情愿抵他坐罪罢了。"

周通听到这里，实实忍不住，忽地转身跳入室中。方子山一见凭空来了个人，正似晴天霹雳一般，吓得往桌底下乱钻，口里要叫叫不出。

周通摇手道："不怕你是个老师爷，刚才所说的话我都明白了，我便是葛周通。大闹溧阳县就是我，与这姓王的无关。方才你说拿到我即便放他，我今自来投案，你速速放他。"

方子山吓得浑身发抖，口里乱嚷道："一定释放，一定释放！今日时候不早，明日明日明日。"

周通道："好！明日你放他出来，我即来投案，你若不放他，只取你的首级。"说罢，转身跳上屋瓦去了。

这里方子山见葛周通去远，方才钻出来，定了定心，大叫兵丁们喝道："刚才有人入来，你们怎么不知？"

兵丁们道："师老爷吩咐，叫小人们在后面守候，小人不敢移步。却才见了一条黑影，只道师老爷开门。"

方子山道："胡说！你们如今当心些，若有风吹草动，都在你们身上。"

兵丁们连声应是。方子山叫速请县爷说话，一面问无怀道："这人果是葛周通吗？"

无怀答道："是。"

方子山道："你说案发之后便不见他，如何即在眼前？"

无怀道："他们行踪无定，到处游逛，犯人哪里知得？"

方子山也不再问，叫速将犯人王家彦还押原处，差严行看管，不得疏忽，兵丁们拥着无怀去了。不一会儿，人报县爷来了，方子山迎入里面坐下。

陆宣光道："如何?"

方子山摇头道："闹出大祸来了，不得了!"遂将周通突然进来一段话说了一遍。

陆宣光也吓得面如土色，连声问道："怎么办? 怎么办?"

方子山半日不语，只顾踱来踱去，皱着眉头。好一会儿，走近陆宣光面前，深深一揖道："晚生告辞，承东翁不弃，晚生心下感激。但晚生性命要紧，不得不辞。"

陆宣光急得立起身来，打躬作揖地道："老夫子叫兄弟怎么办呢? 老夫子知难而退，叫兄弟如何发付?"

方子山道："在理我遇难而退，是大大不对的，在势不得不退。方才我已允许葛周通，明日释放王家彦，他们一言为定，更无二语。欲待释放，试问这拦路劫人杀伤十八数的要犯如何放得? 如果不放，我的脑袋就离了脖子。东翁想想，有什么妙法?"

陆宣光道："老夫子便不该轻轻答允他。"

方子山道："笑话，难道请他里面坐等了，与他论价不成?"

陆宣光道："老夫子一定要走，却叫我如何?"

方子山道："不但要走，而且要走得快，天明便须动身。"

陆宣光道："无论老夫子走不走，总要替我先想个法子。"

方子山道："法子吧，我走了有办法。我正在想一个人，不知他在不在南京了，如果他在南京，便有办法。那人是我的学生，名作李邦翰，前几天曾到我这里来过，我还不曾回看他。他原是武进人氏，癸卯科举人，少年老成，有才有学，又有胆量，这案件非他不可。"

陆宣光道："好极好极，但不知高徒住在哪里?"

方子山道："前次他说在绍兴会馆暂住，但不知现在迁移了不曾。"

陆宣光道："绍兴会馆就在城内，便今晚请他来商量商量如何?"

方子山道："也好。"

25

当下抽出一张信纸，写了几句话。陆宣光也备了名片，即叫近身听差高贵立即送至绍兴会馆，专请李老爷说话。高贵接过信件，打着灯笼，飞也似的跑向绍兴会馆来。这时已四更过后，会馆前门关得铁紧，半晌敲不应。绕至后面，也正有人在那里叫门。

高贵问道："这里有位李老爷，还在会馆里住吗？"

那人道："哪一个李老爷？"

高贵道："就是李邦翰老爷。"

那人打望一会儿，问道："你自哪里来？"

高贵道："江宁县师老爷、县老爷相请，专等李老爷去。"

那人道："李老爷本住在这里，此刻不在家，我便是李老爷的用人。"

高贵道："巧极，阿哥与我方便，请烦通报李老爷，说师老爷有要信面呈。"

那人道："你随我来。"

高贵跟着那人弯弯曲曲走了一段路，那人动手敲门。高贵认得是城里的私门子，心想："李老爷原来欢喜这个。"一时门开了，有婆子在内问道："荣升，怎么又回来了？"

那人道："县里有人请李老爷去。"

高贵入得门，只见里面房内尚在看牌，好几个姑娘环着说笑。那人引高贵到里间，说："这位就是李老爷。"

高贵打恭，递上书信。李邦翰一面看，一面抹牌，说道："县里要请我即去。"

几个姑娘插嘴道："什么要紧公事，半夜五更送得来？明日不好去吗？"

李邦翰道："是我老师的信，定有要事商量，须得便去。"众人忙叫荣升速去打轿子。

李邦翰道："算了吧，天也快亮了，哪里去叫轿子？路又不远，往常走几十里也使得，这些路就走不动了吗？"说着，立起身来，叫荣升拿衣服换了，便随高贵走向县衙来。

方子山连忙迎入里间坐下，说："老弟荣驾，实属抱歉。"接着陆宣光也来了，方子山引二人相见毕。

陆宣光道："兄弟本当前来请安，此刻劳驾，实万万不敢当。好在方老夫子大家都是知好，此事又非大才斟酌不可，还恕兄弟冒昧。"

李邦翰道："方老师有所嘱咐，晚生理应前来，又且是尊命，怎敢延缓。"

方子山道："大家不必客气，你是我老同学，他是我老东家，我们有事商量，不必拘礼。"

大家坐下，陆宣光早命厨房置备酒菜，即叫端正安排消夜。三人入席，方子山一头喝酒，一头就把王家彦案件从头至尾细细述了一遍，且道："所以今晚必要请老弟来，因我一早就要走，东家盛情，非常过意不去，只好请老弟权时委屈，替我帮这回忙。"

陆宣光也接着道："兄弟荒谬，不敢说这话，凡事看方老夫子面上，小弟明日再至尊寓恭请。"

李邦翰道："好说，只恐晚生疏忽无用。"李邦翰说着，想了一会儿，又道，"既是这样，请老师明日在外暂住，晚生在中奔走，俾老师可以随时指教。"

方子山道："也好，你别讲客气，我便住绍兴会馆去，请你在这里，一切托老弟办理。我今晚方寸已乱，请老弟设法安排，不知有何妙计？"

李邦翰道："明日若不将王家彦放出，葛周通晚间必来。他们徒党既众，防不胜防……"

方子山道："对啦，就是这话呢。"

李邦翰接着道："晚生愚见，如今只有缓兵之计，明日清晨即出告示，将城内城外贴发，只说'本县某日获住前在溧阳乘会抢劫大盗王家彦一名，审讯数次，直供不讳。但查该犯，系一文弱书生，且有疯病，与案情完全不符，其中必有冤枉。本县以案关劫盗，人命匪轻，非彻查主犯，不足以惩强暴。即定本日某时在本城城隍庙阴阳会审，凡尔诸民人等，均可入内旁听，当场检举，为此出示'云云。告示发贴之后，或即定明日申酉刻会审，或定后天均可。到那时，自然有葛周通徒党审来旁听。讯彦之后，就说王家彦果有冤枉，当场将张霸发押，再派人彻查王家彦底细，一面详府听候核办，如查无实据，自当释放云云。如此一来，盗党必然欢喜，就使葛周通二次光降，晚生自有言语对付。一面须多派兵丁，将王家彦四围看守，以防不测，一面并须宽待王家彦，嘱咐管牢的逾格管待。盗党耳目甚长，当知本县用心之善，又一面从速详府，更多派干员，设计诱服主犯归案讯办。晚生愚见如此，二公看是如何？"

方子山再三点头道："老弟见解高明，愚兄万万不及。"

陆宣光道："真乃槃槃大才，佩服佩服。"

李邦翰道："还请二公重行斟酌。"

方子山道："此计万妥，就此照办。"

陆宣光道："事不可缓，兄弟愚见，就定明日酉刻会审，二公以为如何？"

方子山道："自然越快越好。"

三人计议已定，一时酒尽食毕，叫将残菜收去。当下由李邦翰拟定告示，陆宣光传谕胥吏，限卯时抄毕，巳时以前贴遍全城，酉时会审，不得有误。一会儿天明，方子山收拾些动用物件，即坐便轿，投绍兴会馆安歇去了。李邦翰即在方子山房中休息。陆宣光一夜未睡，烟瘾大发，也就归上房去了，暂且不提。

但说周通出得县衙投向天津桥来，薛成王大汉父子忙问见了无怀没有。周通笑道："不但见了，明日就得释放了。"遂将方子山答应的话讲了备细。

王大汉摇头道："不妥不妥，方子山是个有名老师爷，岂肯凭你一句空话便轻易释放了？"

周通道："咱们大丈夫说一句是一句，他放出无怀来，我自然投案去。"

王大汉道："你果然不错，他却不放心，天下绝没有这事。"

周通道："除非他不想做人了。他一日不放无怀，我便一日不放他。"

薛成道："凭他是生铁铸的，也要化了他。逃了和尚逃不得寺，抵注与他拼，不怕他不放。"四人议论了一会儿，王大汉总觉不妥。

第二天早晨，王大汉起来，方出门，听街上纷纷传讲，江宁县贴了告示，说前日捉去的大盗姓王的有冤枉，下午在城隍庙阴阳会审，大家看去。王大汉将信将疑，又见得许多人在那里看告示，王大汉在旁听了明白，心中喜道："却是周通的道儿着了。"急忙来告知周通、薛成。

周通道："我说，他不放，除非他不做人。"

这时，墨耕已往曹府去了。三人私议，巴望快到酉刻即去观审。吃罢中饭，三个早来城隍庙等候，只见老少男女一群群的人都挤入庙来看审，一时间万头攒动，纷纷议论。忽听得升锣喝道，说江宁县来了，众人方让出一条路来。

毕竟江宁县阴阳会审如何，且听下回分解。

第四回

问疑狱楚囚对泣
移病房孤客超生

话说葛周通、薛成、王大汉等来城隍庙看阴阳会审，听众人说江宁县来了，大家正凝神注视。王大汉悄悄对周通道："你当心此地许有人认得你。"

周通道："晓得了，你老不要麻烦。"

说话间，只见一大队县差蜂拥而入，江宁县轿子在大殿前歇了，县官出得轿来，两班衙役齐喊一声，辟开众人，站立两旁。县官入殿，在城隍神案前行香毕，再拜叩首，口中念念有词。礼毕，在右面公案上高高坐了，即有值堂禀道："犯人押到。"众人听说，都回头向外，只见三四十士兵挤入庙来，两个兵丁抬着一乘眠轿，也在大殿前歇了，就在轿中提出犯人，众兵丁拥着上殿来。看犯人时，洁白面庞，不长不短身材，手镣脚铐，项锁铁链，动辄叮当有声。

众人齐声惊道："哎呀！果是个白面书生，哪里像个强盗？"

其中也有妇女们窃窃私议道："可怜可怜！"一时间满殿轰动。

值堂喊道："不得喧哗！"

又有衙役叫道："县老爷谕，谁说话的，逐出庙外，不准旁听。"大众渐渐肃静。

县官在上高声宣道："本县前由张霸拿获打劫溧阳在逃囚犯王家彦一名，屡经审讯，似有冤枉。本县深恐诬害良民，今日特开阴阳会审。神明在上，冥冥指示，有冤申冤，无冤正法。"说罢，对城隍神深深一揖，仍复归坐。

这时，犯人已带到案下，县官叫道："王家彦。"

犯人应道："有。"

县官照例问哪里人氏，今年几岁，验明正身无误，叫站在下旁，即传张霸。

张霸上来，跪下道："小人张霸叩见老爷。"

县官喝道："张霸，你是本县差役，知得公不徇私，法不容罪。今日神明在上，着实诉说，如有丝毫捏误，依法坐罪。"

张霸叩首道："小人怎敢。"

张霸便从头至尾，自己前在溧阳县如何当差，如何因将军会闹事，葛周通、王家彦如何打劫神轿、伤杀人众，溧阳县如何审讯，自己如何押解囚犯上镇江府，如何在敖荡口出事，这回又如何拿获等等，长长诉了一遍，即在口供纸上画了押。县官叫带下去，再传王家彦。

县官道："王家彦，刚才张霸所说，你都听明了吗？哪里是诬陷你的，着实供说，不得虚谎。"

犯人道："张霸所供是实，并不诬陷，小人犯该死之罪，理当正法。"

众人听了大惊。薛成等三人直急得眼珠翻白，脚底生火，巴不得一把拖了无怀便走。

县官又道："既是张霸所供不差，溧阳县迎会是你打劫的吗？那许多人都是你杀的吗？"

犯人点首道："是。"

县官喝道："胡说！你这人手无缚鸡之力，如何能杀伤几十人？定然别有要犯，究是谁主使，实着说来！"

犯人道："小人罪有应得，余者不知。"

县官道："王家彦，你既直认打劫，便要坐罪，便要砍头，你知不知？"

犯人道："小人知得，情愿正法。"

县官道："好！"也叫在口供纸上画了押。

周通见无怀画押，越急得似蚂蚁上热镬一般，直要挺身出来。王大汉拖住道："使不得，且看怎样。"

只见县官立起身，手把二人所录口供行到神案前焚化了，又深深一揖，口中轻轻祷告，便提起签筒，摔了一支签，看了仍归原座，猛拍案喝道："张霸、王家彦，本县明知你们虚认捏告，到今日城隍神前还敢胡说，不但欺侮本县，却是欺侮神明。方才神明已指示本县，叫左右速将张霸捆起来，押入牢里，待本县查明再办。"又命将王家彦暂行羁押，详府审理，就此退堂。

薛成等三人看了，心中说不尽爽快。众人都说真有菩萨，但不知是怎样一支签，大家窃窃猜疑。当下县官升轿，众衙役拥着，一大队人马押着犯人张霸、王家彦回衙去了，众人也纷纷四散。薛成、葛周通、王大汉回家来，心想冤狱平反，无怀不久就可释放。天大心事去了一半，只等那府里回文一下，便见天日。当时有句话："县断如山。"料得府里也就无甚干碍了。

且说无怀自那日被张霸横拖直拉到县，当时刑讯之后，推入死囚牢里。管牢的看无怀是在逃囚徒，又身无半文，知道没有出息，便踢在一旁，叫在牢狱角里最不堪的所在歇了。无怀身受重创，又是病后，禁不得呻吟叫苦。管牢的骂道："该死的囚徒，既吃不了苦，又干什么买卖！到这里还要咿咿唔唔地啰唣不了，一辈子坐死牢的囚徒，生成了一副贱骨头，不打不行！"说着走过来一脚头，喝道，"再啰唣，老子活剥你的皮！"无怀只得吞声忍气，闷了不语。

管牢的见无怀尽蹲着不动，又不作声，越发骂道："一般是个人，看他们也有快活的时候，只是你这副鬼脸老是如此，不要死在这里害人。"

无怀也只当不听得，闭着眼想想从前家里的情形，后来出门的

32

状况，又想起珊珊，不知现在在哪里，谁承料我这人却在这里受罪，不想也罢。但一想起，如万箭穿心，皮肉四裂，真个上天无路，入地无门，念人生最苦者是死，这等光阴，便比死更难。无怀想着心裂，要不想又不成，忽然觉到佛法有降魔净心之道，可以救苦救难，便依法打起坐来，把心神目光都注到脐下寸许之处。哪知心境如万马奔腾，煞费气力，只收不住，好容易收住了，刹那间又闹散。如此一日一日，只把这些功课来做，果然比平常感着的痛苦减了许多，渐渐地有些自然起来。凭他管牢的痛骂毒打，只当没有事，心里但求速死。自从那晚方子山带去问话，又把无怀心事兜底搅起，接着更是周通突来，因念周通如何会来此地，又从何得来消息，不知曾见了珊珊没有。更念周通这样放荡，难免别生枝节，越发只求速死，免得再累他人。

及到城隍庙阴阳会审之后，无怀心中明白，必是那县官与幕友被周通恐吓，设计掩饰，大约府里公文一下，便是与世诀别的日子了。到那日万事俱了，倒是痛快，回到牢里觉得心神反而爽适。

在牢的犯人都道："本是冤枉的，世间哪里有他这般斯文的强盗？如今县老爷明白了，终有出头的日子。"无怀也含糊答应。

不多时，又听外面叫道："提犯人王家彦！"

无怀出得牢来，见有十几个兵丁站着。无怀想道："完了！"牢头把无怀交给兵丁们，自在前面引路。转弯抹角走了好一会儿，依旧是牢狱里头，只是换了个所在，其中不过十几个犯人，似乎比较洁净得多了。牢头把无怀推入牢里，与管牢的说了几句话自去。兵丁们仍在前后左右把守。这管牢的却不像那面的凶狠，拣了靠栅子的一条板床叫无怀睡了，也端了些茶水与吃。

无怀问道："怎么不带我到法场去，难道还要活受罪？"

管牢的道："你的案子轻了，此地不是死囚牢，你只放心。"

无怀道："我不是怕死，委实想死。"

如是两三日，依然不见动静。无怀思量："倒也奇怪，定然是牢狱之灾未满，死也有一定日子。”

这晚，无怀又想起心事来，翻来覆去睡不熟。三更时分，听脚步声，牢头又来提犯人王家彦。无怀起来，跨出牢门，见两个兵丁站着，押了便走。经过几重门户，到了一处，无怀一看，原来却是师爷房，想是那师爷又把话来赚我。再看案上坐的，却不是从前的老儿了，是个三十上下年纪的人。无怀想："这人好生面善，正似哪里见过，但一时记不起。"那人命牢头将无怀身上锁链镣铐全行除去，命牢头兵丁们一齐退出，闩好房门，察看了窗户，掇了一条圈椅放在案前，叫无怀坐下。无怀不坐，正待说不说时，那人急急摇手，叫勿作声，纳无怀在圈椅上坐了。自己也坐在贴近，只声说道："年兄，你可认得我？"无怀一听，呆住了。那人又道："我名李邦翰，王兄如何便忘了？"无怀猛然醒悟，哪里还说得出话来，只扑簌扑簌流泪。李邦翰握住无怀手，又道："不想尔我兄弟在此相见……"话未说完，无怀哽着喉咙，几乎失声大哭。李邦翰也哭了。

原来李邦翰与无怀同是癸卯科中的举人，进省会试，曾在一处住宿。当时二人年皆未冠，学出侪辈，互相敬慕，颇称莫逆。会试毕后，各自回籍，当初还有音信往来。后因李邦翰父亲在京做官，全家北上，无怀也因石田家教谨严，终日攻读，不许染着外务，因此两下书信不通。后来李邦翰父亲病殁京城，李家南下回籍，李邦翰曾至无锡会无怀，正是无怀家破人亡，遍问邻舍，都说无怀失踪。这回方子山托李邦翰来办理案件，李邦翰阅过卷宗，想无锡姓王的，莫非是王无怀的同族吗？但万万想不到就是无怀。及至城隍庙阴阳会审时，李邦翰曾在案后看审，一见无怀，心中思疑，再听说话声音，亦是很像，只因无怀一把瘦骨，面目已非，似乎细认又不像。李邦翰回衙，重又翻阅案卷，再看口供，益发疑心。忽然记起无怀脑后有颗黑痣，又到牢里留心察看，果然不差，于是李邦翰计决，故传衙役提来细问。

当下二人相见，呜咽痛哭，泪不可仰。李邦翰紧紧握住无怀的手，叹道："天乎无罪，孰令至此？命也何如，曷其有极！"

无怀含着泪道："非关他人之事，皆是无怀不孝之故。今躬冒不韪，罪应显戮，万死不足以对先人。"

李邦翰道："王兄岂不知古今来多少英雄名士待决于阶下者，尔我兄弟情同骨肉，今日王兄可否与小弟一谈冤抑？"

无怀道："身为盗犯，国有常刑，本不应与兄私谈。以兄爱弟之深，不得不尽所欲言。"

于是无怀自始至末，从来不与人说的话都与李邦翰说了，最后并道："我今家破人亡，死不死等耳。但有一人约我同死，我死后，望吾兄寄语。那人现在生死存亡未卜……"说着，又呜咽痛哭起来。

李邦翰道："绝不至此，小弟履汤蹈火，必要救得吾兄出来。"

无怀道："又何必呢？"

李邦翰道："这个你莫管，我自有办法，只请你暂时委屈静心休养，凡事看得旷达，不可拘泥，千万千万。但我尚要问，究竟葛周通这人现在何处？"

无怀道："我也正想不到，不知他哪会知道。"

李邦翰道："据你意想起来，大约他与哪个一处？"

无怀道："我的案发，只有王大汉父子晓得，除非他到王大汉家去过了。但他与王大汉素不相熟，又不曾知得我在他家，因我与他别散之后，才来南京。"

李邦翰道："不若你写一封信，小弟明日亲自送去，且去问问不妨。"

无怀道："也好。"

李邦翰拿了纸笔，无怀接过，写了几句，交与李邦翰道："你若去，果真遇着他了，千万嘱他勿闯祸，切莫管我的事。"

李邦翰道："我自有话与他说，你放心。"

二人谈毕，无怀道："快打发我入牢去吧，时候不早了。"

李邦翰只得开门，叫牢头兵丁们来，命将犯人还押原处。牢头仍把刑具向无怀扣上。

李邦翰道："开除了，你们不懂公事吗？于今又不在死囚牢里，用不着了。"

牢头应声是，只将锁链套上，押无怀去了。

李邦翰遂叫高贵，问："老爷睡了没有？我有事相请。"

高贵道："不曾，正听师老爷消息呢。"

高贵跑入里面请陆宣光。一会儿，陆宣光来了，李邦翰迎入里面坐下。

陆宣光道："如何？想是老夫子审得隐情了?"

李邦翰知道陆宣光是个干生意买卖的人，不好说出实话，早自编了事由，说道："险些儿闯了大祸，这人大大有来历。他的叔子曾在京城为官有年，有名刚直御史，名作孝华的便是，不论藩抚，尽都知道。当年晚生在京时，因随先君陪席，也曾见过。这王家彦从小喜欢结识江湖上朋友，他那叔子是个一等端正的人，哪里容他放荡。他或因此不愿在京，带着葛周通南下游历。那葛周通据说曾苦练武艺二十年，是个和尚传授，深得个中秘术，不但十八般武艺件件都会，而且擅吐纳之功，飞檐走壁，刀枪不入，是个杀人不眨眼的东西。王家彦于葛周通大约从前总有什么恩惠待他，江湖朋友最讲信义，自然不救得他不休。似这般奢遮的人，不但本县拿不到他，便是拿得他到案，可也把守不住。如果含糊了结，将王家彦来定罪，葛周通果然不休；便万一他那叔子在京闻知，究竟王家彦是个官家弟子，谁也不信他是个杀人盗犯，东翁前程就有关碍。"

陆宣光听说，接连点头。

李邦翰又接着道："所以这王家彦一口供认，不肯实说的道理，一则就为葛周通；二则也为他叔子的面子，究竟他是官家之后，忽然变作打劫囚徒，是何等辱没宗祖，他岂有不晓？为今之计，只有一面设计探拿葛周通，一面将王家彦从宽管待，便是他日王御史知道，也是王家彦罪有应得，本县并无苛虐情形。晚生大胆，适才问过情由，已将王家彦镣铐开除了，是请东翁斟酌才是。"

陆宣光拱手道："兄弟粗鲁，不是老夫子提教，这祸就闯得不小，务请老夫子费心，周全到底。"

陆宣光说到这里，坐不住，立起身踱了一周，又坐下道："兄弟愚见，索性解到府里去，请老夫子想个法子。"

李邦翰道："这层我也想过，如将犯人解上府去，似乎本县的责任轻了，其实不然。现在府尊，东翁也知道的，若有些担待，岂不尽行推到本县头上？况且府批，饬本县严缉盗党，归案讯办，府里着实有话可讲，反而弄巧成拙了。"

陆宣光道："不错不错，种种拜托老夫子做主，兄弟明日就叫他们调王家彦到后面病房里羁押，好好管待他，一面请老夫子大力周旋。"

原来监牢里的花门最多，大凡犯人出了钱，或有请托，可以移到病房，但说犯人病重，须予医治。那病房便似客店，一般有床铺桌椅，极其舒服宽敞了。

当下陆、李二人说毕，各自归寝。明日，陆宣光传谕，因犯人王家彦有疯病，着调病房医治，严行看守。其实无怀虽不害疯病，却也体气全虚，奄奄一息。李邦翰嘱令医生切实诊断，不论药贵药贱，依案立方，小心医治。陆宣光又传谕病房牢役，不得照一般犯人看待，须仔细服侍。从此，无怀在江宁县监牢病房中便异常稳便，每日服药调补，有人跟前伺候，三餐酒肉管待，且独居一房，也得出来，在阶前檐下散步。李邦翰又常时送些书籍碑帖与无怀消遣，正是男儿四海为朋友，人生何处不相逢。暂且不提。

单说李邦翰一心要找周通，藏着无怀书信，换了一身素布衣服，问明路径，投向天津桥下王大汉家来。开门入去，只见一人在内扫地。

李邦翰问道："此是王大汉家吗？"

那人道："正是，小老儿便是王大汉。"

李邦翰道："请问有个姓葛的名周通，在你家吗？"

王大汉对李邦翰望了一望，答道："没有姓葛的人，也不曾听说。"

李邦翰明白了，遂又道："老人家不要多意，咱是自己人，便是在江宁县牢里的王无怀叫我送信来的。"

王大汉听了大喜，转一想，不妙，说道："却是哪一个王无怀？你与他何干？"

李邦翰道："我与他是同乡，我在县里当抄写的，我知得他的冤枉，看他可怜，暗地里问他外面有无亲戚，他叫我送封信到这儿来。嘱我寻葛周通，有话与说。"

王大汉看看李邦翰是个书生模样，和蔼可亲，料得别无坏意，说道："请你暂坐，我进内去道问一声。"

王大汉走入里面，携住葛周通、薛成悄悄地说："外面有这样一个人，说王少爷有信，特来寻葛大爷说话。我只怕官中来密查，不敢答应他。"

薛成道："不打紧。"

周通道："怕他什么？既是有信，好极了。"二人说着，急待出来。

王大汉道："且住，我叫他来里面说话。"

当下王大汉走到外间，引李邦翰进来。不知李邦翰与周通如何说话，且听下回分解。

第五回

老妪解情青剑留别
浪子逞志红袖添香

话说王大汉引李邦翰来至内室，与周通、薛成相见，问过姓名，李邦翰便脱口编了个名字，说道："久闻二位义士大名，王兄特写信叫小弟来寻葛兄，却不知薛大哥也在此。"说着，探怀中掏出信来。

薛成道："我不认得字。"

周通接过，看了看道："我也不懂。"

王大汉取过那信来，看了半日，说道："王少爷特托这位少爷来寻你，叫你放心。他在里头很好，并不吃苦，嘱你切勿在外闯祸，他不久就得释放了。"

李邦翰道："正是这话，所以王兄特地叫小弟来。"

周通道："你不知，都是我害了他，他有什么罪呢。所以我情愿投案去，只要他放出来是了。那日我去衙门里探他，那个鬼师爷满口答应我，如今好几日，还是不出来。"

李邦翰道："这个也难怪，这案子太大了，县官做不得主，要听府里回文，县里也都晓得他是冤枉的了。像他这种人，怎么会做强盗呢？所以那天阴阳会审之后，已把张霸押起来了。"

薛成道："张霸杀了没有？"

李邦翰道："还没有呢，也要听府里的回文，又要查他的党徒。人命大案，不是两三日的事。"

薛成道："照你说来，王少爷不见得就放。"

李邦翰道："快了，如今没有什么事了，牢里也很舒服。现在县老爷、师爷且请了医生与他看病。"

薛成道："我跟你去看看他好吗？"

李邦翰道："使不得，现在正查得紧，你去看他，你便是他的党徒。即如我在衙门里头的，看他也要瞒住人，今天特特偷空出来。你们在外，不可多言语。"

王大汉道："一些也不差，这位少爷真是好人。"

周通道："我却要问，究竟王少爷关在什么地方，如何我前次进去寻不到？"

李邦翰想："这个却不能明说。"便随口说了一会儿，且道："你千万不可再闯去，万一闯得不好，反使王兄受罪。近来王兄镣铐都开除了，如果你去一遭，官中最怕劫囚，少不得仍要戴上。凡事我会通信来报的。"

王大汉道："这话有理，我也劝他少出去为是。"

李邦翰道："王兄曾说有陈家小姐名作珊珊的，现在哪里，二位可知道？"

薛成道："我们就为此来寻王少爷。"遂将一应情由与李邦翰讲了。

李邦翰问长问短，知了备细，方才与三人相别，走向县衙来。一路上思量，葛周通、薛成果然是有义气的汉子，如果趁那时拿获了，岂不容易？自肚里暗好笑，如今却如何办理呢？不知想什么方法才好。

李邦翰回衙之后，乘着空儿，把方才的话私与无怀讲了。无怀闻知珊珊在扬州居明记居住，心中十分懊悔，何故去年不直往扬州，倒来此地受罪，又不能不引起种种感触了。

且说薛成、周通接得无怀信息，在王大汉家商议道："刚才这后生不肯领我们进去，是什么道理？我们终得见王少爷一面，方才放心。"

王大汉道:"这个怪不得他,他是在里面当差使的,替犯人送信,已是有十分担待。倘然引你们入去,若有个高低,怎么得了?"

周通道:"我知道王少爷的脾气,他怕我担忧,又恐我朝晚投案去,特地叫他来通知,只说在牢里很舒服了。我也曾尝过这滋味,天下牢监都是一般,哪里容得他便舒服?我只不放心。"

薛成道:"你晚来再去探一探,究竟怎样,使我们安心。"

王大汉道:"且等几天再去,二位切莫大意。我尝听人说,犯人在牢,一动不许动。如今王少爷能得差人送信来,一定是宽待得多了。"

薛成道:"等几天去也好,只是我等不了,在此又无甚事,我且去扬州告知范老,范老急等我们消息,理应报知。我去去便来,如何?"

周通道:"很好。"

当下薛成拴束包裹,拔步便行。不一日,去到扬州,急忙忙到居明记店里叫范老。范老在内,闻知薛成口音,跳出店堂来,忙问道:"怎样?"

薛成道:"寻着了。"

范老大喜,又问:"周通呢,既寻着了,怎么不来?"

薛成道:"寻是寻着了,还不曾见面。"

范老瞪着眼道:"又是什么话?"薛成坐下。

范老道:"现今王少爷在哪里?"

薛成道:"说不得起,现在王少爷却在江宁县牢里。"

范老道:"啊呀,怎样得了?"

薛成道:"不要慌,快得出来了。我恐你等我心焦,特来报知,你听我说。"

薛成便将无怀如何在南京遇墨耕,如何去丹徒寻李二,如何落马跌伤、请卖技婆子赛飞燕治病,如何被县里捉去,周通如何入夜探衙，如何在城隍庙阴阳会审，一应情由，说了一遍。

范老道："你在城隍庙会审时，望见他怎样？"

薛成道："瘦得不像个人，一时认不得。"

范老道："如何你知道快得释放了呢？"

薛成道："我动身这天，有个什么姓李的，在县里当差使，是王少爷的同乡，那人很是和善。王少爷托他送一封信到墨耕家寻周通。那人曾说，如今县里上下都知他冤枉，已详文到府里去了，待府里回文一下，就可释放。"

范老道："阿弥陀佛！既知他冤枉了，理应宽松了，你们怎么不去看他呢？"

薛成道："我也急得要进去看看，那姓李的说，现在去不得，去了被县里得知，反使王少爷受罪。王大汉也说，等过几天再去，大约周通今晚明夜必须看他去了。"

范老听罢，心下思量怎样与珊珊说才好，回头对薛成道："你吃些点心，路上辛苦了，休息一会儿，我去说与姑娘知道。她望你们消息，好几夜不睡了。"

范老跨入店堂里间，便面见珊珊站在屏门后，早是泪不可仰。范老道："薛大哥回来了，说王少爷不日便到。姑娘别伤心。"

珊珊点头，低声道："方才所说，女儿都听得了。虽然如此，只恐凶多吉少。"

范老道："且到里面再商量。"

范老、珊珊同入内室，居家上下都来道询，范老一一说过。大家听了，不免长吁短叹，也有来慰劝珊珊的，珊珊只得忍泪吞声，强颜为笑，感谢众人。一时众人散了，范老道："姑娘珍重，生死大数，王少爷应有牢狱之灾，灾星一去，便无事了。"

珊珊道："父亲有所未知，窃盗大案，何等重大，岂能轻易释放？只怕其中别有缘故。女儿意思，不若与父亲同上南京，女儿自去探监。倘若官中指女儿为同党，那便很好了，女儿乐得伴他同受罪，死也与他一相见。"

范老道："姑娘耐心再想想妥当，不可太急了。"

珊珊道："女儿意决，越快越好。"

范老道："我且与薛大哥一商量。"

范老走到店当，薛成已吃过点心，伏着案上打盹。范老推醒，将适才珊珊意思说过。

薛成道："不差，理应去看他，她去最好，既不是同党，又不是奸细，明明是他家眷。她进去探过了，也使得我们安心。今幸王少爷释放了，一发在南京，可以并亲住家，咱们三个一路去吧，不差。"

范老道："今日来不及了，明儿一早动身。"

薛成道："也好，且问居老在马官渡知得我们的事情吗？"

范老道："我倒忘了，说到你们走了第二天，居世兄正待去马官渡告知居老，那赛飞燕却来此地瞧你。我就回说，你上南京去了。她说就要到浙江杭州去，特来辞行，而且留下一件东西送你，说客中无可报答，但这件东西请你收卜，也表她一番敬意。"

薛成道："什么玩意儿？啰啰唆唆的，你看过了没有？"

范老道："是个青布包儿，外面缝得密密的，我不曾打开看。"

薛成道："拿来瞧瞧，在这里吗？"

范老道："我叫姑娘藏好了。"

范老跑入里间，向珊珊取出那件东西来，交与薛成。薛成接到手里，觉得很重，拆去缝线，打开青布包一看，是尺长的一把剑，是铜非铜，是铁非铁，两面都起了碧青的铁锈。薛成看了，笑道："这样破烂的东西，做什么用，又不好杀人。"

范老道："大约是什么古董，赛飞燕特特送你，定有道理。"

薛成道："也罢，既承她的好意送我，我怎不领情。"说着仍将青布包好，藏在腰间。

二人约定明早起程。范老入内，与珊珊收拾行李，叫店里伙计去河口雇船。伙计去了回来，说道："本埠船只都开出去了，泊着几只长途船，都有人订定，正在下货。据船上人说，须得明日晚间有船，今晚只有划船了。"

范老道："明晚雇定了船，后日方能动身，又要耽搁一日。没奈何，只好后天早上动身了。"

薛成道："要走便走得快，难道扬州这码头竟叫不出一只船来？"

伙计道："就因这时候不巧，也有远路上坟去的，也有往各处进香的。年年到这时，船只忙了。"

薛成道："我不信，自家去看看。"

范老道："我与你同去。"

薛成、范老同出门来，走到河口，先向大船埠问了一会儿，果然没有。一路走去问来，都说订定了，明日方有空船。

薛成道："狗屁！逢到我们要船就没有了？"

范老道："既没有了，又有什么法子，只好等明日再说。"

薛成道："索性再回上去问问，也许有回头的。"

二人又回过来，东逛西逛，问了好一时，天已昏黑，船上都张灯了。只见靠近大船埠去处，有只花船停着，四围都挂了红绿灯，映着琉璃船窗，好生别致。

范老道："是谁家的官船吗？"

二人走近来，早听得有人在船内唱曲子。薛成立住道："听吧，却是我们本乡的味儿。"

范老也曳住脚步道："奇怪，唱得好曲子，好久不听了。"

二人站着好一会儿，听得兴起，不断地喝彩。只见花船上一人出来喝道："是哪个没耻的东西在岸上啰唣，快与我滚开去！"

薛成初还不知那人是骂自己，依旧笑着喝彩。

范老道："有人在船上说话了，我们走吧。"

薛成方才明白，不禁大怒，喝道："你这杂种，行什么势？你在船上唱曲子，老爷在岸上喝彩，管你娘的屁事？你不唱给老爷听，却唱给谁听？"

那人也在船上大骂。范老只怕闯祸，拉着薛成急得要走。薛成哪里肯依，只骂道："你上来，老爷劈开你的脑袋！"

那人也答应："你有本事下来，便一脚踢到你水里。"

二人正骂时，只见一壮年男子探出头来，喝道："闹什么？"

那人立即转过脸答道："方才太太在内唱曲子，那些泼皮在岸上怪喝彩。小人听不过，叫他走开些，他反骂小人。"

那男子道："是谁？"

那人指着薛成道："便是他。"

薛成依旧大骂，范老劝了不依。那男子蹀出船头来，尽看薛成，半晌说道："可是无锡薛成吗？"

薛成一听，定睛看那男子，也似哪里见过，说道："在下正是薛成，不知足下高姓大名？"

那人道："成爷忘了吗？小人姓黄名幼清的便是。"说着，叫将船移近岸来，"快接成爷下船说话。"

原来这黄幼清是东台人氏，向在无锡盐栈当伙计，生性好嫖喜赌，将些辛苦钱送到嫖赌窟去，害得满身债务。栈主看他不成器，只好回绝生意。有生意时，债务还骗得过去，及到生意回绝，所有债主逼紧，直逼得四面围困，几乎做不得人。待要逃走，又没盘缠，亏得薛成代他出面，把债主都劝散了，又打发盘缠送他回家，因此黄幼清十分感激薛成。这是前几年的事，薛成早就忘了。黄幼清回到家里，本没财产，但有债务，怎得安分度日，只好东求友西托人，别就生意。也是他运当亨通，正值东台有个盐商要找一个熟识盐务的伙计，黄幼清便挽人说项，说从前曾在无锡盐栈里当过多年职司，很是内行。那盐商不知底细，又是小小伙计，何足介意，便一口答应。

黄幼清入得盐商家，想从前糊涂误事，吃了大苦，这回便小心谨事，十分巴结。那盐商看了欢喜，便渐渐重用起来。一人运来，凡事巧逢，不想那盐商也生成一副脾气，好嫖喜赌。黄幼清便拿出浑身本领奉承盐商。大凡好嫖赌的人最喜精于嫖赌的朋友，却最恶手下的人也去嫖赌，那盐商知得黄幼清有本领，又看他从不游手好闲，便格外喜欢，一心抬举他。

黄幼清趁势私贩做小货，不上三年，弄了三五万。人有了钱，便是不同，什么都现成，就在扬州讨了一房姨太太。他那姨太太原是窑子出身，芳名秀奴，向在无锡享有盛名，一时交结的都是些阔大佬儿。当时黄幼清是个穷小子，哪里嫖得上她，只准眼看，不准手动。后来黄幼清有了钱，心中曾想："必要娶一房姨太太，像秀奴那般模样儿才好。"可巧秀奴这时因在无锡牌子太大，有个北方客人气愤不过，将秀奴家中一切打毁，又把她送到县里押了一夜。秀奴在无锡再住不得了，故上扬州来，正与黄幼清相遇。黄幼清喜出望外，秀奴也觉在院为奴究属毫无道理，两下各有所感，一说便成，便议定身价，当日成交。

黄幼清娶过秀奴之后，如花似玉般保爱，不拘去哪里，携了秀奴伴走。这回因盐务上事，将去浦口，特雇了花船，伴了秀奴，带了男女用人在船上玩歇。黄幼清闷坐无事，便叫秀奴唱从前所学无锡曲儿消遣，不图正遇了薛成。当下黄幼清叫将船头靠岸，接薛成下来。薛成还邀范老一并下船，与黄幼清相见了，大家入舱内坐定。

薛成道："是你在此，梦想也不到，我道是哪个官船。如今你发财了吗？"

黄幼清道："不是成爷照应，哪有今日，都是托成爷的福。不知成爷现在可好，何时来此，将去哪里？"

薛成道："我为送一个女眷去南京，来此雇船。哪知船埠上一只空船不留，都说上远路去了，须待明晚才有。我与范老听得这里唱本乡曲儿，委实好听，一时间兴起，闲着喝彩，不料惊动了你家用人。"

黄幼清道："成爷原谅，小厮无礼。"

便叫那用人过来，与薛大爷赔礼。那人在薛成跟前打了个千。

薛成道："罢了，不要把我一脚踢落水里就是了。"说得众人都笑起来。

黄幼清道："成爷要去南京，我也正去浦口，这里现成的船，何必再雇？大家一路走吧。"

薛成道："那便最好，不知你带了几个人在此？"

黄幼清道："一个小妾、两个当差的、一个女用人，连我共是五个人。"

薛成道："原来你娶了一位姨太太，我还不知，理当讨杯喜酒喝。"

黄幼清道："自然自然，明日奉敬。"

遂叫秀奴过来，与薛大爷请安。秀奴见过薛成、范老。

黄幼清道："成爷同伴几位？"

薛成道："便是我与范老，还有他的姑娘，一共三人。"

黄幼清道："那宽舒得很，莫说三个，你六个也住得。我们打算明日一早开船，成爷来得及吗？"

薛成道："为的想明早动身，所以今晚急要雇船。"

黄幼清道："益发同心，巧极了，就请成爷今晚下船如何？"

薛成道："最好，我回去收拾行李便来。"

黄幼清道："我在此恭候。"

当下薛成、范老辞别黄幼清，登岸回店，告知珊珊，大家欢喜不迭。珊珊早将待用诸物一应检点整齐，毫不费事，即由范老拴束完毕，雇了一乘轿子，与珊珊坐下。又叫店里司务挑了行李，薛成、范老在前引路，居家女眷都送珊珊到门口，少不得有一番殷勤。范木大与居敢当的儿子送到河口，黄幼清早在船上等候。大家下船，卸了行李，范老吩咐范木大，两日内去马官渡告知居敢当。范木大等送了下船，也就回去了。

这里珊珊与秀奴相见，大家叙些客套，黄幼清叫当差安排行李，秀奴携珊珊自去里舱说话。黄幼清与薛成、范老在中舱坐，历谈别后情形，遂问薛成因何来此。薛成知黄幼清不曾明白无锡闹了事，眼见船上人多，也不与细说，略谈谈无锡生意，各归舱位就寝。

次日清早开船，向南京进发，日间无话。向晚，黄幼清叫船上备了酒食，整整一桌，特请薛成、范老、珊珊，秀奴也同席相陪。

薛成道："你哪里来的许多好酒菜？船上没处买，大家省些吃。"

黄幼清道："船上酒菜多得很，我把来回的伙食都预备了，尽管吃喝，只怕我们七八个吃十几天还吃不完呢。"

薛成道："不差，今日是补请喜酒，益发要吃得饱。"

范老道："我们却在此地吃喜酒，哪里想得到。"

薛成道："可不是呢，亏得扬州雇不到船。"又对秀奴道，"也要谢谢你的曲儿，委实唱得好，要不然，我们也走了，哪里有喜酒喝。"

大家说说笑笑，直闹到半夜。薛成、范老、黄幼清都醉了，方才安歇。

约莫过了半个多时辰，只听船外一声呼哨，船上人接着叫道："不好了!"

薛成、范老、黄幼清都从睡梦中惊起，但见四围都是火把，似同白昼一般，足有二三十强徒，手执钢刀，驾着三五只小船，横冲直撞，赶将下来，口中只喊着"杀杀杀"。

薛成猛跳起，拔剑把持船头，范老急忙拿条凳子守着船尾。黄幼清、珊珊、秀奴只吓得索索发抖，叫苦不迭。

不知众人性命如何，且听下回分解。

第六回

紫霞岭净化剪径
北林寺珊珊陷身

话说薛成见盗众来势汹汹，拔剑把持船头，早见六七个强徒分乘两只小船直撞前来。那强徒手握钢刀，对向薛成身上乱砍。薛成慌忙中不曾提得腰刀，只把赛飞燕所赠的青剑在手，心中思量："这破烂的东西，如何用得？"

当时盗众猛把钢刀砍将来，薛成只得拿剑去隔，说也奇怪，那钢刀被剑只一隔，便截作两段。薛成叫声惭愧，心中大喜，胆气忽壮。盗众知得厉害，不敢再上来，但把那小船用劲一脚，转到后面，来杀范老。范老提着板凳，三面招架。盗众又分开两只船，猛从左右船窗攻打。薛成刚退下舱，谁知那船头上又是一只盗船直冲来，两个强徒乘空跳到船头。薛成赶上，一脚一个，都踢下水去了。又一个劈空上来提刀砍薛成，薛成正与抵御，哪知左右船窗忽地两个跳将入来，奔向薛成后面，死劲一推，扑通下水。又两个方被薛成踢下水去的正钻将起来，执住薛成，缚了上小船。接着三五个跳上船头，直冲船尾攻范老，也把范老执住了，捆了结实，与薛成一处，远远驾着去了。十几个盗伙一拥上船，将黄幼清、珊珊、秀奴和那老妈子都捆好了，移到小船上，又去了，其余的留在船上，尽把货物运到小船内，将火把去入江中。

正待要走，听舱板下有人叫救命，原是黄幼清的两个当差。盗伙踢开舱板取出二人，笑道："救命吧，这样胆小的人留他何用？"提到船头，只向江中一抛一送，两个都随着浪花去了。船上人吓得动也不敢动。

盗伙道："下次再不解粮，要你们的命。"

盗伙把货物分装三只小船，各自摇起橹，咿咿呀呀驶向江边来，合着前面两只船，一路唱唱摇摇。约莫行了十几里，前面船上又点起火把来，五只船都靠住一处泊了，盗伙跳上岸，打起火把，将薛成等一行六人都提至岸上，解了脚下绳索，前扶后拥，向田岸中行来。船内货物尽数携上岸，都装了担子，只将空船系在江边，众伙一起登岸了。

薛成回头看去，大大小小约有三十人，各擎着火把，照得白昼一般。看那路径，很是分明，独是狭小弯曲，忽高忽低。珊珊、秀奴哪里行得，一倾一跌，只叫得苦。众伙拥了薛成等，约行了二里多路，渐渐上山了。翻过山腰，便见有灯光自树林中射出来，即听有人在路问道："干得多少买卖？"

前面一个答道："中等货色。"

那人接过火把，一路同行。走过树林，薛成抬头一望，是一座大屋，见门前两盏天灯，原来是个庙宇。众伙拥到庙前，那人先去敲门，有人开出门来，悄悄问道："都来了吗？"

那伙点头，众伙一拥而入，直至大殿上歇了。不一会儿，殿后踱出一个白胖和尚，宽袍大袖，在殿上高高坐了，叫问头目有多少货物。头目说明根由，一一报知了，指着薛成、范老道："这两个非常凶狠，若不是我们人多，今日买卖做不成。"

那和尚道："既是这样，快与我押入铁牢里去，小心看守，不得有误。"

众伙答应一声，将薛成、范老、黄幼清三人押到左厢去了。

这里头目又报道："一共是八个人，三个娘们儿带来了，两个小厮是无用的东西，我们已把他种了荷花了。"

那和尚点头，看看珊珊、秀奴，笑道："好个娘们儿，快与我带了内院关锁。"

盗伙随将珊珊、秀奴与那老婆子都押入里面去了。那和尚叫众伙打开担子，检了货物，当下分派了，说道："今日虽是些小买卖，说不得油水，却是你们干得得力，折了花儿不伤枝，我自有重赏。今日且去安歇。"众伙听说，各自散了。

原来这和尚俗家姓周，诨名阿七，向是江北泼皮，二十岁上不务正业，极好拳棒，专事拨草寻蛇，在乡间掏米撩柴，借此度日。往常结识几个江湖朋友，曾干些小路买卖，乡间都见了他害怕。因他会的是武艺，无人敌得过他，也奈何他不得。后来因案发，被官司得知，限日捉拿，乡间都恨了他，少不得通风报信。他在家住不得，出门又无路可投，无计奈何，只得落发为僧。受戒之后，长老赐名叫作净化。不上一年，旧性复发，仍是打门劫户，干些不端的勾当。又被寺中长老逐出，他便胡行乱走，沿门托钵，到处行他方便。一走走到紫霞岭，有个北林禅寺，乃是宋朝仁宗皇帝敕建。本有几百间僧房，是个大丛林，因年深月久无人修理，一无寺产，二无香火。原来住持的单靠沿门募化度日，哪里更有余钱建修房屋，渐渐庙宇倾圮，僧房倒塌了，寺中只有三个和尚住着，不死不活在那里挂褡。

净化行到紫霞岭，入得北林禅寺，打一看时，心想："这倒是唯一法门，实行方便去处，我今投奔无所，不如在此做个开山祖师，岂不自然？"当时在寺中走了一遭，看看只有三个和尚，饿得如花子一般，净化便说："衲从西来，在此迷路，求佛门方便，暂宿一宵，明旦起行。"三个和尚自顾不暇，有的是破屋，更不关事，便说："可以可以。"叫在大殿歇宿了。

净化趁着三个和尚睡静，悄悄摸到里间，拔出腰刀，劈开房门，盍将三个和尚杀了，去后山上掘了个窟窿，清早掩埋了。又打开那三个和尚的衣箱一看，只有几堆破布败絮，又看库房，只剩得几升白米，余外是些柴草之类。净化想道："不成，不把本事来赚钱，却教如何度日？"便在山前山后四围走了一遭，果然是个深山冷庙，须得五六里外方有人家，但靠着江边不远，约着三里多路就是大江。净化想道："得了，这江上是个南北通衢，多少过往客商打从此过，不想造化就在这里。"从此净化每日吃饱饭便在江边伺候。一连数日，不见生意到门，凡有过路的，都在船上。净化思量，这买卖非从水路去干不可，想自己是个单帮，又不识水性，如何去得，只好仍在江边伺候。

有一天将晚，净化坐在路旁树荫下正等得闷慌，远远见一人背着包裹行来。净化看得将近，拔出腰刀，跳出大路来，喝道："晓事的，给了买路钱，免自吃苦！"

那人看了净化一眼，掷了包裹，说道："来来，我正走得乏力，没处出气，你这贼秃，合是数尽。"说着，一个扑虎势，猛向净化打来。

净化看不是头路，也提起精神，拿出浑身本事，对那人杀去。二人占了十余回合，那人跳出圈子，喝声住，说道："你这和尚，要干这些买卖，也不探听探听明白，这里难道有油水吗？你不往水路上去，却在这里啰唣，一辈子也没你饭吃。看你也有几分本事，告知你，老爷在此地十几年了。"

净化想："倒霉等了几日，等了这么一个人出来。"净化知得这人原是个老手，果然有本领，拱手道："不敢动问大名。"

那人道："我名张永，如今不在这里了。"

净化道："张老明鉴，出家人无处可投，在此没了盘缠，行不得，因此发些利市，不想遇了张老。方才张老所说，小僧明白了。只因人地生疏，又不识水性，不敢上路，还请张老指教。"

张永道："你现住哪里？"

净化道："便在这紫霞岭北林寺内。"

张永道："同伙共有几人？"

净化道："只咱一人。"

张永摇手道："不行不行，凭你走到天边也不成。这北林寺地方可很好，不是一人干得的。"

净化道："小人孤单无伴，虽有些朋友，都在远方，一时找不到。如承你老不弃，点拨小人，小人愿永永相随。"说罢，扑翻身便拜。

张永道："我如今又不在这里了，求我无用，既是这样，我指点与你。从这里沿江过去三里多路有个村落，名作石头市，那石头市有个船户，名作应贵。那人练得好武艺，又好结交朋友，是个很四海的人，大凡水路上英雄，他都认得，手下着实有几个精干的朋友。你要在这里兴市面，除非与他商量不可，你只去那船埠上一问，无人不知。"

净化道："多谢你老，小僧便去访寻。"

张永拾起包裹，说声再会，走了。净化依着所说，投向石头市来。来到船埠，问了应贵，早有人指点，说茶店隔壁矮墙门内便是他家。净化走入矮墙门，只见一人含着烟袋坐在檐下结渔网。净化合十道："敢问这里有个应贵大兄，在此不是？"

那人道："是我，师父有何吩咐？"

净化重又合十道："久闻大名，如雷贯耳，今日在路，得遇张永，知应兄在此，特来拜访，并有事请教。"

应贵道："师父现住哪里？"

净化道："便在北林寺挂褡。"

应贵道："如何认得张永？"

净化道："不瞒应兄说，小僧托钵到此，无处可投，没了盘缠，在此勾当，巧遇了张永路过，与他交手。承他不弃，怜小僧孤单无靠，说出应兄仗义结交，很是四海，指点小僧特来拜访，便请指教。"

应贵道："师父请坐说话。"

净化坐下，应贵也把渔网去了旁边，一壁吸烟，一壁问道："北林寺本有三位师父，如何只剩得你一人了？"

净化道："不瞒师父说，那三个贼秃吃了不做事，已被小侄逐出门了。如今只小僧一人住宿。"

应贵点头道："原来如此。你的意思我明白了，但现在世境不好，也难得捞摸。你若要船只时，我这里尽有，你只管取去是了。"

净化道："多谢盛情，小僧若有些出息，自然先来孝敬。"

应贵道："同道弟兄，谈不到此。"

净化与应贵谈了好一会儿，方才回山。从此每日去石头市游逛，不是吃茶，便是与应贵谈些门户，二人很是投意。

这一天，净化下山来，方走出林子，只见一人打从山下过。净化想道："今日却巧，刚刚寺里断炊了，合是这人来送粮米。"净化避至山后，提刀在手，走至大路上一看，哪知来的是个和尚。

净化道："有鬼，尽是这些没出息的东西。"心内一转，脚底发软，便没精打采地行去。

只听行路的那和尚高叫道："师兄，你在这里吗？"

净化定睛一看，认得是昔年落发时的同忏弟兄，名作悟化的那人。

净化道："我道是谁，原来是你，险些请你发利市。"说着，掏出腰刀道，"你看，正想找人，急得无路可投。若不因你，今日至少也要挂些红回去。"

悟化道："你果真要干这买卖，也要寻个稳便去处，如何却在这里？"

净化道："你不知道，我在此地北林寺当方丈了。"

悟化道："莫开玩笑，究竟你现在何处？"

净化道："委实住在此地。过去不远，你来正合我意，且去寺里说话。"

净化引悟化走向北林寺来，于路说些别后的话，不觉已到寺前。

悟化喝彩道："好个大丛林，可惜荒废了。"

净化道："你到里面去看看，多少屋宇啊！"

悟化道："真个风景又好，地势天然，难得被你寻着这个安乐去处。"

净化道："咱们两个就在此地做个开山祖师好吗？"说着，二人跨入山门来。

净化先引悟化四处走了一遭，到后院房间里坐下，便说自己如何来此，现在如何打算。说了一遍，问悟化道："你现去哪里？是否仍在原处当书记？"

悟化道："我已不在那里了。现有个朋友在镇江金山寺当知客，没奈何，往他那里暂且安身，也是无法。"

净化道："你的朋友在金山寺当知客，你想去安身，哪里成功？我劝你不要走吧，咱们在这里，自说自话，总比吃人家的饭好些。"

悟化道："话是不差，但我是无用的人，如何干得这事？"

净化道："不要紧，有我在此，咱们商量商量，有这个好营寨，不怕不成。"

悟化道："你现在打水路上走吗？果然借得到船吗？"

净化道："怎么借不到？"

悟化道："我想起来，现成有一个人，那人你也认得，便是从前在我们老寺里挑水的和尚，名叫惠如的，你记不记得？"

净化道："怎么不记得？他还得我的好处不少呢！"

悟化道："你知道他吗？他是从前做海盗的，一等本领，莫说江河里翻几个筋斗，便是大海中漂荡三日两日也不打紧。他并有许多同伙，现在做和尚的也不少。据他说起来，曾经带过一百多人，在东海里劫夺盐船，被他杀伤五六十个盐兵，就是目下，也找得到二三十人。可惜他与我说道，我都忘了，只要他来，万事俱休。"

净化道："我倒不知他有这般奢遮的本领，那便好极了，不知他现在哪里？"

悟化道："他就在金山寺，前个月去的。"

净化道："那么就请你去走一遭，叫他速来，最好问他多要几个帮手。而且我从前同伙的朋友现在都失散了，你也问问他，他若知道，叫他与我寄个信儿。"

悟化道："就是这么办，我今日就走。"

净化道："你速去速来，不要耽搁。"

当下净化仍送悟化到大路上相别，悟化赶程往镇江去了。不到十日，悟化果然同惠如来北林寺。净化大喜，迎入里面坐下，三人计议，净化便说起应贵有船，可以借用。

惠如道："是溧水县的应贵吗？那是我的熟人，从前也跟我漂海的。我这班老伙计现在都散失了，正恐一时找不到，有他在此，便好极了只要问他即得。"

二人听了大喜，便邀惠如同到石头市应贵家里。应贵一见惠如，慌忙恭迎入内，笑道："你也披袈衣了，怪得我们同道散失了不见。"一面对净化道，"这位老师父请到，万事俱备。"

惠如道："正要请你帮忙，这里是你的水口，应听你的号令。"

应贵道："小的理当先锋引路，若要什么动用，小的都备。"

惠如道："不但要借你的光，而且要问你几个人。我从前这班同道都窜散了，非请你调查不可。"应贵道，某人在哪里，某人在哪里，整整说了一大串。惠如道："够了，还要请你吩咐伙计们寄个信儿，叫他们来，大家干一回。"

应贵道："晓得了，我传信去。"

当下二人各谈别后情形，应贵叫将端正酒菜，替惠如接风，由净化、悟化作陪。四人吃了大饱，从此每日在应贵家聚会，一班酒肉管待。

过了五六日，应贵传出的口信达到了，有几个接信便来投惠如。又过了几天，又来了几个，约莫已有八九个人。

惠如道："可以办了。"

于是问应贵借了三只小船，一起下船，荡在江心。夜半过后，见有商船经过，不分皂白，便动起手来。巧逢那船是绸缎商雇的，内中着实有油水，三只小船便载得满满地回来。第一批便分了红，大家欢喜不迭。

接连三五天都有买卖，于是粮食已足，财帛盈门。净化、悟化、惠如三个商议，提出公款，先行修寨，便大兴土木，葺理房屋，整饬佛殿。一面又派行脚僧远近募化，顺便带看脚头，也有善男信女入寺布施。不上半年，便把那北林寺修理得内外焕新。三个定了规例，净化为首，坐第一把交椅；悟化第二，坐第二把交椅；惠如第三，坐第三把交椅。以下都由先后入寺次序分别，如有十分本领，三月一升，争先立功，别有奖赏。

这时候来寺投效的一天多似一天，也有惠如的伙计，净化、悟化的弟兄，因得到口信来投的，也有走投无路、吃不成饭来投的，也有别处犯了案子、出不得面来投的。其中有和尚，有不是和尚，夹七夹八，约莫一年光景，已招聚了六十余人。净化见人财两旺，吃着都有，便思淫欲，叫在后院造起几间内房，又掘了一个地窟，都收拾得十分精巧。凡有姿色的妇女们，不论在路劫来，或入寺进香，看得对的，搂在内房禁闭，凭三个寨主选择，寨主用不着了，分给众伙。又在地窟左旁造起一座铁牢，那铁牢四面都是两寸厚的铁板制成，门窗俱用铁栅，比死囚还更坚固扎实。但凡有强硬的人或妇女们因奸不从，便押入铁牢里头，听其饿死。净化又恐人多事难，难免有走漏风声，凡属和尚，日间都应礼佛诵经，照样做功课；若不是和尚，便应充当香火，或做手艺，都派了职司。一到晚间，轮流出门，各行方便。又造五只小船、一只大船，停泊江边使用。船上也派有职司，扮作渔船或柴船，都有暗码，真是神不知鬼不晓。

如此一两年，那北林禅寺竟变了一个热闹大丛林，四乡士绅、妇女都来进香礼佛，莫不说净化是佛门净修、大慈大悲、有道有德的高僧。

可巧薛成、珊珊等一行八人路过大丛林，竟被这高僧超度，两个当时升天，六个带入寺来。当下净化叫将薛成等三人押入铁牢，珊珊等三人禁闭内院。

不说薛成，且说珊珊、秀奴和老妈子等被盗伙拥入后院，弯弯曲曲来至一处，那盗伙推入三人入室，反扣房门自去了。珊珊、秀奴已吓得魂不附体，半晌惊喘不定，老妈子只顾流泪叹气。看那室中，装得异样精致，正似人家上房，不像个冷庙僧舍。珊珊已是心疑，只听门钮响处，三个和尚笑吟吟开门入来，便是净化、悟化、惠如三个寨主。珊珊、秀奴心乱意慌，兀自坐着不抬头。

净化对着笑道："你看，活似个新娘过门，头也不抬。"指着珊珊道，"这个归我，你们两个自去选择。"

悟化指着秀奴道："我要她。"

惠如道："你们常时拣剩了给我，难道我要这叫花老太婆不成？今日我定要两个里头拣一个。"

净化道："我只爱上她，你们自去商量，我不管了。"说着，挨过身，伸手来抱珊珊。

珊珊气极愤极伤心极，再忍不住，立起身，顺手提起案上的花瓶，猛向净化头上掷来。谁知净化急闪避，那花瓶掷个空，扑通倒地，打得粉碎。净化大怒，喝道："泼妇，到这里还敢强硬，快与我押入铁牢去！"当下净化大声喝叫众伙，即待下手。

毕竟看珊珊性命如何，且听下回分解。

第七回

斩铁牢薛成夜出险
藏艳色惠如暗争风

话说净化大怒，喝叫众伙要将珊珊押入铁牢。

惠如道："你不要她，我却要她，请你赏给我吧。"

净化益发怒道："惠如，你敢无礼！我叫将押入铁牢，谁敢违背？"

悟化见净化发怒，解劝道："他并不违背，他因这娘们儿将才到寺，少不得担些惊慌，须得慢慢收服她才是。"

惠如冷笑道："你怎么不早将她押铁牢去呢？"

净化大声道："当初我道她是人，既是个泼妇，如何不押她？"

惠如道："好好，你押她去，看你行得行不得！"

悟化见两下言语抢白，急劝道："伙计都睡了，明日再说，时候不早，大家将息去吧。"说着，强携了两人出门，仍把门反扣去了。

珊珊见和尚出门，心旌稍定，悲从中来，不觉放声大哭。接着秀奴也哭了。老妈子见花瓶打碎，越吓得魂飞魄散，只蹲在地下，索索发抖。秀奴抱着珊珊，哭着说道："姊姊，怎么得了，不知他那几个关到什么地方去了。"

珊珊也哭道："横竖一条命，怕他什么？这等世界，不如早死一天的好。"

秀奴道："姊姊想个法子，怎么害死他那贼秃？我们死了也罢了。"

珊珊道："怎得近他的身？"

秀奴道："我打算暗杀他，他若来调戏我，我便依他，等他近身，乘他不备，找个什么铁器，一下子搠死他。"

珊珊道："姊姊，法子果然不差，只怕不济事。我打算硬拼，使他不得近身，凭他铁牢也好，杀死我也好，我抵注一条命。"

二人抱头痛哭，好一会儿，渐渐气力疲了，支持不住。室中本有床铺，二人和衣而卧，方觉得周身酸痛不堪。

珊珊将睡未睡，恍惚有人推门入来。珊珊坐起身看那人时，是个白胡子老人，面目非常和善，带着微笑，招着珊珊道："来来，我引你出去。"

珊珊心中疑惑，思量这是甚人，也好像在哪里见过，便情不自禁地立起身来，随着老人走出门。转弯抹角，走了好些路，都是黑漆漆的小弄。珊珊觉得非常乏力，叫老人道："我走不动了。"

老人道："再过去些，到了，不要慌。"说话间，只见前面有一线光明，照着道路，很是平坦，又好像身在山洞中，四面都是石块。走不多时，忽见前面一座石壁挡住去路。珊珊叫声哎呀，老人道："不打紧，从这边走。"

老人绕出那石壁旁一条小弄，珊珊也即跟上。出得弄来一看，豁然开朗，但见一片平洋，远望无际，天空飞鸟，水中游鱼，历历可数。珊珊此时觉得心旷神怡，一点儿不乏力了，自忖："这样的海景从来也不曾见过，却是什么地方？若得在这里住家，岂不很好？"一时兴起，留恋再三，竟不想走了。

老人在旁叫道："走吧，这里不是个安乐去处，你看，多么危险啊！"

珊珊回头，见那老人正指着珊珊脚下说。珊珊俯着身一看，叫声哎呀，原来立的所在是万丈削壁，下临深渊，波涛浩渺，激冲有声，只需动一动，便堕落深渊。珊珊看了，打个寒噤，整整捏一把汗，急得后退，不觉仰扑倒地。

老人扶住道："这边走吧。"

珊珊随着老人转左行去，却是一座大山，听得山下有人叫救命。珊珊回过头，只见一人赤着膊绑在树上，皮绽血流，浑身无好肉。珊珊想道："这人犯什么罪？难道是个强盗？"走近一看，似乎认得，再一看，不好了，却是无怀。珊珊大叫起来，飞也似奔上前去，抱住无怀，号啕大哭。无怀也呜呜啜泣，竭力想挣扎出来，却是全身都绑住了，哪里挣扎得脱。珊珊急忙俯下身，使劲儿替解结头，谁知一转瞬又不见了无怀，只是一株枯树。珊珊想道："莫非梦吗？明明是他，怎么又认错了？"回头看那老人，老人也不见了。正没做道理处，只见山下转出一个和尚，缓缓渐来。珊珊见了便跑。

和尚道："是我！"

珊珊又立住脚，一看，原是无怀，想道："怪了，方才绑在树上的，怎么又是这样了呢？"珊珊呆住了，也不发话。

忽见那和尚猛向前奔来，抱住珊珊，一只手使劲儿往下拉裤子。珊珊看那和尚，又不是无怀，却是昨夜调戏的那个白胖和尚，便大喊救命，一梦惊醒。

只听秀奴在旁叫道："姊姊，魇了吗？"

珊珊叹口气，定了定神，觉方才梦中所见还历历在目，问秀奴道："姊姊，你听我怎么说？"

秀奴道："我也不知你说些什么。恍恍惚惚要睡去，被你喊醒了。"

珊珊道："是的，我做了噩梦了。"

珊珊思量，无怀绑在树上，受尽诸般痛苦，绝不是好事，定在牢里了。又想："难道他已死了吗？索性我死了，一缕游魂飞入狱中，看看他究是怎样，也觉痛快。"珊珊思来想去，哪里还睡得熟，天一亮时，便坐起身来。看秀奴尚在熟睡，老妈子蹲地下打盹，长叹一声，自忖："只有死路，断无生还。"便去身上解下一条带子，打了结头，轻轻立起身，踏上椅子，掷向床上一挂，思量今日死在此地，真乃命数。正待投缳，只听门外一声响，两个短衣和尚入来，捉住道："铁牢里去。"秀奴、老妈子都惊醒了。

秀奴大哭道："姊姊哪里去？"

珊珊拭泪道："姊姊保重，我不论去哪里不怕，我死了，阴魂不散，必取了那贼秃的狗命方休。"

当下那和尚拥着珊珊出门，走经两条通道，到了一处，那和尚又起地板。只见桌面大的一窟窿，下有扶梯，都是石制，由扶梯下去，转了个弯，见黑漆的一座小屋，外面点着一盏油灯，正好照得屋角一头小门，铁锁锁了。那和尚开了铁锁，把珊珊推入门去，仍关好了门，加锁去了。

珊珊走入小屋内，打一看时，方方一间，空无所有，但左面屋角上有个小窗子，臂膊大的五六条铁栅，外面又罩住铁网，只露出微微一条白光，显得屋角地板上似乎有人蹲着。珊珊看时，那些人都站起来了，原来便是薛成、范老、黄幼清三个。三人见珊珊入来，忙问怎样。珊珊把话讲过，黄幼清闻了大哭。

薛成道："又不是娘们儿，哭他什么？终不成一辈子住在这里！"

范老也劝道："暂且耐心，只要我们一个出去了，通了人来，杀得他一草一木不剩。"

黄幼清道："你们这大的本领，也走不出去，我只有死了。"

薛成道："刚才我们大意，那贼伙开门时，索性蹿出去拼一拼，杀一条血路。"

范老道："使不得，他们人多，只怕我们两个不济事。"范老说着，自去身上脱了一件衣服铺在地下，叫珊珊坐了。

珊珊道："女儿不想坐，父亲穿上，只怕冻坏了。"

范老道："你莫管我，这屋子四面都是铁板，地上寒冷坐不得，你只坐在我的衣服上。"范老拖住珊珊坐了，又对薛成道，"你的力大，试试这窗户，只有把铁栅攀断才得出去。"

薛成道："只怕不济，管他试一试。"薛成立起身，提手攀窗户。那窗户太高，吃不着力。

范老道："我做矮马，你踏上身来。"

范老撑着腰，伏在地下。薛成立到范老背上，握住那铁栅，使出全身本领，猛地一拉，那铁栅动也不动，只略略弯了一段。

薛成跳下道："不济事，这不是生铁，是钢棒。"

范老道："如此怎生奈何？"

薛成道："没有别的法子，只有乘贼伙开门时杀出去。"

范老道："你身上可有什么使用的器具？"

薛成猛可省悟道："哎呀！果真我带得那赛飞燕所赠青剑在此。那剑我在船上试用了，削铁如泥，定能斩得这栅子。"说着，去怀里掏出那剑来，笑道，"今日少不得要你救驾，昨晚在船上被贼伙踢下水，险些把你丢了。好好，有这个在此，万事俱休。"

薛成提剑在手，范老仍做了矮马。薛成站到范老背上，对准那铁栅子猛力砍下，果然砍了一半，只是不断。

薛成道："不是剑锋不利，是我使不着劲。"

原来铁栅是直的，薛成站的是正面，只好侧身横砍，不能直下，又加立脚不稳，退不开步，所以吃不着力。薛成砍了一面，又砍那面，因刀口不准，铁栅还是不断，再提高砍上端，也照样砍了两面。薛成寻思，如今只有中间少许未断，便容易下手了。将剑插在腰里，把住铁栅，使个张弓势，下力一拉，一条攀断了。

范老道："且停一会儿，怕有人看见，只此一线生路，须得仔细。"

薛成下来，仍将那砍断的铁栅照样装好，薛成养养手劲，范老也伸伸腰。二人休息一会儿，又砍第二条。那窗户共有六条铁栅，二人息息动动，整整一日，把铁栅尽行拆除，又把铁栅外的铁网也砍断了。

二人商议道："这时这里人多，如何走得出去，只好晚了再动。"

珊珊、黄幼清也都拢来计议。珊珊道："这铁牢既在地下，如何会有亮光呢？外面是什么地方，须看了路径，晚上越发难认了。"

一语提醒了薛成、范老，二人重又攀着窗户向外探视。

薛成道："不好，果然外面是个池子，隔池是一座高墙，如何逃得去呢？"

范老道："再看窗下墙脚里有小路没有？"

薛成道："危险极了，只有一二寸阔的一条墙基，又不知通哪里，看不出了。"

薛成走下，范老也攀上窗来，看了一会儿，仍把铁栅、铁网如数照样装好，但等夜晚动手。四人又商量了一会儿，珊珊道："你们三位出去切要小心，我是走不得了，抵注与贼秃拼命。"

范老泣道："女儿保重，父亲去了两三日便来搭救。"

四人商议既定，约着时候不早，听听外面声息也寂了，便拆除铁栅、铁网。薛成当头，轻轻跳出窗外，沿着墙基，一步一步走去。黄幼清不会武艺，夹着第二，范老在后把梢，都出了铁牢，跟同薛成行来。约行了两三间屋面，又是一座墙阻住去路。

薛成道："如何得了？"

三人定睛细看，却见离墙五六尺有个门户，走到门旁一推，关得铁紧。再从门缝望去，看得有几处灯光，再望四周，都是高墙，更无去路，非打从这门户不可。这门户原通池子，日常不开，净化特造池子，防蔽铁牢。铁牢对面的高墙外，原是一条河，那河与池子中有沟道可通，在墙基下置有栅门。栅门一开，河水入到池子，池子水满，水从铁窗入铁牢，可使铁牢满屋皆水，便是整牢的人，煞时溺死，即有天大本领，也万万逃不了。如要将铁牢的水放出外去，却另有沟道，也有栅门可以启闭，那沟道栅门就在这门户下埋藏，可将池子的水都汲出外去。铁牢底板靠窗两边原有两个孔洞，池子水浅，铁牢的水即从孔洞漏下，也就无水了。凡开闭两处栅门，须从这门户进出，日常严扃不开。当时三人来至门旁，无路可走。

薛成道："一不做，二不休，既到这里，终不成立着看门便休，死活只得闯出去。"说着，飞起右腿，对准那板门死劲只一脚，但听暴雷价响，两头门豁刺刺倒地。薛成引着二人，飞也似奔跑出来。

只听得有人叫道："不好了，池子里出事了！"便见四处有人赶来。

薛成打门夺户，挺身直撞，冲出大殿。已有二三十人围住殿前，猛扑前来。薛成提剑在手，劈头劈脑杀出山门，拼命奔向岭下逃走了。范老拥着黄幼清，跟随薛成，正夺出殿来。将到山门，被众截住，范老一面战，一面顾黄幼清。黄幼清吓得胆落，腿部发软，再也走不得。范老心无二用，一失手，被众打进，当下二人都被执住，拥入大殿。

净化命众伙将二人捆缚起来，叫管牢的和尚问道："你值的甚事？四个人逃了三个出来，还是不知，要你何用？"

管牢的和尚道："谁知他们有那么快的刀，把铁窗、铁网都斩断了，都是意想不到的事。"

净化道："现今把这二人交给你，连那个贼娘们儿，共是二人，倘有走失一个，只将你抵罪。"

净化叫众伙仍把范老、黄幼清二人押入铁牢里，众伙应着去了。

净化又道："今晚将那放水栅门打开，明午灌水入牢，早把三个结果了，省得麻烦。"

惠如道："且住，现在修理铁牢要紧，况目下河水不大，不见得就灌满，暂叫人看守了再说。"

净化道："也说得是。"叫众人好生看守。

净化明知惠如为昨晚积气，只在众人前也不好执拗，心中自然不快。一时众人散了，净化、悟化、惠如三人同到后院坐下说话。

净化道："前会子我们这里本有个铁匠，如今死了，这铁窗叫谁修理呢？又不好请外人。"

悟化道："只得去市上打几条粗铁索，自己钉上去。"

净化道："惠如，你意如何？"

惠如道："据我看来不要了，尽把这些不相干的人杀了，有什么道理？我们要使用的有了完了，以后再不要捉人。"

净化道："你这话是真还是假？"

惠如道："几曾与你说过假话？"

净化冷笑道："不错，照你说来，我们只要货，不要人。倘有那些人传了出去，都是在这口子出了事，我们就不得像现在这般安稳。如今我们干的买卖也不少了，外面依旧不知道，便是没口的好处。据你说，不该把这不相干的人杀了，如何你前回害死了这许多人？你还应替那些冤鬼拜水陆道场呢！"

惠如道："这个也不关我，都是你的号令。"

净化道："都是我的不是了，我也明晓得我的本领不配做寨主，趁这时歇了手，一切请你做主。"

惠如怒道："是什么废话，你也不瞧瞧人，我要做主，何待今日呢？"

惠如说着，兀自跑出。悟化见惠如大不悦意，也就追赶出来。

净化叫回头道："你不要走，我有话与说。"

悟化回入室中坐下，净化道："你可知道，他现在老不服气，种种说我的不是，我明晓得他就是为几个娘们儿，因尔我兄弟拣选了，轮不到他，便死劲与我作对。其实何苦呢？他不想想在金山寺里当个下贱和尚，若不是尔我兄弟找他来，哪有今日。以后尔我都让了他，尽凭他去选择，你不要与他一般见识。"

悟化道："晓得了。"

悟化坐了一歇，又跑出门来找惠如。只见惠如躺在床上叹气，悟化走近笑道："何苦呢？大家兄弟，总有些言高语低，说过罢了，不要放在心里。"

惠如坐起身道："你不知道，他现在最看我不得，终说我僭他上方。其实我们寨里的事，大家都有干系，要说的话应该说的便说。

他如今动不动说我违背，说我反抗，今日又来这许多屁话。果真我要做主，老实不客气，不待今日了。他不想想，现在这一天，究是谁的力量？当初你来金山寺找我，我为你的情面到这儿来，多多少少的事，都是你我兄弟一力干下来，他那时不过是个讨饭花子，何曾识得一个人？如今我们捧上了他，他便坐大位，说大话，不准我们开口。这样的人还值得合伙吗？朝晚终是破脸，不如趁早散了吧。你走不走随便，我是定要走了。"

悟化听了大惊，思量这寺下众伙大半都是惠如的人，惠如一走，少不得大家同走，直把这寨基散了。

当时悟化道："这是什么话呢？大家辛辛苦苦干这一场也不容易，凡事都可商量。"

惠如接头道："我最怕口是心非的人，一辈子合不了伙，商量也是枉然。"

当下惠如一定要走，悟化再三劝解。

不知惠如究竟走否，且听下回分解。

第八回

闹花丛寨主逞淫威
延残喘盗僧发善愿

话说悟化听惠如说定要走，恳切说道："你我是多年朋友，什么话都可直说。刚才净化也对我讲了，他于你毫无意思，随便说句玩笑，叫我与你说，不要多这心。大家为好到了这里来，岂有一句半句话听不住，便是分散？说出去也给江湖上笑话。我劝你不要固执了，再看他如何，万一他对你不住，不但是你，我也要与他算账。你看如何？"

惠如道："话虽如此，只是他这人心计太多，不是我们同道，终恐日后闹乱事，不如早散为是。刚才他与你说什么话呢？"

悟化道："他也不说什么，终觉我们既合了伙，辛辛苦苦成了这些基业，也是不易。到现在反而生出意见来，岂不给人笑话？三言两语，大家不可多心，有话尽说，有事尽商量，叫我与你讲明了。"

惠如道："他常时说的公道话，做的都是亏心事，我们的话犹如放屁，他何曾在意？就如昨日折来的花儿，我说他既不要，便赏给我，也是一句笑话。其实我们这种粗人，她那如花似玉的娘们儿岂肯听我们玩耍？除非是个水性杨花的东西，任从客便。若真有骨气的，便死也不肯与我们成对儿。如果我们逼了她，就是强奸她，不与我们合意，也是白白一场。我并不在这些分上。但看她那娘们儿也是可怜，试问你定要押她到铁牢去，有什么道理？我劝净化不要

68

押她，净化便说违背号令，偏偏大清早把她押了去，今夜又要灌水入牢害死她，都是与我作对。当时劝告他不要灌水，他现在大众前果然不好意思撇了我，其实他心里万分不悦意，所以发出那些废话来。"

悟化道："这个你要原谅，其中也有缘故。那娘们儿胆敢把花瓶抛掷，虽则没伤，究竟忍受不了，因此押她铁牢去。后来你虽不许，但话既说出了，自然不得不照办。至于灌水入牢，原为那两个脱逃的汉子，并不因你故意张权。我们以实为实，有一句说一句，你也很明白的。看我这话错不错？"

惠如道："悟化，我说你听，那娘们儿虽则用花瓶抛掷他，也是他自招其祸。你想人家一个姑娘，半夜里由船上通到深山冷庙来，把她的男人关闭了，又要调戏她，她若是个人，哪里会从你？我不是今日说现成话，尔我也有几年了，你曾否见过我逼了娘们儿做一回事？大家在一处，瞒不得眼睛，这都是他自作自受。而且我觉得那娘们儿有胆量、有烈心，益发我要保她。他的意思，必然说我爱上了她，舍不得她了，你信不信？"

悟化道："闲话休说，千句万句并一句说，你不要走，那娘们儿我去与他说，叫他仍押到内院，听你主张。以后大家直商，如果你不便说，我中间可与他说。总之，大家始终如一，不可猜忌，你且听我这一回。"

惠如见悟化这样说，也不作声了。悟化当即跑到净化那里，对净化道："你说的话我都与他讲了，他毫无成见。不过那娘们儿你押她到铁牢去的，惠如不以为然，请你仍叫押到内院是了。"

净化哈哈笑道："说来说去，就是为此，只恐那娘们儿不承抬举，少不得也要花瓶奉敬他。"

悟化也笑道："惠如意思并不在此，他觉得那娘们儿可怜，何必定押入铁牢呢？"

净化道："可怜吗？他杀人不怕血腥气，忽然发了慈悲，要救人了吗？阿弥陀佛，亏得他说得出来。"

悟化道："他什么意思，大家为好干这些玩意儿，自然听从其便。"

净化笑道："得了，不是你说，我今日也打算把那粉头放出来了，免得大和尚挂念。"说得悟化也大笑起来。

当下净化即叫伙计将珊珊仍押内院，伙计听命，当入铁牢去提珊珊。

这时，范老、黄幼清二人已被捆缚，有盗伙轮流看守，寸步不离。

听有人来提珊珊，范老携着泣道："我儿此去，必然无幸，望格外忍气保重。薛大哥不日就到，静听好音为是。"珊珊流泪点首。

盗伙不容分说，立即拥到内院，珊珊一看，原是旧处。伙计将珊珊推入室内，反扣门键自去了。

秀奴靠在床上，见珊珊到来，好生欢喜，忙立起身问道："怎样又来了？他们三人都会到了吗？"

珊珊道："你放心，薛大哥出去讨救兵去了，不日就有人来搭救。"

秀奴问幼清怎样呢，珊珊道："我父亲与他两个走不脱身，如今仍关在牢里。"

秀奴听说，哭起来了。

珊珊也哭道："生死大数，只好听天由命。薛大哥既已出去，他有许多朋友，会的是武艺，难道救不得我们几个人？"

秀奴道："我只怕薛大哥领了救兵来，我们已被那恶贼害死了。"

珊珊道："今日那贼秃又来了吗？"

秀奴道："一个也没来。但有人送了两顿饭来，我哪里吃得下，老妈子倒吃了两大碗。"

老妈子接着道："菜蔬也很好，还有肉呢。"

秀奴骂道："该死的东西，你倒吃得高兴了，一辈子叫你坐在这

70

里，我才快活。"转向珊珊道，"那边有饭菜吗?"

珊珊道："就是没饭吃，据说那牢里饿死的人不少了。"

珊珊、秀奴想着，又哭了。二人商量无计，便是啼哭。

如此过了两日，但每日有人送两顿茶饭来，余外更无人进门。二人提心吊胆，只怕那贼秃再来。及见不来，又猜疑道："莫非用什么毒计来害我们，就要我们的命吗?"二人坐立不稳，秀奴在房内踱来踱去，听听门外，又无声息，打从窗棂往外看看，只是个小天井，又不见有什么东西。室中一张床子，几条椅子、板凳，秀奴都坐遍了。但见床子横头靠壁角里有一扣红木直橱，很是整洁，秀奴一面寻思，一面没精打采地斜着身靠那橱子，拉着橱门铜钮，随手把玩。不意那橱门未锁，忽然拉开了，秀奴便探头看里面是什么东西。谁知正对橱门是个墙穴，与门大小一样，方才明白是个暗藏的门户。

秀奴招手叫珊珊，悄悄说道："我们进去看看如何?"

珊珊道："你去吧，我头痛不愿走。凭他是什么把戏，难道我们还想逃走吗?"

秀奴道："我不信，倒要看看是什么。"

秀奴钻入橱内，跨过墙穴，走至隔壁一看，却是更精雅的一间内房。秀奴放轻脚步，悄悄望了一会儿，见床后有一扇小门，打从门缝看去，只见四个女子都脱得赤条条的，一丝不挂，在那里揪肩搭背地游戏。那房间越发富丽，当中一张红木嵌牙大床，旁边一张杨妃榻，绣屏锦幔，镜架衣架，陈设得花花絮絮，满案都是玉器古玩，各种杂物，目不能尽。那四个女的年龄不等，两个二十左右，两个三十以上，肥瘦各殊，修短有度。四人正在玩耍，只见屏后转出一个白胖和尚，也脱得赤裸裸的，秀奴认得便是珊珊抛掷花瓶的那人。一时秀奴看得不好意思起来，自肚里寻思："横竖没旁人，看他究竟怎样。"只见那和尚嬉皮赖脸地东抱这个，西抱那个，摸上摸下，做了一大套，也听得有好些不成话的话。忽然四个女的并排都在大牙床坐了，和尚近身，把四人都推翻了，仰卧在床，依次行事。

71

四人八脚，直闹得天花乱坠，和尚方才起身，直挺挺如僵尸一般，在杨妃榻上仰卧了。四人拢来，舀了水，替和尚洗下身。洗完了后，四人分列两旁，相对蹲下，与和尚捏脚捏手、推腿敲臂膊、拓小肚。秀奴看得愤火中烧，想世间有这等下贱的女子，也是父母生下来的，竟不顾廉耻如此。

当下秀奴慌忙跨过墙穴，回至室中，把橱门仍关好了。

珊珊道："这许多时候，在那里看什么？"

秀奴红了面孔，含糊说道："遇着鬼，干不要廉耻的勾当。"珊珊也自明白，秀奴道："这里是十八重以下的地狱，真不如死了干净。"方把刚才所见的事约略说了一遍。

珊珊道："除死无大难，不怕他是毒蛇猛兽，只把命来拼是了。"

秀奴道："姊姊说得是。"

正说话间，只听门钮响处，一和尚跳入室来。二人吓得手足发颤，不知所措。

和尚道："你们莫慌，我名惠如，只与你们说句话儿，不是打劫。"二人听说，越发疑惧。惠如坐下说道："我原是个海盗，十几年来，只干些没本钱的买卖。大凡世上的好娘们儿也都见过了，你们是大户人家的闺女，我知道。我们本来劫货不劫人，只缘来往过客太多，我们的买卖又不小，若都放他们走了，少不得泄露风声，与我们有干碍，因此死货活货一并带入寨来，叫你们在此，就是这个道理。要说得对的，大家合伙，不对的，我们也不强逼。"惠如说到这里，指着珊珊道，"看不出你这娇娘倒有胆量、有烈心。前次寨主要把你押到牢里，你知道吗？为是我舍不得你，硬争下来。你们但知我们是强人，要晓得强人也讲道理，难道其中就没有好人吗？"

珊珊听说，自肚里寻思："这人莫不是来用软功诱惑人？"便直接说道："你既知道我们是良家妇女，便应把我们放了出去。若是你怕我们泄漏，便速速将我们杀了，又何必饶舌呢？"

惠如笑道："话也有理，但我们寨里的规矩向来如此，却是来得去不得。"

秀奴道："天哪！这样的不如早死。"

惠如道："你们新进来，怪不得焦急，过几天便安歇了。这里不亏待你们，一般有穿有吃，有喝有钱花，谁欺侮你们，只问我是了。"

秀奴见和尚说话有些蹊跷，乘势答道："你是个好人，我们很知道了，承你的情，解劝我们。现有句话拜求你，请你发大慈悲，与我们搭救了，感恩匪浅。"

惠如道："什么事？你说。"

秀奴道："那铁牢里的人快要饿死了，请你大慈大悲送些茶饭与号里。"

惠如道："作怪，你怎么知道铁牢里的人快要饿死了呢？"秀奴点点头。惠如又道："他们是好汉，饿几日不打紧，不像你们娇滴滴的，吹着风儿也便倒。"

秀奴听着，想起黄幼清，不觉流下泪来。珊珊想着范老也哭了。

惠如问道："那老儿是什么人？"

秀奴指着珊珊道："是她的父亲。"

惠如道："那后生呢？"

秀奴道："是我丈夫。"

惠如道："还有个逃走的呢？"

秀奴道："是她父亲的朋友。"

惠如皱着眉头道："我不是寨主，却叫我如何做主？"

珊珊、秀奴大哭道："拜求大王开恩，胡乱送些茶饭与他们吃，生死感激不尽。"

惠如想了又想，只不发话。二人苦苦哀求。惠如看了不忍，说道："也罢，我与你做去。"

二人感谢，惠如开出门来自寻思："他那两人曾逃了出牢，又有本领，怎容得他们在此？净化早想把他们害死了，为是我爱上这娘们儿，不许他灌水。净化既是不悦意，如今倒送饭与吃，明明是我播是非，便自己也说不过去。"

原来惠如自与净化抢白之后，净化即不问珊珊、秀奴的事了，有意让与惠如料理。悟化也故意推托不问。惠如明知二人意思，只做不知道，三人都把这事搁了不提。其实惠如心中七上八落不安，但碍着面皮，一时间不好意思。

过得几天，惠如委实忍不住，又想珊珊那人这般刚强，只怕说不成反被二人笑话，因此把些言语来软诱。谁知珊珊、秀奴早自看透，将计就计，便托他搭救范、黄二人。那二人在铁牢里不受水刑，即受饿刑，只有死路，万无生理。当时惠如被二人哀求痛哭，也顾不得利害，一口答应下来。向后仔细一想，却无言语可对净化。

惠如一面走一面思量，回到自己房中，叫了一个亲近伙计名作罗元的，吩咐道："那铁牢的两人两三天没吃了，快将气绝，你送些茶水粥饭与吃。"

罗元迟疑道："铁牢里有人看管，向不准给伙食，只怕送不进。"

惠如道："你只去，不管他，那两人有本领，我一心要收服他们，你只小心将意送了去，每天两顿，不得有误。"

罗元哪敢违背，便提了器具，去厨房上装了两碗薄粥、一壶茶水，走向地窖，直投铁牢来。那铁牢门户扃闭，本有人值日掌握，罗元叫管牢开门。管牢的道："干什么？这些茶饭送给谁吃？"

罗元道："不管他，叫你开门是了。"

管牢的道："寨主吩咐，须有对牌方可开门，小人不敢。"

罗元道："胡说！我便是奉寨主之命送来，你敢不开？"

管牢的知得罗元是上手伙计，不敢拗执，只得开了。罗元走入牢里，更有个伙计手提钢刀在内看管，悄悄问道："怎么送伙食到这里？"

罗元喝道："用不着你管。"那人再不敢回话。

这时，范老、黄幼清二人全身捆缚，直挺挺躺在地板上，已饿得脏腑翻天，四肢焦枯，两三天不吃饭犹可，两三天不喝水，凭是一等本领，也挣扎不起。二人早是气息奄奄，命在顷刻。黄幼清已死去几次，因元精未散，又死不去。当下罗元见了二人不能动弹，叫管牢的与那里面看守的伙计扶了二人坐起，先与了茶水喝了，又叫呷了薄粥。罗元方收拾器具出牢，向晚又复送去。

第二天正午，罗元仍照样去厨房内提了器具，心想二人喝了一天薄粥，也吃得干饭了，便装了两碗白饭，加些咸菜，走向铁牢来。正待开门入去，劈面见净化打从甬道过来，喝道："罗元，你干什么？"

罗元一见大惊，原来净化知得范、黄二人在牢禁饿已是四五日，料得毙命，特来检验。那铁牢旁即是地窖，本有路通净化内室。净化行从甬道过来，正与罗元打个照面，却见罗元手提器具，当下又喝声住。

走近罗元身旁，看那器具时，装的粥饭茶水，不觉大怒，喝问管牢的道："谁叫你开这门？"

管牢的道："罗元要开，小人当时只不肯，罗元说奉寨主之命，小人不得不开。"

净化道："好好，你们都有本事。"

净化一面说，一面走入铁牢，向范、黄二人打量了一回，问那里面看守的伙计道："罗元送伙食到此几天了？"

伙计回道："便是昨日一天。"

净化道："你出来。"

伙计随着净化出牢。净化叫管牢的把门锁好了，对三人道："你们都随我来。"

罗元仍提了食具，与二人跟随净化出地窖，至内院大厅上。净化坐了那方丈的高案，叫亲近四个伙计站立两旁，拍案大怒道："罗元，你该懂得本寨的规矩，谁叫你送伙食与囚徒？"

罗元道："小人奉三寨主之命。"

净化喝道："胡说！"

净化心内明白，口中不言，想今日违了规则，哪容得再放过，当喝叫左右将罗元捆起来，提起鞭子，整整一顿抽打。又将那管牢的与看守的也打得半死不活。

惠如闻知出了事，急忙跑到大厅上，与净化道："罗元无罪，是我命他，请寨主责罚小弟便是。"

净化道："我不管是谁主使，只见他在那里送伙食，便应责他。本寨规矩，岂有不晓？既送酒食与囚徒，更要铁牢何用？"

惠如道："为是那囚徒有本领，我要收服他，故叫罗元送些饭菜与吃。"

净化冷笑道："如何先不令我知道？"

惠如道："寨主在院内寻快活，小弟不好入来，忘了告知。"

净化听惠如言语挖苦，越发怒道："这般乱闹，岂不是要本寨破家荡产？前日子那个囚徒逃了去，少不得有官司即来侦查，本案倒不严防，反送酒食与囚徒，岂有此理！这都在罗元身上。"叫将罗元等三人都押入铁牢。

惠如道："与他三人无干，寨主要押只押我。"

这时，悟化闻知有事，也急急赶来，见二人又生冲突，戒劝道："罗元无礼，本当惩办，但他历来买卖争前不后，着实于本寨有功，且恕他这一次。"

净化道："以后若再有人冒犯入牢，如何得了？"

悟化道："以后若再有冒犯，自当一并收禁。"

净化道："且恕你们这一次。"

三人议了退下，众人也都散了。惠如自肚里忖着，事倒不成，反害了罗元吃一场苦，那牢里两人仍不能得救，这泼贼真不顾情面。心中便大大不安，思来想去，寻出一计，叫罗元至僻静处道："这回是我害了你，今日面子剥尽，尔我在此，再住不得了，这泼贼着实要算计我们。不如趁早下山，你看如何？"

罗元道："可恨这泼贼太无情面，当初都是寨主出的力，如今独是他做主。想他有何能耐，这里都是寨主的人，索性把他结果了也罢，我们怎犯得让他？"

惠如道："他也有亲近的人，这个须要小心。"

罗元道："我都知道，再怕他多些，也不是我们对手。"

惠如本待罗元说这话，听了笑道："不可太轻易了，切要小心，又要谨口。"

罗元道："理会得，我早知道这人合不得伙，寨主不说，我不敢说。我要动他的手，着实有机会。"

惠如道："你去吧，待时行事，切要小心。"

当下罗元走出门来，叫了几个亲近的同伙，商量了一会儿，但等时来机到，即便下手。

不知罗元杀得净化也未，且听下回分解。

第九回

争寨权罗元杀主
探盗窟周通入彀

话说罗元约了同伙算计净化，谁知净化整日夜在院子内快活，罗元自不好入去，心里越发气恼。

这一晚，有应贵伙计到寺里来报，说："今日有商船过口，内中都是茶叶商帮，油水不小，不可错过。"净化听报，当即遴派多人，命戌时三刻在江边伺候。罗元亦派在内。到时众人齐集江边，分乘五只小船下水漂荡。直等过两三个时辰，不见船到，罗元心里不自在起来，一则因被净化叫众鞭打之后，身体有些不遂，二则急于要下手，挂牵不安，对众人道："等了这许多时候，一点儿声息也无，见鬼，有什么鸟船？我们白白在这里吃风，还是回去吧。"

众人道："只这么两个多时辰便回去了吗？"

罗元道："你们要等只顾等，我则不高兴了。"

众人道："谁愿在此老等？只怕寨主不许。"

罗元道："寨主有话只问我，你们放心。"

众人道："问你吧，只怕你又要吃苦了。"

罗元道："这个有理性，便寨主也责不得我。"

众人道："如此，去吧。"

当下把五只船都靠近岸来，众人一齐登陆，直奔到寺内。有人报知净化，净化、悟化、惠如都来至大殿上。

净化问道："多少货色？可有什么外水？"

众人回道："等了好一时，望不见船来，想是错报，以此回来了。"

净化听说，大怒道："又不是天亮了，只等一两个时辰便自回来，这样还了得？你们要做老太爷，回家做去，这里可容不得你们，都与我滚出去！"

众人道："都是罗元等不及了，叫我们回来。"

净化大怒道："该死的东西，前会子犯了规例，还不曾治你，今日却来躲懒！"

罗元走上几步，对着净化说道："不是小人贪懒，实因前日被寨主打得太厉害了，干不动，故此回来。"

净化道："该死的奴才，有什么干不得的，只是贪懒！"

净化说时，罗元看看惠如，惠如丢个眼色。罗元大喝道："泼贼，你休说！"

罗元本自外回来，提刀在手，急把那刀对准净化，由下向上只一搠，正着净化胸腔。净化提防不及，欲待回手，已被搠中。罗元急拔刀，转过手，斜向净化劈去，刀过头落，血漂庭柱。众人大哗。

罗元提刀在手，站在众前，大声说道："众兄弟听罗元一句话，我等在此，原是劫富济贫，安命立身，有祸同当，有福同享。这泼贼比先时学得些拳棒，常在乡间敲诈贫民，自从来到这里，独自买卖不成，但在近处行乞叫花。亏得惠如师父招了众兄弟来此，兴了本寨。因他是先来的人，便尊他坐第一把交椅，其实他有何能耐做得我们头目？既是惠如师父情愿让他，他便应自量，谁知他镇日价在内院子淫乱，单叫我们拼命，动不动拿寨主来压人。不是罗元性逆杀主，合是他恶贯满盈。本寨不可无主，今日除了惠如师父，还更有谁？众兄弟愿共患难的，自始至终，一般结合；不愿者，下山自去。"

众人听了言语，情知是惠如主使，哪里还敢多说，便是与净化亲近的人到这时也不敢作声。当下推定惠如坐正，悟化第二，罗元第三。悟化再三不肯居二，罗元道："你莫多心，罗元是后来的人，但得杀了这泼贼，便已完事。你是开山师父，如何逊得？"

悟化只得坐了。三人名位既定，惠如叫寺内所有头目伙计都拢来，检点一过，重新派了职司，将净化尸首抬去后园埋葬，院内四个妇女惠如先拣了两个，悟化一个，罗元一个，各归使用。将范老、黄幼清二人押入地窖里看守，一般送与酒饭管待，随将铁牢空锁起来，重新修理，整饬规模。从此，惠如便安稳自在，每日去珊珊、秀奴房中说些闲话。

珊珊、秀奴渐也知得净化被杀，惠如坐正，情知惠如怀着鬼胎，偏当他是个端正的好人，假意供奉。凡说到不上不下的话语，两人便抱头痛哭，使惠如身不得近，坐不得安，便也无可如何。范老、黄幼清虽在地窖，起居与铁牢便大不相同，也有桌椅板凳之类，可坐可卧。但手足捆缚，寸步难行，又有人管束，只得镇日高卧。四人两处，一心只望薛成早到。

且说薛成半夜里逃出北林寺，也不知投哪里走，只管往前乱奔。看看后面没人追赶，方才定了心，四处一望，只见北林寺天灯在半空中放光，也隐隐听得有人喧闹，只挂念范老、黄幼清如何不来，重又回过原路，绕转山后，静听了好一会儿，寂无声息。薛成寻思："不好了，定被那盗伙捉住了。"只得曳开脚步，自家先行。且去南京，告知周通，如果范老出来了，也必然到南京，自得相会。薛成想定，打量方向，又不好再走原路，索性翻过山，依着山中小路行来。

约莫行了二十多里，将次下山，看看天色将晓，听得鸡叫了，薛成肚里饥饿，自忖道："山下却有人家，哪里去寻些酒饭吃？也好一路下山，天也亮了。"看得山下有个小村，约有三十几家人家，大半都是草屋，薛成投向村里来。正村里人早起开门时，薛成行过，见这一家门口站着一个老者，对着薛成细瞧。

薛成拱手道："请问老人家，这里可有酒饭买吗？"

老者道："客官一早上路，却自哪里来？"

薛成道："客边不识路，昨夜走失了，早起肚饿，这里可有酒店？"

老者道："没有，此地是个穷乡，从来也没有。"

薛成道："就请老人家胡乱给些酒饭吃，一发算钱与你。"

老者道："这时候太早，家里还没生火，请客官里面坐，暂等一时。"

薛成道："甚好。"

老者引薛成入内坐下，自去里面说了几句话，仍复陪坐。

薛成问道："老人家贵姓？"

老者道："姓许。"

薛成道："此地叫何土名？有多少人家？"

许老道："此地名岭下村，约有三四十住户。"

薛成道："那山叫什么山？"

许老道："这边的山名叫狮子山，背后那山名叫紫霞岭。紫霞岭有个寺，叫作北林寺。"

薛成道："那北林寺是个大丛林不是？"

许老道："正是个大丛林，有六七十和尚。"

薛成道："香火盛不盛？"

许老道："大约很好，我也没有去过。"

薛成又问旁的，许老都回说不知，大家说些闲话。一会儿，酒饭齐备，薛成吃个饱，掏些钱付与许老。

许老道："笑话，客官吃顿饭要什么钱，我又不是酒饭店，请客官路上使用。"

许老一定不肯收，薛成只得取回，问了路程，相别许老，投南京来。于路无话，到南京时，已是夜晚，急忙进城，至天津桥王大汉家敲门。

周通、王大汉父子闻知是薛成，慌忙起来开门。薛成入内坐下，墨耕便去煮饭与薛成吃。

周通忙问道："怎么到今天才来？"

薛成道："说不得起，且问王少爷出来没有？"

周通道："哪里见出来？便消息全无。"

薛成道："哎，直这般不济事。"

周通道："他们都来了吗？"

薛成道："都来了。"

周通道："现在哪里？"

薛成道："现在吧，须得我们赶紧想法子。"

周通道："哎呀，又是怎么了？"

薛成道："你听我说，险些我也来不了。"

王大汉道："难道又是什么官司闹大了？"

薛成道："更比官司厉害。"

薛成便从头至尾，如何叫船，如何遇黄幼清，如何被盗匪架去，如何用了赛飞燕的青剑斩破铁栅逃出，说了一遍。王大汉、墨耕都听得呆了。周通皱着眉头道："你杀出寺来，便不见范老了吗？"

薛成道："我但往前跑，头也不回，只道他跟我出来了，后来听听，声息全无。我再回原路，等了好一时，却不见他。"

周通道："不好，定是黄幼清累了他，仍被盗伙捉住了。"

薛成道："若果如此，他两个性命难保，我们火速起程救去，再不得延缓。"

周通道："据你说来，那泼贼非同小可，他们人多路熟，如果救一二人还不难，若是范老逃不出，那便一共有五个人，可不容易。万一破得不好，那泼贼恨将起来，尽把五人害了，怎么得了？这事只怕尔我两个还不济，必须请陈三郎、居敢当才是。"

薛成道："最好邀史卜存，可惜叫不应他，没奈何，只好请三郎

82

与居老。但现在事急，再不得延缓，一来一往，又要耽搁时日。"

周通道："就是这话，你我只有分途而行，你去马官渡告知陈兴。好在居老也在他家，叫三郎约同居老前来，我先去那里察看，约定什么地方聚会，然后行事。"

薛成道："没奈何，只有这样，我们就此动身。"

王大汉道："这时候不早，出不得城了，只好清早动身。"

薛成道："该死，就是这鬼城门最讨厌。"

周通道："也好，趁这时，我去探一探王少爷消息。"

薛成道："怎么这几天不去呢。"

周通指着王大汉道："就是他劝我暂不要去，等等消息再说。我巴不得早晚走一遭，到今日依旧无消息，那姓李的也不来了。"

薛成道："是谁姓李的？"

周通道："咦，便是那后生，与王少爷送信的。"

薛成道："这人说话也靠不住，你要去速去，即便回来，明儿清早出城。"

周通道："是了，今日不得不去探一探。"

当下周通打扮起，一溜烟跑出门来。直到县衙，施展本领，跳上屋瓦，一径熟路，翻入内院，伏在檐下，正对那师爷房望去。只见江宁县捧着水烟袋在那里说话，对坐一个后生托着腮只点头，但不见那个老师爷。周通正心疑，忽见那后生立起来，面向外转时，正与周通照面。周通认得真，却是与无怀送信的那人，不觉大惊，几乎要喊出声来，心中思量："奇了，这是何人？"只听江宁县口口声声称老夫子，周通忖道："原来也是个师爷，怎晓得我们在天津桥下住？莫非是来暗探我？"又想，"不对，如果是暗探，我这话早日告知他了，这几天为何又不发作？"周通急想进去，只怕碍着无怀，又不敢进。再听江宁县与那后生所讲的都是别的案情，周通又不懂。

正没做道理处，只见江宁县拱拱手出门了，周通避了一边，待江宁县进入里面去了，周通再看那后生时，正伏案看书。周通趁势跳入那后生房内。那后生不慌不忙，望周通一打量，问道："你干什么？"

周通道："先生可是姓李吗？"

那后生摇头道："不是。"

周通道："有个姓李的，替这里一个犯人王家彦送一封信到我那里，兀似你的模样，你可知道这人吗？"

那后生道："这里人多事多，我哪知道？"

周通道："请问先生，王家彦的案子怎样了？府里可有回文？"

那后生道："府里已有回文，叫本县严查。为查得王家彦有认识的强人，或那强人也认得王家彦的，那么王家彦就有嫌疑要定罪。如果查得没有，这几天就可释放了。"

周通寻思，倒不好说出自己名姓来，便道："感谢先生指示。"说罢，疾出门外，寻原路跳出县衙。

回到王大汉家，与薛成等三人说了，都觉奇怪。原来那后生本是李邦翰，因那日与无怀送信之后，不曾再去，李邦翰知周通必要进来探看，万一泄漏，传出外去，岂非害公，以此埋没名姓，一概不认，并把些言语诱吓周通，要使周通不再进来。周通因李邦翰所穿衣服与那送信时所穿大不相同，又被李邦翰堂堂正正一说，也就信了不疑。

当时周通回王大汉家睡了一歇，天一亮时，与薛成起程，辞别王大汉，投向紫霞岭来。薛成要去马官渡，必然要从镇江过，自是一路，二人倍程前进，于路谈些闲话。

周通道："我们俱不是熟路，你去约陈兴、居敢当来，却与我何处相会呢？"

薛成想了想道："那紫霞岭山后有个岭下村，村中有个姓许的老儿很是爽直，我这回便在他家吃了饭，不如约了他那里相会。无论你住在什么地方，只在他家丢个信儿便是。"

周通道：“最好。”

薛成便说姓许的那家是怎样一个门户，从大路上过去，约隔着几家，门上有什么记号的，说了备细。

周通道：“一股脑儿二三十人家，还怕寻不着？”

二人大剌剌地行来，在路吃些酒饭，问店里人道：“此去紫霞岭还有多少路？”

店里人道：“不远了。”

周通道：“有个岭下村，在哪里？”

店里人抬头想了想道：“客官还是往紫霞岭呢，还是去岭下村？如果去岭下村，须从小路走，那就是了；若是往紫霞岭，便从这一条官道走，约着三五里，沿江有个村，名作石头市，到那里一问就是了。”

周通道：“若去镇江，也得过那里吗？”

店里人道：“原是一路，自然要从那里过的。”

周通与薛成计议道：“这样说来，我们用不着去岭下村，我且与你一路到石头市分路是了。”

薛成道：“说得是。”

二人问明路程便行，来到石头市，正是日落西山时候。

周通道：“时候不早了，只怕前面无宿头，你便在此耽搁一宵，明日清早上路如何？”

薛成道：“不管有无宿头，我却停留不得，只要快到，便走一夜也值得。”

周通道：“如此再见。”

薛成点点头，急忙忙一直向前去了。周通转了弯，入石头市来，周通探了一会儿，不到一百户人家，只江边有许多船只停着，果然是个水口码头。周通要探听北林寺，少不得找个土人来道问。

走到市中，看看一家酒店很是热闹，周通入来，拣个清净座头坐了，叫酒保取过酒菜，慢慢地吃喝，一面问酒保道：“这里听说有个北林寺，在什么地方？"

酒保道："就在此地不远。"

周通道："在那里有多少和尚？"

酒保竖着拇指道："远近数一数二的大丛林，有八九十个和尚。"

周通道："香火盛不盛？"

酒保点头道："好大的香火。"酒保说着，听隔座叫酒，应着去了。

只见旁座一个瘦小老儿对周通笑道："客官哪里来？"

周通道："从南京来。"

老儿道："将去哪里？"

周通道："往镇江去。"

老儿道："客官问北林寺吗？敢是这里有朋友？"

周通道："也没什么朋友，只听人说，这北林寺是有名寺院，路过此地，随便问问。"

老儿点头道："不差，远近都知道，每年三月里进香的人很多。"

周通道："我也想去逛逛。"

老儿道："客官要去，只得明日了，今夜想是不走吗？"

周通道："走不得了。"

老儿道："却在哪里歇宿？"

周通道："客边生路，还没寻妥，不知此地可有借宿的地方？"

老儿道："有得很，便这酒店里也可下榻。"

周通道："那便很好。"

周通喝了杯酒，又道："老人家可是本地人？"

老儿道："正是。贵处山东是吗？"

周通道："山东济南府。"

老儿道："一向在哪里得意？"

周通迟疑道："在南京开设小铺子，也做些小贩生意。"

老儿笑道："客官好说。"

86

周通见老儿好说话，又问道："说起这北林寺，有许多和尚挂褡，谅来寺产不小。"

老儿道："寺产也有，香火也盛，做和尚的全靠檀越布施。"

周通道："是的，这里的檀越想是很富。"

老儿道："此地是小市头，也没什么有钱的人。他那北林寺，全靠远处的檀越照应。"

周通再想往下问，只见老儿立起身来，走入里面去了。原来这老儿不是别人，正是应贵，这酒店便是应贵的伙计开的。

当下应贵走入里面，叫酒保至僻静处说道："这山东人来得奇怪，内中有些蹊跷，他接二连三地问北林寺，似乎很有挂牵。莫非是县里做公的来暗探？他说是干生产买卖的，我看他很有本领，不像生意上的人，你好打发他不要放手了。"

酒保道："理会得。"即去炉旁斟了一壶热酒，暗地搅了麻醉药在内，端与周通。

周通道："不要酒了，我这里还没喝完呢。"

酒保道："客官多吃些，小店的酒又公道，一路上只有小店的酒最好。"

周通道："也罢，你这里有宿处吗？"

酒保道："有有，客官只管慢慢吃，吃了睡觉是了。"

周通心想："倒也便当。"周通在店堂喝酒，应贵早自出了后门，即叫人上山告知惠如。惠如闻报，当下与罗元带着两个伙计下山至应贵家。应贵把话说过，惠如道："不错，定是个贼公人来赚我们，先搠翻了他再说。"

应贵道："我看这人本领在我们之上，不是容易。我已嘱咐酒保下药了。"

惠如道："果真？"

应贵道："你们看去。"

惠如、罗元两个一直投酒店来，打量周通，果然是个勇猛汉子。

87

二人入座，叫酒保取过酒，酒保丢了眼色，自念道："快了！"只见周通把酒满斟，两目注视惠如，约一盏茶时，周通忽地叫一声"哎哟！"扑翻倒地。

要知周通性命如何，且听下回分解。

第十回

薛成迷途除恶霸
李郎折狱救故人

话说北林寺自薛成逃出铁牢之后，净化、惠如朝晚提防，但恐有人前来报复，更防官中得知，派兵围剿，凡有过往生客，都托应贵察听照料。净化一死，惠如便越发严防谨守，差不多十里开阔都有线索暗探。

却巧周通又遇了应贵本人，言语之间露出由儿，以此应贵叫将酒保下手。当时周通扑翻在地，众人都赶拢来。这时，买酒的已散了，在内喝酒的多是应贵的人，便把周通扛入里面。惠如叫取过绳索，捆了结实，那绳索是羊肠牛筋炼制，便九牛二虎之力也奔腾不断，又加缚得得法，越得挣扎越紧身。捆缚已毕，惠如看了不妨，将周通放在眠轿里，命两个伙计抬着，打从后门经由小路，一直上山至寺中大殿上歇了。惠如、罗元也就回寺，叫取醒药泼醒周通。

周通猛然惊觉，看四面围着多人，半是和尚，不觉大怒，急待往前格杀，争奈身被捆缚。周通自打量了一会儿，运着气使劲一纵，只听那羊肠牛筋绳索轧轧作响，哪里挣扎得脱。周通明白，这绳索是筋肉炼制，却是苦也，不知如何着了泼贼的道儿。

周通骂道："贼秃，为什么赚我来这里？"

惠如道："你是做公的，你要我们的命，我们难道便听你要命？老实说，你有多少伙伴？"

周通道："呸！你有本领但杀我。"

惠如道："好，请你在这里暂住。"回头对众人道，"你们知道，这人不是等闲之辈，容不得在此窨禁闭，带去铁牢看押，每日把一顿饭与吃，好生看守。尤要当心那铁牢后窗，不得有误。"众伙齐应一声，即把周通拥入铁牢去了。

周通被禁那铁牢，只与范老隔一壁，范老眼巴巴日望周通来救，谁知周通早投罗网，竟自救不得了。

不说周通，且说薛成，自与周通在石头市相别，一直沿江走来，行不到十几里路，天早黑了。薛成不顾什么，只管往前走，约行了又二十多里，看前面忽然路断，却是大江。薛成停住脚步，自念道："怎么来到此地？明明是官道大路，如何忽又断了？"只得回原路，往左右走。左面是原路，看右面是个树林，有一条小路。薛成寻思方才自己走得太快了，错过岔路，这林子大约是通哪条官道，便从林子里行来。入得林子看时，路小树大，夜光映不到，又黑又难行，薛成只顾乱窜。约行了五六里，方出得林子。薛成觉得有些乏力，肚里也饿了，看前面是一片田野，隐隐望见一颗灯火，约在一二里之外。

薛成忖道："作怪，这里倒有人家。"便提紧脚步向灯火处行来。走近看时，果然是个小村庄，四处都已睡静了，只有庄边一家兀自点着灯，听得有人在内说话。薛成走到门前，欲待敲门，谁知那大门虚掩，一推便开。薛成入门来，有人问道："是谁？"

薛成道："夜来赶路，错过宿头，以此投门借宿，明日便行。"

那人道："原来是过路客人，你等一等，我报主人知晓。"那人入内去了，不一会儿，那人出来，回薛成道："远路过客，本当容留，只因主人今晚有事，心中不快，请客官别去投宿为是。"

薛成道："时候不早，这里无宿店，胡乱与我宿一夜，清早起行，一般送纳房金。"

那人道："你再等一等，我与你说去。"又一会儿，那人出来道：

"主人有请。"

那人引薛成至大厅上，即见一老者从屏门后踱出来，问薛成道："是你吗？怎么到此？"薛成把话说过，转问老者姓氏。老者说姓周，叫人与薛成在屏门后安置床铺，忽又说道："客官远路来，只怕不曾吃什么。"

薛成道："正是肚饿。"

周老道："夜深无买处，舍下有剩菜冷饭，暂时压饥如何？"

薛成道："最好。"

周老叫人取菜饭来，遂见有人托出一大筒饭、一壶酒，并咸菜咸肉之类，即在厅上端正了。薛成坐下，吃个大饱。

正吃时，忽听门上有人叫道："来了，来了！"只见一群人提着火把冲入门来。周老忙叫人将薛成酒饭搬至廊下，叫薛成移去吃了。薛成思疑，定神注视，只见当头一个汉子，满脸黑麻，身穿长袍短褂，大踏步进来，后面跟着四人，都火杂杂的。五人一拥到厅上，周老躬身作揖道："葛大爷上座，诸位随便请坐。"

那麻子坐下，说道："你把那银两备好了吗？"

周老点头道："是的，但小老儿有句话要请大爷原谅。"

那麻子道："没有话说，你只把那银两拿来是了，我们哪里有工夫等你！"

四个跟随的人也都说道："我们等不及。"

周老道："诸位原谅，小老儿单靠祖上留下这些薄产度日，从前干些生意小买卖，于今日不做事了，家里人口又多，年年亏空。虽有些田产地契，诸位也是晓得的，近来年成不好，谷米无多，没有什么出息。一家不知一家事，实实小老儿家里空得很，只有个虚名，不知道的总说我是近地的首富，内骨子里不但说不上宽裕，却是寅年吃卯粮，年年叫不应。人家叫不应时可以往别处通借，我又说不出口问人家借钱，这种苦楚，天晓得，自己晓得。既是大爷与诸位来了，岂肯叫诸位空手回去？现有白银一百两，请大爷与诸位卖脸，暂且收下。"

那麻子听了这话，拍案大怒道："什么话？我通知你不是一天两天了，到今天还是拿这些小钱来搪塞，凭你说得穷了讨饭，我们不多要，只问你要二千两，少一个不成！"

其余四人也跟着说道："少一个不行，赶快拿出来！"

周老吓得面如土色，只央求道："委实家中没钱，拿不出了，只得请大爷们原谅，日后补上。"

那麻子道："说什么废话！你装穷装一辈子，我们也只要的钱，你不拿出钱来，我们只要你的命。"

那麻子说着，叫一声动手，四个人一齐跳起，扑向周老身上来。薛成看了大怒，掷了酒杯，一脚跳出座头，直到厅上，拦住众人，喝道："你们干什么？"

那麻子见了薛成，浑身上下打量了一会儿，也喝道："你是什么人？"

周老忙道："不相干，不相干，是过路客官，晚来投宿。"回头对薛成道，"客官自请吃饭，不管事。"

那麻子听了这话，看看薛成，又啐道："与你何干？"

薛成道："泼贼，是什么钱，这样要法？"

那麻子听了大怒，喝叫众人动手："先与我打翻这花子！"

四人一齐扑向薛成身上。薛成一脚一个，踢翻两个，疾转身猛去一拳，又着一个，登时三个都打翻了。那麻子看不是头路，大叫一声，对准薛成腰下打来。薛成跳过身，飞起右腿，猛一脚正中了那麻子小肚，趁势去脑后又一拳，只见那麻子扑身倒地。三个人见麻子打翻了，拼命挣扎起，夺出厅外便逃，又一个立得远远的，早是闪出大门。薛成见四人都逃走，急得追上，抓住了一个，仍复打翻倒地，三个抱头窜出门外，飞也似的逃散了。

薛成回入厅上，再看那麻子时，双手抱住小肚，在地下打旋。周老一把拖住薛成，叫道："客官害了小老儿一家了。"

薛成呆了一呆，说道："作怪，倒是我打不是了？"

周老道："不是这么说，他们同党多，客官明儿就走了，这干系都在老儿身上，如何得了？"

薛成道："不要慌，你只说与我听，这是什么人？"

周老道："客官有所不知，我这村庄叫作周家村，村内都是姓周的，约有百多户人家。小老儿祖上是在外经商的，家下积有些银钱，也有些田地，只是人口多，田地又不好，近来年不如年，也就没有起色了。邻村远近都说我是就地的首富，有十万八万家私，其实都是个空名儿。一人有钱，也难做人，又在乡下，常时有风惊草动找到我家来，我不是一钱如命的人，如果确是做功德的要钱，没有不孝敬的。唯这桩事，实在我办不到，我的力量不够了。客官知道是怎么回事呢？客官夜来大约也从那里走过，不是村外有个大松林吗？那松林西边五六里有个村庄，名作葛家村，村内都是姓葛的，这人便是那村里的大王，名作葛老虎。说起这人的来历，雄得很，客官，你坐一坐，听我说。"

薛成道："且住，索性你叫人把人门关好了，我们谈谈。"

周老道："也说得是。"

这时，周家众人都吓了乱杂杂地呆住了，周老叫将关锁大门。薛成跨出厅外，看与葛老虎同来的那人被薛成打伤脊骨，正倒在地下闷声呐喊。薛成道："你叫什么名字？"

那人道："小人名作黄六七。"

薛成道："从来也不曾听得有你这种啰唆的名字，来来，与葛老虎一同去。"

黄六七叩头道："好汉且饶小人狗命！"

薛成道："不是杀你，叫你里面去。"

黄六七道："小人走不得了。"

薛成道："竟这般无用！"薛成说着，双手托起黄六七，提到厅内，与葛老虎并头放在地上。薛成道："原来你是老虎，好厉害！如今在老爷手里不准动，动一动，一脚踢死你。"

薛成在旁坐下，周老挨近身来说道："里面请坐说话。"

周老引薛成走入厅后耳房坐下，叫两个长工去大厅上看守。周老道："这葛老虎从小练武艺，好使拳棒，父母双亡，家无兄弟，只他一人，飘荡江湖，结识一班水陆上朋友，与江北周阿七、丹徒赵小保，还有两个镇江泼皮，号称五虎大将。这五人之中，便是葛老虎为首，向昔在乡村上打家劫户，放火杀人，无所不为，谁也避得远远的，不敢说半句话。后来听说五个人自家杀起来，分头走散，只有他老在乡间，招收各处当地泼皮，分了等级，各有名目。去年下半年，有几个月不见他，说是往少林寺学拳去了。谁知今年二月即又回来，越发在乡间大吹大擂，但凡邻近有钱人家都捐过了，不是几百，便是几十。这些钱拿到时，大小股分派，因此各处泼皮越混越多，如今手下是有二百多人。倘或有人不依他，便把人架去，备钱去赎，赎不出时，立即杀了。他到我家已来过几次，我因风声不好，在亲戚家暂避，谁知他们耳目众多，混到我亲戚家去了，因此不得不回来。我回来时，就有人来家，说葛大爷吩咐，叫我五日之内备银二千两，约今日半夜里来取。我一时哪里来许多银钱？莫说我一人拿不出，便是合个村庄集拢来也凑不到此数。我委实无计奈何，送百两银子与他。方才客官亲见的，他们都凶狠狠非要我的命不可，亏得客官与我们救了，把这葛老虎打倒。但是客官明儿便走了，他们多少的同党，岂敢便休，必来寻到我。这一场祸可闯得不小，我全家的性命只怕难保，他们杀人放火是常有的，客官与我想想，如何是好？"

薛成听说，哈哈大笑道："这也值得担忧吗？你老人家太把细了，他们那些撮鸟，一吓便散，再不会替这葛麻子来报仇。只是放不得他，放了他，后来只怕多事。"

周老道："就是这话，依客官主见，可是送县吗？"

薛成道："送什么县，我替你打死了，便完事了。"

94

周老摇手道："却使不得，这是人命，如今已打得半死不活了，再打不得了。"

薛成道："不管送县不送县，只放他不得，杀死他最好，免得留害。"

周老道："那么是这样，就明日清早送县去，但有一件，须得客官费心，成全到底。"

薛成道："送你县去，要我何用？我又不是县官儿。"

周老道："不然，明日把他两人送县时，只怕半路里有人劫夺，那就害事了。若得客官同去，他们再不敢近。"

薛成道："你们这周家村是归哪一县辖管的？"

周老道："我们这里是江宁县，过去一里多路便是丹徒县境界了。"

薛成寻思，为是要走得快，连夜上路，再翻到南京去，岂不是害了自己的事？说道："不是我不肯送，却是我的事比你更要紧，正自南京来，一心要赶镇江去，如果再回南京，害了我的事了。"

周老沉思道："客官既有要事，怎好相强，但这事非客官成全不可。别的不怕，大松林里出事，可否请客官送出大松林，走过葛家村口，然后请客官自便。我这里又多派人送去，方可妥当，不知客官意下如何？"

薛成道："这倒使得，大多走了二三十里路罢了。"

周老道："承客官成全，小老儿自当奉教。"

薛成道："笑话，薛成打人不要钱，要钱不打人。"

周老道："也是小老儿区区之意。"

薛成道："再不要说，我不喜听这话。"

二人计议已定，薛成去屏门后床铺上打了个盹。周老一夜不睡，天一亮时，即选了十个有力的工人，六个抬轿，将葛老虎、黄六七二人各乘一轿，用绳索捆绑了。周老自己也坐一乘，四个人前后护送，薛成在后相随，伴同送至大松林。邻近住户闻知葛老虎被捆送县里去了，大家欢喜不迭，有曾受葛老虎伤害的，听得消息，也愿伴送入县，纷纷向县控告罪状。薛成随同周家众人出了林子，经过葛家村口，看押送的人又加几个了，也自放心，相别周老，仍回原路，投向镇江，转往马官渡去了。

且说周老率领众人押送葛老虎、黄六七二人走向南京城来，入城径投江宁县衙门。周老把诉状备好，当下呈递县官。陆宣光看了呈状，即命将葛老虎二人收押，当即开堂，讯问周老。周老把话禀过，县官叫暂退下，接着四乡纷纷投呈，都控葛老虎打家劫户、杀人放火，种种劫盗大案。县官一一看了，立叫带入葛老虎、黄六七来到堂讯问。县官照例问过年岁职业，将四乡控告葛老虎的如数审讯，也是葛老虎合当数尽，一一直认不讳。县官又问黄六七，黄六七仰天叫冤。

县官喝道："犯死的囚徒，既与葛老虎半夜打入周家勒索巨款，岂非同党，尚有何说？"

黄六七道："小人卖菜为业，向不与问外事。因葛老虎说周家欠他银两，叫小人陪同去讨，小人不知实情。"

县官道："胡说！你这名字也是捏造。什么叫作六七？着实供说，恕免刑罚！"

黄六七道："真是冤哉枉也，小人老子四十二岁生小人，六七四十二，小人便名六七。老爷不信，可问小人的娘。"

县官怒道："死囚，一味乱言！"叫左右用刑。

西班值堂齐应一声，把黄六七拖倒，打得死去活来。县官叫将葛老虎、黄六七都押入死囚牢里，命周老与四乡众人各自回去，听候本县申详定罪。

当下县官陆宣光退堂，即将卷宗送与师爷李邦翰，遂将问案情形也与李邦翰说了一遍。李邦翰略把卷宗看了一看，与陆宣光说些闲话。

陆宣光道："方老夫子仍住在绍兴会馆吗？"

李邦翰道："晚生前日去看他，他想回绍兴去，晚生只怕有事要请教，便留住他，他说这个月不走，下个月定要回去一次。"

正说话时，当差送上一封信说，说绍兴会馆账房送来的。

李邦翰道："不差，是北京来的，送到会馆里，会馆转送到此。"

李邦翰拆信一看，原来是翰林院编修姓曾名渭的来信，说朝廷现设博学鸿词科，广征人才，叫李邦翰进京入试，不可误期。其中更有许多勉励的话。那曾渭，表字子歆，浙江钱泉人氏，原是李邦翰乡试时的房师，知得李邦翰积学有才，特来函告。当时李邦翰看过之后，随手递与陆宣光。

陆宣光看了道："此是老夫子功名大事，前程浩大，不可限量。况国家求才，如老夫子气宇学问，正当应试。"

李邦翰连连道："东翁好说。"

陆宣光道："只是老夫子一走，兄弟又失了将助。现有许多窃盗大案未了，非请老夫子指示不可。"

李邦翰自肚里寻思："这倒不管他，便是无怀，应怎样救他出来？"心中好费踌躇，即答道："且待晚生与方老师商量。好在晚生进京之期尚未定，方老师还在这里，大家从长计议。"

陆宣光道："最好。"

当下李邦翰把曾子歆的信藏好，即打轿子到绍兴会馆见方子山。方子山道："这里账房说京中有信与你，却是谁的信？"李邦翰掏出那信与方子山看了，方子山道："理应去。"

李邦翰道："这里如何，请老师发付。"

方子山道："这里吧，我实不愿在此，一心想回去，小儿也有信来，劝我回去。我昨日却遇赵彬，与他谈了好一时，他现在赋闲，最好请他来。他原是前任的幕友，此地情形很熟，案子也办得很好。昨日听他说，今日要去丹徒县，不知去了没有，等他回来，我与他说。如果他肯了最好，他不肯时，只好我权当你与陆宣光这么说是了。"

李邦翰道："这样最好，我自说去，免他放心。"

二人又谈了一会儿，李邦翰回衙，心中只念无怀的事如何结束，若果此事不了，怎能进京？思来想去，万分焦灼。回到房中坐定，无意翻阅案卷，猛可省悟，寻出一计，自念道："倒是巧合。"便把事中利害想了一周，踱入内院见陆宣光。

陆宣光迎入里面坐定，问见了方老夫子不曾，李邦翰道："见了。"遂把方子山的话传与陆宣光听了。

陆宣光道："好极，好极，那位赵老夫子兄弟也久闻大名，前任本县不是发生一桩风流大案吗？有个采花的剑客叫什么史卜存的，便是这位老夫子请了一个老捕快设法诱获的。"

李邦翰道："他原是老幕友了，案子办得很好。"

陆宣光道："说起案子，究竟王家彦怎么办呢？府里回文又叫本县彻查，这案还不曾查了，今日又是什么葛老虎的盗案，此类案子太多，实于本县前程有碍。"

李邦翰道："不然，今日有这一案很好，倒可归并讯办了。"

陆宣光道："怎么说呢？"

李邦翰不慌不忙说出来，直叫：

　　　　冤狱当前消似水，故人劫后喜相逢。

欲知李邦翰如何救得无怀出狱，且听下回分解。

第十一回

江宁县定罪诛元凶
天津桥聚首道契阔

话说陆宣光问李邦翰怎么说，李邦翰道："葛周通本领非凡，一时哪里拿得到，况一人姓名随时可改。王家彦原不像为盗的人，又且是名门之后，这案子就一辈子办不了。如今巧有葛老虎这人，四乡告他打劫杀伤的不计其数，他又直认不讳。既是姓葛，又无名字，老虎是他的绰号，安知不是葛周通一路？又加黄六七这人虽不姓土，却是同音。再看那四乡捏告葛老虎的呈状，也有说他在溧阳犯过案，他二人便很像是溧阳打劫的要犯。本来人命大案，如何可以指鹿为马？但遇此类情实理虚的案子，只好委曲求全。那葛老虎无论是否打劫溧阳在逃囚犯，单据他所作所为已是恶贯满盈，理当显戮。黄六七明明是葛老虎的同党，如何定罪，法有专条。据晚生愚见，这两案归并讯办，毫不费力，只在东家审问时做主。"

陆宣光接连说道："有理有理，老夫子的意思，兄弟明白了。"

李邦翰又道："如果能这样说得过去，本县申详到府，府里也巴不得速了此案，当然照办。王家彦有罪判了无罪，便是顾了王御史面子，足见东家格外成全之至意。"

陆宣光道："就是这么办吧，明日即便审讯。"

李邦翰道："如果东翁明日审讯，先须将张霸暗地问一问，那就越发稳便。"

陆宣光拍手道："果然不错，老夫子见地自是高人一等。"

李邦翰见陆宣光一律照办，便自放心。向晚，陆宣光命将张霸带入内院，叫院内众人一应出去，单向张霸道："你在监中，怨苦不怨苦？"

张霸道："小人罪有应得。"

陆宣光道："究竟打劫溧阳在逃囚犯王家彦是他不是？"

张霸道："小人不敢说。"

陆宣光道："恕你无罪，只管直说。"

张霸道："委实是他。"

陆宣光道："世间也有面貌相同的人，你认错也无？"

张霸道："小人认得真，一点儿也不错。"

陆宣光骂道："该死的奴才，你可知道王家彦乃是监察御史王孝华的侄子？他是少年公子，是文弱书生，如何干得杀人放火的勾当？"

张霸听了大惊，磕头道："小人该死，求大老爷与小人遮盖些。"

陆宣光道："若不因你向来办公得力，本县早将你发遣远处充军，如今本县一心要成全你，却是公事上过不去。现有葛老虎、黄六七二人迭犯大案，由周家村居民捆送来县，本县看他二人曾经受过刑具，也曾在溧阳犯过盗案，杀人劫舍，只怕就是他二人。究竟那葛老虎是否葛周通，黄六七是否王家彦，着你前去认明。你若认得真时，便是你的造化，认不真时，本县照公将你先坐诬告之罪。你可知得本县成全你的苦心吗？"

张霸叩头道："小人深感老爷活命之恩。"

陆宣光道："去休。"叫将张霸押去死囚牢里，着认明葛、黄二盗是否溧阳在逃囚徒。

张霸跟随管牢的行来，自肚里寻思："明明是县老爷抬举我，引我一条活路，不论是葛周通、是王家彦，只需一口咬定。"

管牢的引张霸至死囚牢前，说道："你认吧！"

张霸看了，都不认得，凭空说道："是的，是的。"

管牢的道："那麻子就是葛周通吗？"

张霸道："便是他。"

管牢的道："还有一个呢？"

张霸道："也是的。"

张霸看了二人，记在心里，管牢的仍将张霸押至原处，随即报知陆宣光。明日，县官陆宣光坐堂，先命将葛老虎、黄六七二人带入堂来，照例问过姓名年岁，再提张霸。

县官道："张霸，你可认得这二人？"

张霸一惊道："启禀大老爷，这麻子便是打劫溧阳迎会的葛周通，小人认得不错。"

县官指着黄六七道："这一个，你认得吗？"

张霸道："这个便是跟同葛周通一路的，小人也见过。"

县官对葛老虎喝道："该死的囚徒，胆敢乘迎神赛会打劫县城，通同大盗，拦路夺囚。今日来本县跟前又敢捏名蒙蔽，实属罪大恶极。究有多少党徒，如何行劫，着实供说，不得隐瞒。"

葛老虎一言不发。县官道："张霸，你如何知得这人是葛周通？着实说来！"张霸胡乱说了一遍。县官道："葛周通，你听明了吗？是你所做不是？"

葛老虎思量，总是一死，省得吃苦，便把张霸所供一一招认了，在口供上押了手印。县官叫将王家彦提出牢来，差役奉命，去犯人病房提无怀，将所有刑具一应戴上，提至大堂。

县官先问葛老虎道："你可认得这人？"

葛老虎摇头道："不识。"

再问黄六七，黄六七道："小人益发不识。"

县官传张霸，拍案大怒道："你既认得葛周通无误，如何葛周通反不识王家彦？该死的奴才，分明诬害良民！"喝叫左右用刑。

两班差役拖倒张霸，整整抽打一顿。其实差役都与张霸相熟，无非虚张声势，敷衍了事，张霸并不痛苦。

县官又道："张霸，你是本县公役，擅自诬害良民，理当罪加一等。"

张霸央求道："小人一时错失，因这人面貌相同，又是姓王，以此误认，求老爷宽贷。"

县官问黄六七道："你与葛周通同党，在溧阳杀伤多人，你自明白，照实供上。"

黄六七道："小人从来不到过溧阳，也不识这些人。小人委实冤枉。"

县官道："胡说！到今日仍与葛老虎一路，自是同党，还有何言？你这刁贼，不打不成！"叫左右重用刑。

差役齐应一声，把黄六七打得屁滚尿流。县官命将四人还押原处退堂。

李邦翰在堂后自是听得分明，即将一切原委、审讯情形当夜备文申详，听候发落。只望文到，释出无怀。李邦翰又将其余案件又都办了结束，放衙无事，来至方子山处闲谈，遂将办理各案情形与方子山约略讲了一会儿。

方子山道："王家彦的案子如此结束最好，应杀者早杀，无罪者即释，捉不到的用不着瞎捉。我们办案，要知多一事不如少一事，虽则权变，却有道理。"

李邦翰道："老师过褒，这是晚生饥不择食，也是无可奈何的法子。"

方子山道："只要如此便好，往往有些人钓名沽誉，说什么私行察访，什么严缉穷究，弄得临了，主犯捉不到，老百姓晦气，已害得鸡飞狗上屋，人家说起来，总觉他是个清官。其实清什么？只是清了外面，浑了里头。要知世间上人，善恶不同，智愚不一，强弱不等，良莠不齐，虽圣人亦无可奈何。譬如树木，有曲有直，有高有低，本来是天然的，如果想把好的都留着，坏的都去掉，使得一样直、一样高，不独一辈子做不到，就使做得到，也不成其为森林了。吏治之道也如此，不在杀人多，要在不杀人，能使恶者惧而不敢为，善者不觉有所苦，那就算得邺治了。如今这些做官的懂得什么，口口声声为国为民，只把那些龌龊钱往袋里藏，越是下去越不成。这官场中，我是看透看穿了，都是些混账王八羔子在那里瞎混。试问有一个正经的人吗？这里头好比贾府上的大观园，只有门口一对石狮子干净。不是我发牢骚，我早已看了清爽，若不因我家计艰难，便前几年我也不出来了。这回我实实不想干了，巴望回家去种田才是。"

李邦翰听方子山说了一大篇，句句都是实话，心中也不免有感，便叹了口气道："这时势细想不得，老师这么说起来，定要回府了。江宁县的事究是怎样？那位赵先生可有回信？"

方子山道："有回信了。老赵本在丹徒县，那丹徒县就是前任江宁，邀老赵一路去的。这回听老赵说，不愿干了，大约其中也有缘故。我写信去问他，他回信说，现在东家留得紧，只怕走不脱身了，想是他已就了丹徒县的事，不来了。"

李邦翰道："那么这里的事只好仍请老师主持。"

方子山道："就是这话哩，我又回不得家了。我现在正想找个替代，却找不到。你准定几时动身呢？"

李邦翰道："门生要走，至迟下月终，不能不动身了。"

方子山道："也是。"二人谈了一会儿，李邦翰回衙。

过了几天，江宁府回文到府，批令照办，文内略说：

在逃盗犯葛周通即葛老虎一名，即经拿获，一再审讯属实，该犯罪大恶极，着即就地正法，枭首示众。盗党黄六七一名，作奸犯科，罪有应得，着秋后处决。其余王家彦一名，既系与盗党姓名偶同，查无实据，着令具结释放。张霸一名，诬拘良民，本当重办，既非故意陷害，又因捕获葛周通有功，着将功赎罪，准予具结取保。该江宁县知县陆宣光捕盗得力，审案有方，着传谕加奖，除行文镇江府溧阳县知照外，仰该江宁县遵照办理，不得有误。

文到之日，江宁县陆宣光在堂宣谕，一一法小，不在话下。

单说无怀在犯人病房中，自从遇到李邦翰，起居饮食都很自在，又有书籍碑帖消遣，便不知不觉过了狱中光阴。后来会审葛老虎、黄六七、张霸时，差役把无怀提到堂上，无怀听审之后，心内明白，必是李邦翰在中设计营救，知得释放之时不远，从此无怀每日便望消息，盼念出去。一到盼念出去时，便又觉坐立不稳，度日如年。当时想到珊珊，不知近且如何，大约见面之期不远，若想到个中情境时，便越发难堪。

这一日，差役递牌来牢，叫王家彦具结释放，这一声叫喊犹如半空云霞，心中脑中有百万感想，说不出是悲是乐。无怀便跳出牢来，跟着差役来堂上具了结。县官宣谕释放，无怀谢了，一时心乱，即想去会李邦翰，转思使不得，便一溜烟跑出县衙来。走经街市，却如游蓬莱仙岛一般，直到天津桥下王大汉家，王大汉一见无怀，抱住大哭，二人说不出话。一会儿，墨耕也回家来了，看得无怀在家，呆住了，又哭又笑，又好像心里想，果然没有死，也有一天回来的。

无怀坐定之后，王大汉父子叫剃头，叫洗澡、换衣服、买香烛，去酒馆里叫了一桌整菜，父子二人忙得不得开交。

无怀问道："周通呢？"

王大汉咽着喉咙答道："有事去了。"

无怀又问："薛大哥呢？"

王大汉道："也有事去了。"无怀心疑，也不再问。

王大汉父子把酒菜端正了，请无怀上座，二人站立两旁。无怀哪里吃得下，只觉一阵阵酸心，也不知是什么道理，勉强吃了些酒饭，又问道："他两个到哪里去的呢？"

王大汉强笑道："少爷出险，小老儿接风，停刻再说吧。"

无怀只得不作声。正款坐时，只见门一推，一人入来。无怀一看，原是李邦翰，迎入里面，不待说话，无怀跪下道："谢吾兄患难之恩。"

王大汉、墨耕见无怀跪下，都在背后跪了，急得李邦翰回也回不及，连连伏倒地，拉起无怀，口里只说道："王兄，算什么，算什么？"

大家立起身，李邦翰道："无妄之灾已消，愿吾兄从此青云直上。"

无怀道："但凭七尺躯，来日酬知己。"

李邦翰道："不谈了，不谈了。"

这时，王大汉在旁只管对李邦翰看，自肚里想："原来就是那一大送信来的这后生，只是衣服华朴不同是了。"

李邦翰见王大汉猜疑，笑道："你认得我吗？"王大汉不敢便答。

无怀道："便是前会子替我问讯的李老爷。"

王大汉父子听了，又磕了个头。墨耕掇过一把椅子，请李邦翰坐。李邦翰道："我不坐了，你将息一下，我这几天想把一切都交还方老夫子，完事了，预备不日上京，并想邀你同去，改日长谈。"

无怀道："我不来看你了。"

李邦翰道："不便，不便，千万不要来看我。等我出了衙门，通到绍兴会馆去了，大家可住在一起痛谈。"

李邦翰拱了拱手便走。无怀送出门外，回入室中。

王大汉问道："这位李老爷在里头当什么差使呢？"

无怀道："是县里的师老爷，我这回就是他一力成全。"便略略把内中情形说了一会儿。

王大汉道："阿弥陀佛，好人自有好报。怪得葛大爷那天说，县里的老师爷不在了，那个后生师老爷正似这里送信来的人。我道哪里有此事，原来如此。"

无怀道："可不是呢，你说周通有事去了，却往哪里去？此刻可说与我听了。"

王大汉道："少爷刚才出来，小人只怕少爷担心，所以不敢便说。葛大爷被薛大哥邀去，就是为陈家小姐的事，因这回我们晓得少爷快出来了，薛大哥便去报知范老。陈家小姐急来要看少爷，大家一路正上这里来，不料半夜在江中被海盗架去了。"

无怀听说，立起身道："如今怎样呢？"

王大汉道："薛大哥、范老、陈家小姐，还有什么姓黄的两夫妻都被架去了，亏得薛大哥气力大，把铁栅拆断了逃了出来，范老与那个姓黄的仍逃不出。薛大哥连夜到这里与葛大爷商量，如今两个都去了，薛大哥还要到马官渡去邀朋友，葛大爷在那里等，大家会齐，一路杀进去。"

无怀道："在什么地方呢？"

王大汉道："在一个最大的寺院里头，有许多和尚，都是强盗。那地方叫什么紫霞岭，又叫什么寺，我忘记了。那天薛大哥气喘喘地说得太快，我记不起了。"王大汉东牵西扯地说了一大篇，无怀早是泪不可仰。王大汉劝道："少爷刚出来，自己身体要紧，现有许多人救去，那些贼伙难道敌得过葛大爷一个？不久就会出来了。"

无怀也不作声，只觉心中酸楚，禁不住流泪。从此无怀在王大汉家左等周通，右等薛成，日日盼望，越发比牢里难堪。

过了六七日，李邦翰又来了，进门说道："这几天日日想来看你，只走不开。今日算完事了，一切都交付了方子山老夫子，明日通到绍兴会馆去了。"

无怀道："很好，我也沉闷极了，尽想与你谈谈。"

李邦翰看了无怀面上，惊道："怎么你益发消瘦了？凡事想得开些，过去事更不必论。"

无怀摇头道："不是。"

李邦翰悄悄说道："说起你那两个朋友呢？"

无怀道："就是为这事，夜来睡不得好觉。"

无怀说着，握住李邦翰手，入到里间坐下。王大汉端了两盏茶，把门掩上了，在门外坐。

无怀道："李兄，你看我这人前生作了孽，今身受者是。自从与你别后，到现在无一时不在沉闷忧虑之中，如此光阴，真使我过怕了。你说我不豁达吗？事到其间，要达观也不能，除非死了。"

李邦翰道："莫又是那位珊珊小姐出了岔子？"

无怀道："正是呀！不但她一个人，许多人都是为了我生出许多事来。"

无怀遂将王大汉所传与听的都与李邦翰备细讲了。李邦翰皱着眉头道："真是不堪，你我都是富于情感的人，遇到这些关头，便是万难。不说儿女之情，即是朋友之谊，又何以遣此？"

无怀道："所以说呢，自从听得这消息，虽在这里，更比在牢里焦灼。"

李邦翰寻思道："这也无可奈何，尔我都是弱不胜鸡，又不能深入虎穴。若叫官兵围剿么，大队人马一到，早已闻风远扬，即使一网打尽，也无非玉石俱焚。这类事，只有让他们飞檐走壁地去干。还是你，有许多壮夫义士，可以借重，如果犯到我身上，更无方法。你便焦灼煞也没用，只得丢开再说。"

无怀道："我何尝不这么想，一心想排脱它，只排拨不开。前次听你说要进京，不知为的何事，尽搁在心里，急想道问。"

李邦翰道："我也为的此事而来。"说着，掏出那曾子歆的信与无怀看了。

无怀道："很好，吾兄此去，必然青萍争售。"

107

李邦翰笑道："便是无售处，特来请你作保。"

无怀也笑道："要我作保，那才好了，连我自己的性命都保不了。"

李邦翰道："闲话休提，我此来一则就为探询你今后进行如何，二则便来邀你，想你同去。这博学鸿词科也是难得遇着，倘得一日之长，为国家出力，为祖先争光，即吾兄所谓沉闷忧虑之时日，一变而为豁达愉快之光阴，也未可知。"

无怀道："承兄错爱，极愿相随，但这博学鸿词科，应试的人必多，小弟年来困顿流离，此调久不弹了，只怕徒劳往返。"

李邦翰道："尔我岂有不知？你的才学胜我十倍，我且不自量，你则不必说了。但请你把刚才所说的话须尽行搁起，不可累堕。天下有情人终成眷属，不过迟早间耳。"

无怀笑道："你算得善颂善祷，到今日我尚有何主张，只得听其自然的了。"

李邦翰道："只得如此，我与你且进京，如果他们来了，少不得到这里寻你，后日自得相会。"

无怀道："究竟你什么时候走呢？"

李邦翰道："也不能再迟了，横竖在此无事，就这几天动身吧。一切盘缠我都预备，不劳费心。"

无怀点头道："最好。"

二人约定时日，李邦翰相别无怀自去了。这里无怀把李邦翰来邀进京的意思当与王大汉说了。王大汉喜道："这是少爷功名大事，不可不去。"

王大汉知无怀要去，极力摒挡了好些银钱与无怀盘缠，硬要无怀收下，也整备了行李。

第二天，无怀去绍兴会馆访李邦翰，又谈了好一会儿。陆宣光、方子山，还有其余的朋友知李邦翰进京，都约饯行，并要亲送上道。

李邦翰因与无怀同行，不便相见，一概挡驾，只带荣升一人。约定无怀，悄悄出城。王大汉、墨耕跟随相送，渡江直至浦口，方自回去。

李邦翰、无怀在浦口雇了骡车，一鞭就道，投向北京去了。

欲知二人投京如何，且听下回分解。

第十二回

应院试邂逅侠士
展长才结识亲王

话说李邦翰、无怀带了荣升，一共三人，由浦口出发，投向北京来，于路各站停歇，按日上程，无非是车尘马迹、征夫羁旅之状，不必细表。

单说二人来到北京城，即在正阳门外卸了行李。李邦翰曾在京住家多年，自是熟路，一径投到骡马市大街淮扬会馆，在那里看了铺房，叫荣升收拾房间，安排行李，二人即在会馆下宿。当晚因路上辛苦，各自休息。

翌日清早，李邦翰盥漱既毕，吃过早餐，当叫轿子进城，拜访曾子歕。门上递入李邦翰名片，曾子歕即叫接见。李邦翰上前请过安，说老师手谕到南京时，门生正因有朋友在江宁县幕下，托暂代庖，以此延迟。

曾子歕道："什么时候到京的呢？"

李邦翰道："昨日申刻方到。"

曾子歕道："现住哪里？"

李邦翰道："现在骡马市大街淮扬会馆。"

曾子歕道："何必找会馆住呢？就在我这儿下榻不好吗？"

李邦翰道："谢老师盛意，门生还有个朋友一路同来的，大家有伴。那会馆也还清洁，出入尚便，请老师放心。"

曾子歆道："你那朋友是什么人？"

李邦翰道："是门生同年，也是癸卯科中的，姓王名无怀，无锡人。"

曾子歆道："不差，这人名氏很熟，记得癸卯年阅卷时，他那卷子是姓范的荐的，听说诗赋很好。"

李邦翰道："是的，不但诗赋，时文、古文都很好，才学兼优。原是门生的畏友。"

曾子歆道："他也来应试的吗？"

李邦翰道："是的，门生邀他同来。"

曾子歆道："很好，这回博学鸿词科是皇上的意旨，瑞亲王奏议的。皇上去年幸西苑出猎时，众多大臣随侍左右，当时获得獐鹿之类不少，其中有一只麋是生获的，皇上看了悦意，问大臣如何养法。适顺天府尹在后，皇上回顾问道：'你懂得吗？'顺天府尹回道：'这是小鹿。'皇上道：'你还不知是麋吗？你是什么出身？'顺天府尹回道：'奴才向在前门外开米店。'皇上听了不语。回宫之后，着将顺天府尹革职，下旨整饬吏治，非有长才，不得干进。当时瑞亲王奏道：'现在吏治不整，弊端百出，捐班买卖，如同商贾，要整吏治，先要识拔人才，杜绝贿赂。'皇上便说：'年年开科取士，如何便无人才，弄得商贾杂凑？'瑞亲王回奏：'有才积学之士都为贿赂买卖所阻，不能进用。应请皇上特科取士，淘汰杂员，即便吏治澄清。'因此遂有这博学鸿词科。现在这科就是瑞亲王主考，各部大臣阅卷，很是郑重。如果擢取之后，将来前程定是显扬。于今考试在即，你既到京，须悉心用功，不可大意。"

李邦翰听了曾子歆说毕，欠身道："承老师栽培，门生自当鞭策驽钝，不负嘱咐。"

二人谈了一会儿，曾子歆也问问南边情形。李邦翰辞出，回到淮扬会馆，将曾子歆的话都与无怀讲了，二人便去市上买些应用书籍，即在会馆里勤习用功，等待考试。

光阴容易，转眼考期已到，二人来至考试去处，看了规例，遵照时刻进场，一连五场，方才完毕。二人退至会馆将息，李邦翰即去曾子歆那里报知终考情形，只等榜发。

　　二人匆匆过了好几日，无怀记起傅有盛，想当日承他上下招呼，留周通在局，救薛成出险，替自己荐至陈道台家教书安身，亏煞他义长情重，真是个热肠的人。如今既到京多日，理应前去拜访。无怀想定，趁着空儿，独自踱出淮扬会馆，来到西河沿四通镖局问时，谁知傅有盛已死了。无怀听了，好生伤感，遂问什么时候死的。那镖局里人回道："便是今年正月半去世的。"无怀返身出来，去市上买了锭烛锡箔之类，重到局子里，走入店堂后厅傅有盛灵前，祭吊了一番，不免触景洒泪。傅家众人已忘了无怀这人，也不知所以然。无怀略略周旋了一会儿，辞别众人出局子，便接连想起旧日居停陈道台，不知尚健在否，顺道从陶然亭行来，寻至陈道台家。早见门前贴着大红直条，写上三字，是"冯公馆"了。入得门来问时，有人回说道："从前是陈道台住的，去年十一月，陈道台携眷回山西原籍去了，这院子便由房东收下来，现租与冯公馆住了。"无怀只得回出，记得从前院子旁有一条小路，可通骡马市横街，即从小路行来。只见院后花园内贴墙有蔷薇架紫藤花，尚是浓绿如旧，想昔日吟咏之处，今不知是谁管领了。又念傅有盛是何等英雄了得的人，也只一死。又走经陶然亭，想当日与周通、薛成对坐痛哭之所，今依然寥落一身。思来想去，都是伤感的景象，不觉流下泪来。

　　无怀一壁走，一壁思念。正走出小路，将转弯时，只见一人对角行来，与无怀打个照面。那人端端正正、目不转睛地对无怀望上望下细瞧，立了不走。无怀心疑，看那人时，三十上下年纪，瘦小身材，雪白面庞，目光似剑般尖利，衣服穿得十分华美，想是京中官家公子，私念如何这般注意于我。无怀看了几眼，往前正行时，那人拱手问道："贵姓?"

　　无怀迟疑道："姓王。"

那人又问道："贵处？"

无怀道："江苏无锡。"

那人道："你是王无怀不是？"

无怀见那人问得稀奇，顺口答道："是王无怀怎样呢？"

那人道："巧极了，也有一日遇到你。咱们去喝杯酒再说话。"

无怀越发猜疑，便道："不敢动问足下尊姓大名。"

那人笑道："你不认得我吗？难怪！我名史卜存的便是。"

无怀听说，一惊道："哎呀！原来是史义士，怎得在此地？常听薛大哥说，义士盖世英雄，天下闻名，何幸今日一相见！"

史卜存道："果是意外，万不防是你。你的相貌略变了，我一时竟认不得。如今这些朋友呢？你遇到了没有？"

无怀摇头道："不曾遇着。"

史卜存道："难道一个也没遇着？薛成、陈兴、葛周通、居敢当、范老父子、李二兄弟，一个也不见吗？他们到哪里去了呢？"

无怀道："我也不知。"

史卜存道："你怎么会来此地？"

无怀道："说来话长。"

史卜存道："此地不是说话所在，咱们找个清静地儿，那里去喝杯酒也好。"

史卜存说着，握住无怀手，向骒马市横街行来，拣一家清静酒店，入内坐地。史卜存点了几样菜，替无怀斟了酒，说道："你与周通在石落村失散之后，却去哪里？我与他两个正寻得你苦。"

无怀道："我在石落村被陆正明关禁，失散了葛兄。亏煞张小五赎我出来，送我上道，到浦口寻李二不遇，在南京遇了我先前的书童墨耕，留我家去。哪知今年闹了事，几乎死在牢里。"

史卜存道："又是谁害了你？"

无怀道："是谁害我？原是旧案发了。"

便言如何遇张霸，如何被张霸捉入县里，如何周通夜来探衙，如何遇李邦翰设法救出，如何来京应试，从头说了一遍。

史卜存道："都是周通闯的祸。你知道吗，我与你在府上见过一面，后来在千寿寺见一次，自后就寻不到你。我在南京时，遇了陈兴、居敢当，在后遇了范老父子，也曾见过陈家小姐，只不见你。我在石落村时，与周通两个寻得你苦，向后我去丈人峰见面师父，与周通别散。去年十二月中旬，在绣龙山都与他们见了，仍说找不到你。这回若不是转角上遇了你，我却一时认不得，险些又错过了。"

无怀道："我何曾与你见过？"

史卜存道："你不知道，我自明白，薛成、周通也晓得的。如今这些人都到哪里去了呢？"

无怀道："说不得起，被强盗架去了。"

史卜存道："笑话！谁被强盗架去？"

无怀又将薛成与范老送珊珊来京，在船上遇祸，被盗众架上山去，薛成半夜逃出来，邀周通同去搭救，所有王大汉传与无怀的话，无怀都说与史卜存听了。

史卜存道："真是笑话，亏煞薛成，做出这等事来。如今薛成、周通已上山去了吗？"

无怀道："据王大汉说，周通已去那山下等候，薛成到马官渡邀陈兴、居敢当相会，约同一起杀上山去。我只怕时候不及，范老的性命休了。"

史卜存道："不要紧，我与你去。"

无怀道："若得义士允助，自然剑到妖除，只不知那寺叫什么寺，周通在那里也不在。"

史卜存道："寺在什么地方呢？"

无怀道："那地方距南京不远，叫什么紫霞岭。当日薛成也说过寺名，却是王大汉忘了。"

史卜存道："既有紫霞岭，便逃不了寺，明日便去，早晚与你消息。你现住哪里呢?"

无怀道:"就在街上淮扬会馆住,过去不远。"

史卜存道:"方才你说,这会儿为什么来京?我又忘了。"

无怀道:"为是朝廷设了博学鸿词科,特来应试的。现已考过了,只待榜发。"

史卜存道:"好,你再喝杯酒,咱们走吧。"

无怀道:"不喝了。"

无怀立起身,史卜存还了酒资,与无怀跨出店门,说道:"日后再会。"史卜存说着,拱拱手自去了。

无怀回到会馆,与李邦翰谈起一天的事,说今日遇了史卜存,在酒楼宴饮,承他答应南下,搭救众人等等。李邦翰听了,亦是欢喜,问史卜存现在京城干什么呢。

无怀道:"我也不曾问他,他是朱郭之流,到处为家,足迹遍天下,来去无一定,我又何必问他呢。"

无怀遂把史卜存过去的事又谈了一会儿,彼此二人在京每日逛逛名胜,谈古论今。遇着雨天,即在会馆内饮酒赋诗,倒也自在。

约过半个月后,榜发了,无怀考列第二,李邦翰第七。二人都高列前第,好生欢喜。那榜上贴着瑞亲王谕旨一道:

考取的人于某月某日齐集瑞亲王府,听候训谕。

李邦翰即去曾子歆那里报知,也伴同无怀去参见了曾子歆。大家说些客套,都因李邦翰的知交师友,自是沆瀣一气,谈得十分契合。李邦翰有些在京朋友或父辈世交,闻知李邦翰高中特科,都来道喜,少不得邀宴欢乐,足足忙了五六天。

转眼瑞亲王训谕日期已到,二人早起即来王府伺候。入门有人看守,早已在门房上等了,遂见三五一群地陆续进来,都是这次登榜的人。不多时,有人出来点名,叫依次列班。只听得钟鼓齐鸣,二门大开，瑞亲王登毓秀殿，有人前导，引众人至殿下。瑞亲王亲自又点了名，先将皇上整饬吏治、开科取士的圣旨捧读了，众人都跪下静听。读毕，众人起来，瑞亲王宣谕道："咱奉万岁爷意旨，开这回特科，原是为的吏治窳败，士路闭塞，所以整饬仕进，挑选贤能。好在这回与考的都是才优学长，咱很是欢欣，即当奏明皇上，交各省大臣一一擢用。你们须尽忠报国，不负皇上苦心，着在京静候谕旨。"

瑞亲王谕毕，众人都谢了，退出王府。无怀、李邦翰回至淮扬会馆，二人私议道："今日所见也奇，那个老儿差不多八十岁了，只看他一脸胡子白得如银丝一般，也来赶考，难道他要活到一两百岁不成？"

无怀道："还有一个，列在第三排的，你不见吗？也有六十多岁了，看他精神倒是很好。"

李邦翰道："所谓冯唐易老，李广难封，世间有怀抱不羁的人着实埋没了不少。"

二人正说时，荣升进来，说："曾大人请两位老爷吃饭。"

李邦翰道："我们就来。"

无怀道："我可谢谢了。"

李邦翰道："不行，他就是为请你，不能不去的。"

当下叫荣升雇了两乘轿子，二人乘轿直向城内曾公馆来。门上接帖进去，曾子歂急忙出来，恭迎二人入内坐定。

寒暄既毕，曾子歂道："今日瑞亲王宣谕，怎么说呢？"李邦翰把话讲过。曾子歂道："二位快了，这几天之内必有喜信。那瑞亲王很有权衡，方出法随，不是随便说的。二位又且高列前第，自是先声夺人。"

无怀道："晚生侥幸之至，平生无学无才，又初出茅庐，却是未能操刀而使割，只恐辜负了瑞亲王旨意。"

曾子歂道："吾兄太谦了，尔我何必客气呢？"正说时，人报酒席端正，请客入座。

曾子歇对无怀道："今日并不是什么请客，无非请二位谈谈。李老弟原是多年知交，不必说了。王兄虽是初会，也一见如故，况且与李老弟大家都是知好，兄弟便不客气，请在舍间便饭。"无怀连连称谢。

曾子歇让二人入席。在席另有几个外客，曾子歇都引与二人相见，皆是词林中人，在京居住的，大家甚是说得来。一时席散，二人辞别曾子歇，回淮扬会馆。

过了三五日，有人至淮扬会馆问无怀，说奉瑞亲王旨，传王某明日辰刻至王邸谒见。那人宣旨毕，自去了。无怀恭送至门外。

李邦翰道："恭喜王兄飞黄腾达，即在此时。"

无怀道："皆是李兄超拔，无怀有何长处。"

李邦翰道："以后我们再不得提此事，倘被人知道，岂非笑话？"

无怀道："是了，也是我心中所志，不觉脱口而出。"

李邦翰道："不知瑞亲王有何意旨？"

无怀道："也不知是什么事，明日便明白了。其实我也不管他什么，但得安命立身已足。"

第二天，无怀入谒瑞亲王，瑞亲王仍在毓秀殿传见。无怀以大礼参谒既毕，瑞亲王问过姓名、年岁、籍贯、向在何处差使，无怀一一具对。瑞亲王问道："使你为官行政，且当如何？"

无怀道："上不负君王，下不负庶民，孔曰成仁，孟曰取义，立身行政，如此而已，不敢言他。"

瑞亲王大悦，便道："我叫你来，将去山东巡抚幕下襄办诸务，暂在那里供职。最要考察吏治，不可疏忽。"无怀叩谢。

正说时，内侍禀报山东巡抚万武扬参见。瑞亲王道："正好，请他进来。"当下内侍传旨出去了。

原来这山东巡抚万武扬，本是安徽合肥人氏，原是武职出身，为人精明强干，因黄河口决，特来京具折面奏。适值瑞亲王主考博学鸿词科方毕，万武扬参见瑞亲王时，知得瑞亲王意思，便问有何人才发去职省试用。瑞亲王正想派发各省，顺便把无怀说了，一面传旨无怀殿见，却巧万武扬又来参谒。

当时瑞亲王传谕入殿，万武扬照例叩见毕，瑞亲王指着无怀道："你来得正好，你说要个能干的人，就是这王某尚可用，你带去是了。"

万武扬谢过恩，与无怀相见。

无怀道："晚生驽钝，须赖中丞提教。"

万武扬道："老王爷所保，自是杰出人才，兄弟当登门恭请，不知现在哪里？"

无怀道："现住骡马市大街淮扬会馆，且问中丞尊寓。"

万武扬道："兄弟住西河沿马尚书第，明日即至贵寓拜访。"

无怀道："不敢，晚生理当过来请安。"

无怀见已无事，又叩谢了瑞亲王，与万武扬相别回寓。李邦翰急问如何，无怀一一讲过。

李邦翰大喜道："此真是吾兄开拓长才时了，恭贺恭贺！"

无怀道："怎敢说，皆是吾兄所赐。"二人谈谈笑笑，好生快乐。

翌日清早，无怀正拟往西河沿去见万武扬，忽听荣升入报，有客拜访。无怀看那名刺，却是万武扬来了。无怀连忙叫请在大厅上坐，即行出迎。只见万武扬轻衣小帽，但带跟随一人，笑着进来，口说请安。无怀躬身回礼，迎至厅上，分宾主坐下，再三说："中丞大驾枉顾，晚生实不敢当。"两下谈了一会儿，万武扬辞去。

第二天，无怀去西河沿回拜。第三天，万武扬请客，在座都是一时大吏，知无怀是瑞亲王所保，自然格外青眼，都请无怀宴饮。无怀也答礼还请，直忙得不得开交。

如此过了四五日，李邦翰也接得瑞亲王府官报，打开看时，原来就是这回登榜的名单，都经亲王派发。五名以前，特例任用；五名至十五名，大挑一等知县；十五名以下，分发各道府录用，以次擢升。李邦翰就分发在山东省候差。当下接得公报，知是与无怀一路，真个欢天喜地，说不尽欢娱。各处朋友又来贺喜邀宴，门前车马络绎不绝，歌栖舞馆，度无虚日。正是：

人生富贵岂可忽，锦上添花会有时。

毕竟看二人发迹如何，且听下集分解。

第十三回

王无怀走马上新任
赵明浩入府说良缘

话说王无怀在瑞亲王府得识万武扬之后，一时京中员吏，不论职卑职高，都与无怀亲近奉承，熟来熟往，连日皆有宴饮，闹得花天酒地，应接不暇。这其中也有个缘故。

原来万武扬参谒瑞亲王时，眼见得无怀早在那里与瑞亲王说话，心内寻思："这人莫非与王爷别有来历？"又凡往常亲王贝勒有什么嘱咐时，只交一个条子，或随便说句话，便是算数，从没有如这回瑞亲王切切实实当面谆嘱的，万武扬便越发知道无怀是亲王跟前的人不差。也是无怀否极泰来，会逢其时，合当发迹，所以万武扬见了无怀之后，第二天清早便折节下心，亲自到淮扬会馆拜访无怀。逢人便说，现在亲王爷交下这位王某，少不得极力赞扬，也是万武扬自己十二分面子。以此与无怀相识的，都知无怀是瑞亲王的人，哪有不亲近奉承。又加无怀果然人品出众，才学不凡，益发令人器重。但凡一人倒霉时，件件都坏，待到走运时，什么都好，此间无一定是非，只随人上下。

不说无怀由瑞亲王保荐，万武扬倚重，自是身价十倍，便是李邦翰因无怀在一处，也见得声势不同。自接得瑞亲王府官报，叫去山东候差，李邦翰想："倘使这类差事中无奥援，也须候得半年一年，不见得就成。如今有无怀在巡抚幕下，便无迁延。"二人既同一路，自是兴高采烈。

当日，万武扬在京公毕，与无怀说道："兄弟此间事已了，老夫子如无甚事，便一同回省；如或有事，兄弟在此暂等同去。"

无怀道："晚生在此无事，中丞何日起程，晚生即当随行。"

万武扬道："老夫子可有什么随从人等，请早预备了，也便一路同行。"

无怀道："晚生只是一人，别无跟随。但晚生有同年李邦翰，亦是此科同榜，与晚生同居会馆，曾奉官报，分发治下。晚生本约与他同行。"

万武扬道："这人姓名好熟，似曾在名单上见过的。既是老夫子同年知好，咱们何妨一路同行了。"

无怀道："承中丞雅爱，晚生与他说去。"

当下无怀把话告知李邦翰。李邦翰道："既是这样，理当先去参见。"

无怀道："也说得是。"二人即来西河沿马尚书第，无怀先自引导，叫听差递上李邦翰名片。万武扬立即延见，李邦翰照例敬礼。

万武扬道："久闻大名，素仰雄才，又况王老夫子与老哥同年知交，大家朋友，都为国家出力，不必拘礼。"

李邦翰道："中丞虽礼贤下士，邦翰却不可废礼，将来驰效之日正长。"

万武扬道："兄弟自当格外借重，请坐畅谈。"

李邦翰坐下，万武扬道："听王兄说，老哥即日须首途，兄弟事已了，亦正待回省，却好大家同行。"

李邦翰道："驺从远行，邦翰正得随路侍候。"

万武扬道："好说。"

大家说些闲话，约定时日动身。无怀、李邦翰辞别万武扬，回至会馆，即行整装待发。到时，二人来马尚书第会齐，荣升押行李在后，万武扬随从人等早在门前整备就道，所有京中员吏，不下百余人，都来马尚书第送行，车水马龙，盛极一时。二人见过万武扬，与同出门，依次登车，即行就道。送行人员有的辞别回去，有的也自雇好车马，送上一站两站。沿途更有地方官到站迎接，派兵护道，照例办差。

入得山东境界，早有飞马报知，一路上道府州县到时亲迎，去时恭送，自不必说。如此沿着官道走上好几天，来到济南省城，全城官员都在城外恭迎。万武扬大队人马陆续进城，直投巡抚衙门来。李邦翰再不好同进，于路拜别万巡抚，与无怀说些话，带着荣升，自投客店去了。

万巡抚与无怀回衙，入内院坐定，即命备酒席，宴请无怀。所有主管掾属均令备席，一一与无怀相见。

一时酒散，万巡抚对无怀道："暂请足下委屈，主管本部文墨，兄弟当乘时奏保。"

无怀道："明公有所命，晚生竭其奔走之劳，始终相从。幸明公勿以为虑。"

自此，无怀即在山东巡抚幕下。过了三日，李邦翰来衙相访，无怀正极挂牵，立即迎入，在花厅上坐下，便问现住哪里。

李邦翰道："现在南门内高升栈，理当早来告知，因恐吾兄新到事忙，不便相烦。"

无怀道："并无甚事，我每日挂牵你，只不知在哪里住，无从投访。"

二人谈了一会儿，无怀即伴同李邦翰回栈。看李邦翰所居之处尚觉清洁，也便安心，二人即去就近酒馆聚餐，无怀兴尽始回。自此，二人日常过从，不是李邦翰来衙，即是无怀去高升栈。

约过了半个月光景，这一日，万巡抚对无怀道："兄弟前次上京，就是为黄河口岸的事，据该地府县迭次禀报，决口水势浩大，日渐蔓延，若再不缉治，恐致大患。唯岸旁居民有十余万之多，如果要缉治决口，须将所有居户迁移他处。那些居户听得要修河移宅，纷纷公呈请求缓办，如果缓办，只怕决口一天大一天，将来就提防不了。不但山东一省，当然邻省也受其害。若是即刻办起来，一则款项太大，二则还有十余万居户不肯迁移。兄弟因此事重大，特将一切困难情形章奏皇上，奉旨着即进京面奏。兄弟进京，照实具奏后，皇上问各部大臣，各大臣都不敢进言，皇上意亦不决，兄弟不得要领回省。今已时隔多日，兄弟意思，拟再上奏请旨，老夫子以为如何？"

无怀听了，答道："历来黄河为患不是一日，皆因当时碍于工程艰难，费用浩大，以致因循苟且，但顾目前，不上几年，仍复如此。如果要永远除患，非将那岸旁十余万居户尽数迁移，坚固修治不可。但那十余万居户近在河岸，眼见得决口危险，为何纷纷公呈，反而请求缓办呢？似乎那河口尚不关紧，其实不然。"

万巡抚听到这里，不觉拍掌道："就是这话，各大臣都以此奏答，弄得皇上意旨不决。"

无怀仍接下说道："要知决口危险，不是留心测量审度水势，是看不清的。那些居户一来不知所以然的危险，二来就怕的迁移了损失产业。皇上意旨，也只恐患未除而民先受害，又且虚靡国帑，所以犹豫未决。为今之计，莫如以河旁居户谕令修河，严定规例，优给工资，限定某时之内修理完工，尽令居户承包，待承包动工时，由各该地府县派员监督。倘有居户承包不了的，再另招工修治。如此，则居户必然乐于成事，自会拆卸房屋，迁移他处。在国家又可樽节费用，坐收其效，实为两便。"

万巡抚听了，大喜道："好一条计，兄弟急得无法可使，被老夫子一言道破，万事俱休，就请老夫子把这意思动笔起草如何？前回奏折系兄弟一个旧属姓赵的所为，他也是个进士，只是有了年纪，只怕不周到，尚请老夫子改正。"

无怀道："前回奏折留稿，晚生已拜读过了，文字很好，只略加几句便是。"无怀说着，即起身翻出那旧卷来，看上下都好，只把这层意思窜入中间，末了又加了几句，说道：

> ……伏思河道历变，今古同慨，欲垂久远之策，端赖盛德之期。况鲁国衣冠、周代文物、昔王之宅、先圣所居，诚历来政教之所系，更亿兆生灵之所寄，岂可听细民之苟安，陬兴嗟于无已。纵秦皇、隋炀之失统，与长城、运河而勿替，矧我皇朝，基垂万世，鉴往惩今，又何可缓……

无怀伸纸振笔，立即草就，递与万巡抚道："明公教诲，但有不妥之处，晚生再行修正。"

万巡抚道："岂敢岂敢。"

万巡抚接过奏稿，从头看了一遍。原来万武扬虽是个武职出身，但历来在官行政，久于公事，也很明白。看完说道："佩服佩服！老夫子真乃济世之才，岂是寻常文字。"

无怀谦谢道："晚生何足道哉？如晚生同年李邦翰，方可称济世之才。"

无怀故意提李邦翰，万巡抚已是明白，说道："李君才学果是不凡，兄弟早已在意。老夫子如遇李君，请为问好。"

无怀道："晚生遇得他时，当达明公盛意。"

二人谈毕，万巡抚把奏章交与司书，命工楷誊正，当日斋京具奏。

不多几日，万巡抚来与无怀道："贵友李君，兄弟已安置了，本来有几处县份早可分发，因地僻民悍，不便叫李君远去。刚才历城县出缺，兄弟想李君正好，昨已牌示了。"

无怀大喜道："明公栽培有才，将见天下之士望风来归，晚生可为预贺。"

万巡抚道："我当先贺君。"

说着，从袖底掏出公文来，递与无怀。无怀一看，原来是自己的功名，便是万武扬所保，为山东省济宁直隶州知州，着仍在原职供职。

无怀拜谢道："晚生有何功足录，赖明公识拔如此？"

万巡抚道："这不过是个根底，所以我不愿老夫子去，仍请在此驻驾。日后自当有老夫子去处。"

正说时，报新任历城县李邦翰参谒。万巡抚命在东花厅接见，踱到花厅上看时，早见李邦翰在下首恭立，即以大礼参见万巡抚，照例谢恩通问。万巡抚于李邦翰自是另眼看待，不多问话，即行送客。

李邦翰拜别万巡抚，转访无怀。无怀相见道贺毕，说道："方才中丞与小弟说起，本来早已牌示，往往因地僻民悍，不便请吾兄远劳。如今在历城县，那就好了，尔我仍得常时相聚。"

李邦翰道："多敢是兄长之力，中丞爱屋及乌，小弟顺水行舟，以后尚需吾兄时时赐教。"

无怀道："再不要说这些话，无怀死而复生，再造之恩，何口得报？"

李邦翰道："好了，大家原谅些，不提了吧。"

无怀笑道："谁叫你与我客气，又不是我找上你的。"

李邦翰道："别说这话，中丞于你如何？"

无怀道："说来笑话，中丞与我保了济宁直隶州知州，着仍在原职供职。"

李邦翰大喜道："这是中丞深意，吾兄前程不可限量。"

无怀道："多承中丞错爱，想无怀有何足录，且问吾兄何日接印呢？"

李邦翰道："大约就是这几天吧。前任因父丧丁忧，已经回籍，不能再迟。"

无怀道："今日你尚需拜客，不多留你，过几天我到琴堂问起居。"

李邦翰道:"问起居太严重了,不敢当。但愿日日来,一日须来一百回,好不好呢?"

李邦翰一壁说,一壁拱手,跨出厅外。无怀送到门口,李邦翰相别自去。

等到接印那一天,无怀即去历城县衙门道喜。那历城县是山东首县,比不得寻常县份,自有一番热闹,不必细说。

单说无怀自那日与万巡抚草奏后,万巡抚越发器重,想这人不单因瑞亲王的私交可以借力,却是学问才干果然超出寻常,便一心要抬举无怀。又替他奏了一本,极力保荐,说王某才可大用,原属廊庙之器,不应困于州县,宜次擢用,升调道府,以展其才。一面又专折瑞亲王,无非极力夸奖无怀的才能学问,以征瑞亲王知人之明。奏上之后,不到一月,诏令王无怀升任加级,实授山东省兖州府知府。同日,修治黄河决口的诏书也就颁到,略说:

> 所拟修治黄河决口,以河旁居户从事河工等情切实可行,该山东巡抚万武扬关心民瘼,深堪嘉尚。

两诏到日,万武扬、王无怀自是欢喜不迭,凡巡抚幕下员吏都与无怀道贺。李邦翰闻知无怀实授兖州府,当即来抚衙问候,预约时日饯行。第一天是万巡抚邀宴,第二天是巡抚幕下员吏公饯,第三四五天是济南府全城文武官员、与无怀曾有一面之缘者各分次公饯,至第六天方是李邦翰饯行。凡无怀所有掾属,自幕友起,直至跟随差役,皆由万巡抚命人选择,一力安排。李邦翰也保荐了几个亲近的人送与无怀。万巡抚又行文沿途州县,到站迎送,派兵保护,不得有误。一切整备齐全,天明即待上路。

先一日,无怀向各处辞行,回衙已晚,便来万巡抚前道别。无怀拜辞道:"晚生自问无一长,承明公如此厚爱,生死报答不尽。明

126

儿晚生启行，明公有何吩咐，谨听训谕。"

万巡抚道："足下凛凛一表，落落湖海，少年壮志，岂有限量？他日建功立业，为国家柱石，当可预祝。兖州区区一府，足下大才，可坐卧而治，无须兄弟饶舌。兄弟与足下虽相处未久，而相契甚深，但有一事，屡次欲问足下，不曾启齿。明晨足下远行，兄弟敢冒昧一问，究竟府尊眷属现在何处，共有几口？"

无怀听了万巡抚这一问，兀自一怔，泫然答道："晚生生不逢辰，父母双亡，家道破落，既无伯叔，终鲜兄弟，如今只有晚生一人。"

万巡抚皱了皱眉，又问道："如足下才学，无处不可立身，何以至今尚未娶？"

无怀道："昔年先父母在时，曾为晚生订婚，未娶而女病亡。后来先父母相继见背，三年之丧方终，如何可以便言婚？"

万巡抚点头道："也说得是。"

无怀说罢，心中一酸，不觉打个寒噤，几乎下泪。万巡抚看看无怀神情凄恻，便把话来说开，叫无怀早白安歇。无怀辞别万巡抚，来自己房中，解衣便卧，谁知胸坎中兜起心事，翻来覆去，胡思乱想，再也睡不熟。但觉眼睛一闭，即见珊珊立在床前，似乎对着自己流泪，忽地坐起身来，向四周一望，原是虚幻。又睡下去，但一闭目，又忽见珊珊被强盗捉住，那强盗正提刀砍下，看得气愤已极，猛叫一声，惊醒来浑身冷汗。

无怀自肚里寻思："难道乱想太过，精神走失了吗？如何竟这样不安，莫不是珊珊已被人杀了，特托梦与我，叫我与她报仇吗？又不知死在哪里，却从何处探听？"如此恍恍惚惚，整夜不睡。天一亮时，忙自起身，用了早餐，即有值差的来禀报，车马尽已整备。无怀先至万巡抚处拜辞了，然后与幕下众员吏辞别，即在抚衙前策马起程。众人前推后拥，一大队人马径出城来。只见李邦翰带着五六个人在城门口等候。

无怀叫道："李兄何必呢？反使我心中不安。"

李邦翰道："不是这么说，我备了三两袋干粮送与相随人员，俾路上不便时，可以充饥。昨日忘了，故早晨相候。"

无怀道："多谢盛意，直这般照拂。"

当命收下，接取上道。无怀相别李邦翰，率众人直投兖州府来。于路无话，到兖州府城，正是正行。那前任兖州府急于上道，当日请宴，当晚办交卸，第二日接印。

无怀接印后，即行禀报万巡抚，并寄书李邦翰，一面整饬内部，出示晓谕，所有官辖各州县都来参见。无怀一一传见如仪，于是检阅府中档案，把压积的案卷都批清了。便中就探问兖州府的地势民情，有什么出产，靠什么生活，府内的老百姓是怎样境况。内中有熟于兖州府情形者说，兖州东北各县多盗贼，西南各县民情尚好，其中虽有马贩子、私盐贩子沿途打劫的，还是少数，不如东北厉害。城内都是绅士们做主，那些绅士们各有党类，势力大的可号召几百人，甚至几千人。无怀便问是哪几个绅士，什么出身，也暗中探询各州县的为官行政怎样。约过了一个月光景，无怀全明白了。

有一天，无怀正在批阅案卷，值差报道有客。无怀看那名刺时，是"赵明浩"三字，无怀记起，曾听人说过，这赵明浩原是一个老翰林，前在北京居住，近年方回兖州，也是兖州一个大绅士。因他向来在外，不阅兖州府事，如何今日忽来投刺，莫不是有什么请托？无怀一壁想，一壁吩咐值差的快请，因他是个老翰林，自然开正门迎接。无怀走至二门上时，只见六七十岁一个老人，穿一件极旧的长衫，缓步走二门来。无怀接进，两下并行礼，至花厅上，分宾主坐下。

赵明浩道："治弟本当早过来请安，因府尊下车伊始，定然公忙，不便打扰。"

无怀道："老夫子好说，晚生正宜过来拜访，不想今日先邀大驾，多有失敬，尚望老前辈原谅。"

赵明浩道："岂敢。治弟年来也上了年纪，生怕出门。今日来府，是因万中丞有信与小弟，嘱来拜谒府尊。"

无怀连连立起，欠身道："原来中丞有命，晚生理应过来候教，枉驾实不敢当。不知中丞有何吩咐，想老夫子常时通候。"

赵明浩道："从前治弟在京时，与万中丞常时见面，那时中丞在京兆尹任内，常有事相嘱咐。后来中丞晋爵，升调山东，治弟寓京，在翰林院值差，因此音问渐疏。前年治弟返籍，中丞曾派员护送，因治弟年迈无用，也不曾晋省请安。这回中丞特差人至舍下，嘱与府尊面谈一事，不得不来。"

无怀听了心疑，想出省未及一月，更有何事需托人转信？无怀再猜不着，问道："中丞所命何事？晚生自是遵办。"

赵明浩点头道："很好，那便小弟不虚此一走了。"

无怀急待赵明浩说出那事来，谁知赵明浩偏迂缓着说道："府尊贵处是江苏哪一县？"

无怀道："敝处无锡。"

赵明浩道："瀛眷现在无锡不是？"

无怀道："寒门不幸，先父母去世有年，家无所有，孑然一身耳。承老夫子下问，不敢不以实告。"

赵明浩点头道："怪道中丞有言相托。中丞有一位小姐，今年一十九岁，生得冰雪聪明，长得玉样玲珑。前年小弟回籍前，曾见过她作的一首诗，比如宿儒佳构，格律谨严，真是难得之才。中丞为是这位小姐异乎寻常，所以择婿极苛，至今未字。中丞独羡府尊少年英才，器宇不凡，果是金马玉堂人物。又知府尊中馈尚虚，室家其时，天与良缘，故嘱治弟特来说合，不知府尊意下如何？"

129

无怀听赵明浩说到这话，犹是晴天霹雳劈到脑门。直教：

　　　　万斛柔情，问岁月其何及；

　　　　百年怨恨，说风流与谁来。

欲知后事如何，且听下回分解。

第十四回

诈钱财孔贵堂失魂
访妖道王知府遇难

话说无怀听了赵明浩做媒的话，不觉心中一大跳，想："我是这样一个人，如何可以害人家的小姐？珊珊为我吃尽苦痛，至今陷在强人手里，不知是死是活。史卜存虽是去了，只怕时候不及，现下消息全无，但等卜存回音。可是史卜存只知我在北京淮扬会馆，必然到会馆去问。他若去淮扬会馆，虽则能寻到这里，又不知什么时候。我若许了万府婚姻，如何对得起珊珊？如何可以背盟忘情？一至于此，我待不许她，又恐撇不过万中丞情面，也就对不住赵明浩，却是怎样措辞才好？"又想到："前次出省时，怪道中丞再三问我家况，原是如此。"又深悔不应老实告他，到今日弄得左右两难。无怀思来想去，浑身疑难都涌上心潮来。这种思念转着时，好比闪电过崇山，一息万变，一时间哪里回答得出，只顾俯着头，对心说话，越急越难说。

赵明浩在旁暗好笑，想："这人还是孩子脾气，堂堂府尊，说到婚姻，便害羞如此。"又不好正眼看觑，故意抬着头望椽子。无怀半晌不说，赵明浩也半晌不问。无怀尽想："无论珊珊死不死，再也不好轻许人，轻许人便是忘恩负义，世上哪里容得我？如果珊珊尚留在人间，终得一日相遇，那时候便怎样对珊珊？若使珊珊不幸死了，或始终不得遇，那便终生之恨，岂能重享天伦之乐？权衡轻重，只

131

有坚执不许。不许他，无非撇了两人情面，能原谅时原谅，不能原谅时也只得听命，终不成违了本心，谎做虚事便休。"

无怀想到这里，忽地下了决心，答道："赵老夫子。"

赵明浩连连应道："是是，府尊。"

无怀只叫了一声，又觉难说。赵明浩忍不住要笑起来。无怀重想一会儿，说道："赵老夫子，晚生再四思维，觉得不妥。"

赵明浩含笑道："不妥吗？如何不妥呢？"

无怀道："无怀一介寒士，命途多舛，只承中丞逾格识拔，得有今日。无怀自知不永于年，无福消受，拜烦老夫子恳切转陈中丞，无怀当竭犬马之劳以报，不敢有非分之想。"

赵明浩笑道："府尊是客气，还是实情？治弟不善于辞，请府尊明白赐教。"

无怀道："不敢有丝毫虚伪，却是实情。"

赵明浩笑道："不对呀，方才听府尊说，中丞有命，自是遵办，如何忽又抗命呢？"

无怀道："方才不知中丞说此事，晚生何敢抗命？晚生实有不得已之苦衷。"

赵明浩正色道："府尊明鉴，依治弟愚见，府尊有何不得已之事，可由治弟转达中丞。否则，只怕中丞怪治弟部署不周。"

无怀迟疑道："此是无怀私情，何堪与长者说？"

赵明浩道："本来治弟再不好问，但中丞以至情至诚之意嘱由治弟面陈府尊，府尊倘不说出所以，不但治弟无辞可对中丞，便是府尊亦觉有留言未尽之嫌。此是小弟偏见，府尊看是如何？"

无怀被赵明浩逼不过，只得说道："老夫子所说诚是，但晚生私情，实不堪说。晚生昔曾订一妇，系父母做主，前次中丞问及，晚生随口答道病亡，其实此妇生死存亡未卜，即是病亡，晚生终觉不安于心。此是晚生苦衷，拜烦老夫子转陈中丞便是。"

赵明浩点头道："原来如此，足见府尊情长义重，但治弟尚有冒昧一言，这位夫人既是失散，府尊现必着人四处找寻。万一找寻不能立得，难道府尊终身不娶？"无怀点头不语。

赵明浩望着无怀也点头，二人默默无言。赵明浩看了不成，只得辞别。无怀送行，再三拜托赵明浩陈情万中丞，请予鉴谅。

赵明浩回家，当下备了一封信，尽把无怀所说苦衷切切实实写上了。万巡抚差来的人本在赵家等候回音，即叫复陈巡抚，星夜就道。那差人来到济南，将书呈上。万武扬看了，心中虽有些不悦意，但想无怀既不忘旧，又不因尊贵弃其故妻，亦是他一番意思，只得等候再说，也就置了不提。

单说无怀自赵明浩说媒以后，越发挂牵珊珊，想："今日虽不怎样显贵，亦且可以成家立户，也得酬珊珊昔日相爱之情。"连日只望史卜存消息，更念周通、薛成、范老、居敢当一行人等，不知近且如何，便想差人到扬州询问，又怕居敢当不在扬州。想去马官渡，又恐陈兴等都已出来了。无可思量中，忽然记起李二、李大在丹徒县，何妨叫李二去探询呢，李二与他们都是接近，说不定他便知得珊珊下落。无怀想定之后，急忙备了一封公文，拣了一个亲近能干的人叫到跟前，命去丹徒县探寻那县里做公的李二。又另行备了银两，送与李二，叫李二即去会面居敢当、陈兴、薛成等，重探范老消息。又命过南京时，先去城内天津桥王大汉家通个信儿，也把话告知，也备了银两，送与王大汉父子使用。无怀尽把这些事情对那差役整整嘱咐了一番，并命限期来回，不得有误。那差役领命，即日上路，投经南京，往丹徒县去了。

正这时，兖州府属各县闹了好起无头案子，起先便是曲阜县。县里有个富翁姓孔的，乃是衍圣公嫡派来县告发，说自家只有一个儿子，乳名贵堂，向在家安居，不与外务，前几天忽然来了一个道士，登门求化，贵堂正在厅上，便与了些零钱，打发道士。那道士叩了个头，称谢走了。这也是常有的事，并不稀罕。

谁知道士走了以后，贵堂当晚害病发热，口吐白沫，立时气厥，

133

不省人事。约过了半个时辰，回醒过来，说："方才有个面目狰狞的差人领我出去，到一个庙里，只见一个道士在上高坐，手提长剑，问我要钱，若不与钱时，一刀杀死。说着，叫那人用刑，打得我遍身酸痛。我求道士宽恕，说没有带得钱来，若有钱财，定然供上。那道士命差人道：'送回他家去提钱。'因此差人送我回来。我吃不了苦楚，你们赶快送钱与我。"

孔家人见了，十分惊慌，急问道："与你银钱，却送到哪里去？"

贵堂躺在床上，气喘喘指着床内道："你们快送钱来，送到这里是了，不要耽误。"孔家人急忙把银钱包好，送至床头安顿了。贵堂又喊道："你们快出去，不要看住。"孔家人没法，只得退出。不一会儿，进去看时，贵堂又气厥了。再看床头时，说也奇怪，那些银钱都不见了。

孔家人正吓得魂胆逍遥，只见贵堂又醒过来，喊道："不够不够，你们再拿钱来！"

如此两三次，贵堂方才安稳。孔家人便问道士是怎等模样，贵堂摇头道："说不得，道士关照，不准我说，说了要害命。"

贵堂父亲明白了，走到床边，悄悄问道："就是那天门前求化的道士吗？"

贵堂吓得不敢张口，但点头示意。贵堂父亲知得这道士会的妖术乃是摄魂敲诈钱财，看看儿子几次被摄了魂去，已害得瘦骨支离。孔家只此一儿子，好生疼惜，贵堂父亲无气可出，便把这事告发到县，请县捉拿妖道。曲阜县看了来呈，觉毫无根据，不便讯究。谁知接着城里姓汪的一家绅士也是一样害了失魂，告发道士作祟，请求拘办，曲阜县便亲自到汪家去看。那失魂的人原是汪老绅士的长孙，害病要钱模样，与孔贵堂一般无二。曲阜县亲见了，分明是道士邪术作祟，回县之后，即命差役明察暗访，却哪里有些影子。谁知这边正是查究，那城里居户又接二连三地来告发，都是摄魂诈财的事。曲阜县想："这还了得！"急得没法，只好把一切情由详呈到府。

无怀看了案卷，不胜惊异，只得批令曲阜县严防谨查，务获该妖道到县询办。自肚里寻思："却得如何方法治他？"正筹思无计时，哪知接着泗水县又来了详文，也说县城内发生了无头案子，一样是妖道摄魂诈财的事，不过大同小异。

过了几天，兖州府城内也发现了，淄阳县就来面禀，也是同样案子，一时人心浮动。无怀想："这如何得了，简直肆无忌惮了！"便一面行文各县，出示晓谕，禁止谣言，以安人心，一面令各县设法逮捕，谨防未发。无怀自里寻思："这妖道会的摄魂之术，又搬撒运，既由曲阜泗水蔓延到兖州府，一迭连犯十几案，自必徒堂甚多，耳目极长。那些捕快只贪生怕死，不曾出门，便自退后，一辈子也难办。倘使史卜存、居敢当、葛周通等有一在此，不怕再蛮横，定能立即拘获到案。如今这些人又遥隔千里，却得如何治他？"无怀自念："身为宰官，不能除民间疾苦，属县犯了许多案子，至今探查不出，更何以对朝廷？"

无怀正寻思无计，适值淄阳县来府参谒。无怀在厅接见毕，问道："今天可获了作妖的匪人没有？"

淄阳县回道："大人明鉴，卑职回县之后，即命四处严缉，争奈那些匪人形迹诡秘，却探查不得。卑职特来请示，却得如何办法？"

无怀道："前日本城居户向贵县告发的是姓冯的吗？贵县曾否问过？"

淄阳县道："卑职早已问过了，就是害病失魂、恍恍惚惚被人摄去，又放回来，叫预备银两在床，即来提取。果然备了银两，分明置在床头，也不见有生人进来，兀那银钱不翼而飞了。如此两次，方才无事。"

无怀道："那姓冯的是干什么的呢？"

淄阳县道："据说向来是开布庄的，大约家里也有些积蓄。那人名冯学陶，正在壮年，不是不省事的人。"

135

无怀道："仰贵县带冯学陶来府，兄弟亲自问一问，不要使外间知道了。"

淄阳县应道："是。"当即退出回县，传冯学陶去了。

向晚时分，淄阳县重来府衙，回道："那冯学陶，卑职已经带来，请大人审问。"

无怀命带入内厅，问过年岁、职业等等，说道："你被妖道摄魂，至那个去处，你可认得路径吗？"

冯学陶道："小人做梦也似，只觉飘荡着在空中，一霎时到了那里，其中走的什么地方，小人不知。"

无怀道："你到了那个地方，是怎么样呢？"

冯学陶想了想道："好像是个庙，又不是庙。门前有两棵大树，那道士坐在里面厅上，手提宝剑，命小人站在门口，叫速速拿钱来，不拿钱时，便一刀劈为两段。道士说毕，把剑一挥，叫那人仍送小人回来，叫把银钱放在床内。小人醒来时，只见家人在旁啼哭，说小人死过去了。此外也记不得什么。"

无怀又问道："你说那个去处，好像是庙又不是庙的，你见了厅上有什么东西？"

冯学陶道："空空一间大厅，什么也没有。只见当中有一个神座，供上香烛，道士便坐在那神座上。"

无怀再问什么，冯学陶更记不得。无怀仍将冯学陶交给淄阳县带回了，自己思量："原来想探问那妖道住处，如今说起来，是庙非庙的所在，难道是人家的祠堂，或就是道士住的观庙？不知是城内抑是城外，是近处还是远处？待要派人去查，势必至打草惊蛇，反而害事。尝听宋朝包孝肃知开封府时，凡有疑难案件，不避艰险，自家私行察访，我今何妨一试？"

无怀想到这里，便有十分兴致。回至卧房内，换了一套布素便衣，也不与人知道，也不带随从，便悄悄地出了府衙，投向街市来。定了方向，先往东南走了一转，街头巷尾，处处留心，向晚方始回衙。第二天又去西南、西北方巡逻，但凡有庙宇处，越是留心察看。如此私行了四日，把兖州府城内差不多走遍了，有几处地方，无怀曾经走过，恍惚熟得很，便想起那年与周通两人被张小五作弄了把戏，在此完了盘缠，周通便卖技度日，自己在客店居住，后来遇了莫道人，险些伤了性命。如今却来此地游宦，那时节，怎料得今日要打从此过，权当吏治？可见人事之变幻，造化之作弄，无所不用其极。无怀想起，觉得无限感慨，深深长叹一声，因此感想。忽然悟到："这妖道可就是莫道人一流，必然徒党甚多，如此胡行乱走，怎得察探出来？"当晚回衙，无怀便想了主意，专事暗查观庙。

第五天早起，无怀一径出衙，来至街上，问就地老百姓道："咱想请和尚道士拜经，这里可有什么庙宇道观？"

有人回道："此地和尚庙宇不多，道观有好几处，最大的北门内清道观，其次北门外紫虚观，还有玄妙观在城外三门弯，清净观在城外下塘，那是很远的了。"

无民不听说，谢了那人，先从北门来，寻清道观，心想："这许多道观，怪不得常有妖道，自然良莠不齐，会闹出乱事来。可恨这些衙役们天天捉拿，不曾听说查得什么道观，可见他们敷衍了事。"无怀一壁想，一壁行来。到北门相近时，问了清道观，依路来至观前看时，只见十几丈开阔黄墙壁，对面一道大照墙，朱漆大门，门上竖着丈阔的匾额，斗大五个金字，写道"敕建清道观"。无怀看了，跨入门来，只见两边回廊足有二三十间房屋，一字式通接大殿。走到大殿上看时，金身太上老君巍巍地坐在龙殿上，左面更一殿，是观音大士，右面一殿，是吕纯阳祖师。中间绛幡长垂，琉璃灯明，两边钟悬鼓架，好生庄严。无怀正徘徊看觑，忽听角门呀的一声，一个年轻道士出来，望着无怀，招呼道："客官请坐。"

无怀笑点头道："好大的殿宇，敢问这里有几位高道？"

那道士道："不多，也只二三十个人，客官请到这厢用茶。"

那道士说着，引无怀入角门，走经甬道，至厢房内坐下，即有香火端茶来。道士问道："客官贵处？"

无怀道："原籍也是此地，只因在外多年，家乡变作客地了。"

道士道："客官向在南边得意？"

无怀道："是的，家大人向在南边做官，咱也在那里读书。不知这道观是什么朝代敕建的，香火想是很盛。"

道士答道："据说这是后唐时候敕建的，香火也不见得怎么。府城里头，才算这里稍微好些，若比南边，就差得远了。"

无怀道："贵观是个大道场，必然很好。我有个亲戚，托我道听，想请一个有道术的高道。因他家里害了邪，不知是狐大仙呢还是鬼魅，常时吵闹，须得镇压镇压，不知这里可否延请？"

道士道："敝观的老道士本是江西龙虎山的讲座，道术高深，只需请他是了。不知令亲住在哪里？"

无怀道："舍亲就在城里，这位老道士可否拜见？还请指引。"

道士道："请你暂坐，我去问了来，不知他在家也不在。"

那道士说着，跑入里面去了。约一盏茶时，出来回道："老道说，今日不巧，适因有事，即要出门，请客官开下地点，过几天即去拜候。"

无怀道："舍亲急得很，哪里等得及几天？尚请高人方便，通我见报，就此刻拜见老道，可以面约。"

道士道："我再与你说去。"

道士重又进去，一会儿出来道："请客官里面说话。"

无怀跟那道士弯弯曲曲走入里厢，见有好几个道士在门首聚着，指指说说在那里笑话。无怀跟入门来，见里面端坐一个道士，不过三十多岁年纪，望着无怀点头。那引路的道士指着无怀道："这位就是老道。"

无怀心疑，便与那老道施了一礼，把话说过。

老道道："贫道此刻便有事，且要出远门，令亲的事如果要紧，可到王公祠里求剑道人，他的法术高深，立即可以消灾。"

无怀道："哪个王公祠？"

老道道："距此不远，过去一问就是了。"

无怀辞别，走出清道观，重问王公祠，依路寻到那祠前看时，双扉紧闭，半晌敲不应。只见左边有一头小门，转到小门旁，只一推，门开了，并不关锁。入得门来，是几间小屋，绕出小屋，方见一个大天井，有两棵柏树。走经天井，踏上石阶，入大殿看时，空空如也，只见上面有一个神座。无怀猛可省悟："这不是冯学陶所说的去处吗？原来就是这里。"心中好生惊疑。

再看那神座灵牌，是"梁招讨使王公……"，以下看不清，上面有块匾额，大书"杀身成仁"四字。无怀想："原来是王彦章的祠，唐庄宗破兖州时尽忠的，大约是后人所建。"

无怀正在推想时，忽见一人入来喝道："你干什么？"

无怀看那人是个下人模样，答道："我来请剑道人。"

那人道："谁叫你来？怎么一声不响管自进来？"

无怀道："清道观的老道叫我来，为是门口无人，又叫不应，只好管自进来了。"

那人听说，方才转过脸道："请你在大殿里等一时，我去与你通报。"

无怀道："最好。"

那人入去，好一会儿，出来又问道："你找剑道人何事？"

无怀道："请他捉妖。"

那人道："随我来。"

无怀跟那人入到里面看时，不像个公祠，完全是住家模样，看那客厅，铺排得十分精致。那人叫无怀坐下，一会儿，只见屏门后闪出一个老道士来，身穿黄布斜领大衣，脚踏麻鞋，满面胡子，一脸横肉，浓眉鹰鼻，圆眼大口。无怀一看，想："今日着了，却在这里。"便起身一躬道："高道可就是剑道人吗？"

那道人突出眼，打量无怀，答道："贫道便是，客官从何而来？"

无怀道："为是家下害邪，整日夜吵闹不了。方才去清道观请镇压，清道观老道说，剑道人法术高深，因此前来拜请。"

剑道人道："府居哪里？"

无怀道："即是城里。"

剑道人道："客官不像本地人。"

无怀道："原籍兖州，在外生长，回家未久。"

剑道人道："难怪像是南边人，不知府上害的什么邪魔？"

无怀道："不知是鬼怪、闹狐仙，闹得好几日了。"

剑道人闭着眼，想了一想，又问道："府居在城里哪一处？"

无怀道："就在南门直街。"

剑道人道："我与你即去如何？"

无怀道："最好。"

无怀立起身待走，剑道人忽放下脸道："不对，你这人不是好人！"喝一声来，即见两个汉子从厅后跳出来，剑道人指着无怀道，"这泼贼居心不良，与我捆起来，送到法场上再说。"

两个汉子齐应，一声即把无怀揪住，提出绳索，捆了手脚，不由分说，拉到里面去了。正是：

为除妖魔慰百姓，却来魔窟毁千金。

毕竟看无怀性命如何，且俟下回分解。

第十五回

崔二娘救驾殉父
曹四子夺色谋财

话说剑道人叫两个汉子捆住无怀，来到法场上。无怀睁眼看时，原来是一间长方形的屋子，地下平铺黄沙，四壁满挂道像，窗户紧闭，密不通风。对中一条长案，案上一个方座，座上竖着板制的大十字架。此外便是一把剑、一个大香斗，在案中设置，香烟袅袅，满屋缭绕。案下是一个大蒲团，除外更无他物。

两个汉子把无怀提到这屋子内，向剑道人道："就将他上法场吗？"

剑道人道："且住，我要问他。"剑道人去案上拔出那剑在手，指着无怀道，"你说，为何到我这里来？"

无怀定了定心，说道："我去清道观请道士镇妖，还是清道观道人说老道法术高深，因此特来拜请。不想因何得罪了老道，以至于此？"

剑道人道："你自己心里明白，既知贫道道术高深，你便不该哄我。你说你家害了邪，我看你是个外乡人，不见得便住家在这里。老实告知你，方才你进来时，我占了一课，非常凶险，我见你时，又不像家里害邪模样，若果是你害邪病时，如何你有这般从容？你这泼贼，绝不是好人。贫道行世七八年，岂有不知这些勾当？你但直说出来，你自便宜，你若不说时，我便取你心肝。"

无怀听了大惊，哪里便说得出，转想："自己早应死了，不死在江宁县牢里，却死在这里，已是厚幸。死在江宁县牢里不明不白是个盗匪，死在这里，还是为尽职、为保民，便死也值得。"想到这里，毫不畏惧，便说道："道人要杀便杀我，我来诚心请道人，不知道人什么意思强要害我，也是命数，说他何用。"

　　剑道人道："好，你有嘴会说，我有刀会杀，叫两个汉子拿温水来！"

　　正说时，只听呀的一声，门开处，忽地一个十八九岁的姑娘走将进来。看那姑娘时，穿一身青布素衣，衣服四周镶着白边，头上打个桃花盘马髻，脚下蛮靴，腰肢瘦削，眉目如画，虽肤色浅白，却俏丽可人，浑似海棠初栽，别饶天趣。无怀看了，心下纳罕。那姑娘打量无怀，对着一笑，掉头叫剑道人道："父亲，怎叫他们拿温水来？"

　　剑道人道："女儿有所未知，这人不是好人，我要取了心肝下酒，自把温水来浸洗。"

　　那姑娘哧地一笑道："父亲又来打趣了，这样的人有什么气力，吃他心肝何用？不好叫他干差使吗？"

　　那姑娘说话时，只顾把眼梢偷瞧无怀。无怀自忖："这般凶险的妖道，也有这个女儿，却是意想不到。但不知什么叫作干差使。"心内兀兀跳个不住。

　　只听剑道人道："女儿说得不差，我当初也是这么打算，只因这泼贼乖刁厉害，不肯说实话，索性丢了他，免得麻烦。既是女儿这般说，也罢。"叫两个汉子道："你们站住，不要走。"剑道人对无怀道："叫你干差使，懂不懂？"无怀摇头说不知。剑道人道："我这里有个老大规矩，干的大慈大悲的买卖，我要你替我使用，不要你本身去，只借你魂灵去，我差你的魂灵，叫你去各处收账。那些账目我自有交代，你但把欠账人的魂灵摄了来，这便叫作干差使。你若干得好时，我便与你还魂，放你出去，你可懂了吗？"

无怀方才明白，原来这个妖道这般凶狠，自肚里寻思，也不发话。

那姑娘道："你不要慌，只顾干去，我教你干。"

无怀点点头。剑道人叫两个汉子道："来，把他提上场去。"

两个汉子走近身来，抓住无怀，提到方座上，把无怀两手张开，四周系了绳，直挺挺靠住那十字架，把绳头都套在十字架的钉上，手脚头腹都套好了，然后收紧，正如耶稣钉了十字架一般，两个汉子方才下来。剑道人叫点香烛，两个汉子去壁橱内提出灯台，燃起橡烛，又点上五支线香。剑道人也自去橱内取了一叠符咒，叫那姑娘与两个汉子都出去，关上门户，披散头发，剑道人便作起法来。无怀立在十字架上，好似文殊菩萨一般，从上望下，看得清清楚楚。只见剑道人把剑望空一挥，旋了个身，在地下黄沙上东劈西画搅了一会儿，便打起虎跳来。连打了十七八个虎跳，方把剑放下，忽然如狗子一般在地下爬来爬去。又爬了十几圈，剑道人方立起身，直了直腰，又提起剑来，对无怀一指，接着便烧那符，只把剑望那符乱挥，口中念了好些咒语，然后对着无怀，伏着蒲团，磕头跪拜。拜了起来，又烧符，又念咒，又拜。如此五六次，无怀觉得有些昏沉沉起来，便渐渐闭住眼，但心中还是清楚，似听得剑道人开门出去了。

约过了两三个时辰，方才惺忪，正在睁眼看起来时，只见剑道人披发提剑又进来，仍是烧符念咒顶礼，只不做虎跳狗爬那些勾当了。这一回，无怀可撑不住了，但觉身上有几百斤重，只顾从上压下来，尽想蹲下去，又蹲不去，不知什么也似，心里荡得如摇铃一般，又闷又着力，说不出的难过。好一会儿，忽然松了身，只一纵，身上全然宽泛了，但觉飘荡荡在空中，浮来浮去不定，也看不出有什么，心里还是想："难道魂灵出窍了吗？如果出窍也好，索性飞到衙门里通个信，使他们知道，好来搭救。"

正设想时，似乎耳边有人呼唤，隐隐约约听不出什么言语。无怀用尽气力，拼命睁眼一看，奇了，却是剑道人的女儿站在面前，手中托着一杯水，悄悄说道："你不要慌，我来救你的。你把这杯水喝完好了。"无怀也不管是好是坏，依着话喝完了。说也奇怪，这杯水喝下去，不消一刻，登时眼目清亮，精神焕发，身体也舒服了。无怀四周望了一会儿，黑漆漆看不出什么，只因案上蜡烛点得通明，细看那姑娘已换了一身白衣服。

无怀问道："什么时候了？"

那姑娘摇手道："切莫作声，半夜后了。"那姑娘一壁说，一壁急忙忙替无怀解了绳结，搀无怀走下座来，叫在蒲团上坐了，即去案上拔了剑，望地面黄沙平铺去处画阵好几个圈，又斩了几刀。无怀细看地面，满处画着是符非符、是卦非卦的花纹，都被那姑娘搅乱了。忽见那姑娘掷剑在地，携着无怀说道："快走快走！"无怀跟着，窜出屋门，拼命往前投奔。也不知走的什么路，黑暗中脚高脚低，开门打户，依着那姑娘走了一阵，看看有夜光照着，方知已出了大门。

无怀道："快逃到我家里去吧！"

那姑娘道："使不得，便逃到天边，他也追得到。你不知道他有多大的法术，他知得我放你走了，即要差阴魂四处来找寻。我们哪里能走得那么快，被找到了，便两命都休。他虽是我的父亲，到这时便认不得我是女儿，少不得一剑砍死。方才我特特把那黄沙搅乱了，要不然，我们休想走一步，这是他的狮虎阵，你不见你入来初上场时，他打十八个虎跳、十二个连锁狮子套吗？这法场上有三十个门户，凭你天大本事，再逃不了。如今被我也还了他二十四个门户，一时间可以躲避，但不能再走了，越走却越是危险。"

无怀急着道："这样的如何是好呢？望小姐成全，想什么法子。"

那姑娘道："你随我来，哪里找个稳便去处，暂容一避。"二人拼命投前来，走至一处，那姑娘指着道："这里尚有些遮蔽，只得在此暂休。"

无怀看时，见有一株大树，星光映照，也隐约看得地上有细草。

无怀道："却是如何？"

那姑娘道："我看你品貌堂堂，气度不凡，想是谁家公子，我一心要救你，到这时也顾不得廉耻，但望你好看觑我。"

无怀道："小姐再造之恩，生死感激不忘。"

那姑娘道："于今逃命，只得如此。"

那姑娘叫无怀仰天躺下，无怀在草地上直挺挺仰卧了，那姑娘便覆到无怀身上，紧紧压住无怀，双手搂抱了，叫无怀也伸过手交抱自己。两人面对面，口对口，脚交脚，并作一团，屏气不声。无怀心坎中跳个不住，觉那姑娘的胸次也兀突兀突自喘气，香温玉软，真不知是悲是喜。如此直过了两个多时辰，听得鸡叫了，天也亮了，那姑娘立起身说道："大祸已过，自此平安无事了。"说着，红晕两颊，好生害羞。

无怀也即起身，叩头道："谨谢小姐活命之恩。"那姑娘连连躲避，也道了个万福。无怀欠身道："不敢动问小姐贵姓？"

那姑娘道："父亲剑道人原名崔自平，不生多男，单生二女，大姊早已去世，我行第二，人人呼我崔二娘。"

无怀道："小姐且与我家去暂息。"崔二娘不语。无怀道："难道路上恐有劫难？"

二娘道："不是，路上更无灾难了。昨晚你自睡了不知，树上阴风飕飕，便是我父亲差拨阴魂追来，我覆住了你，特穿一身白衣服破了他。阴魂见白，只当是自家人，不来相害了。可是今日，我要与你家去，这一身衣服如何见得人？"

无怀道："原来如此，想二娘救我，家人尽皆感激，我自会与人分说，二娘何必介意。既是如此，我与二娘乘轿回家，如何？"

崔二娘道："也好。"

当下无怀与二娘来至市上，雇了两乘便轿，无怀亲与二娘放下帘子，叫轿夫抬向府衙来，直冲而入，进大堂，至花厅歇了。

无怀出轿来，满衙人员都来请安，问府太爷如何到这时回衙。崔二娘看了不对，与无怀道："为何骗我来这里？"

无怀道："二娘莫疑，停刻自当告知。"

众人见无怀与这一个戴孝的女娘来，大家惊慌，莫名其妙，不知是府太太呢，还是亲戚，哪里猜得透。无怀也不说什么，先叫人引二娘至后院休息，好生看待。一面谕令点兵一营，即去王公祠把王公祠团团守住，尽将祠内一干人等拘获到案。

谕令下后，不一会儿，所有王公祠内剑道人以下，一共七人，尽数拿到。无怀当即升堂，亲自审讯，先命带上剑道人崔自平来。那剑道人一看堂上坐的就是逃走的后生，自知不能抵赖，一概供认。原是摄魂诈财，所有泗水、曲阜、滋阳县内各案，都是一人所为，还有直隶大名府属、江苏徐州府属，也曾迭犯同样案件，前后共犯四十一起。并供出同党三人，即是捆缚无怀的两个汉子，与在大殿上喝问无怀、往内通报的那人，皆问了确实，一一直认了。其余三个原是良民，查系剑道人诱迫在监，借魂使用，本非所愿。无怀一一问讫，即命将剑道人与同党三人都押入死囚牢里，又防剑道人会有妖术逃遁，叫取两具铁叶护身架钉上，将身上所有符咒等尽抄没了。又将其余三人暂行羁押，判令无罪，通知各亲属领回。无怀又命将清道观也围住了，在内尽行搜索，并将几个有嫌疑的道士都带到案下质讯了，因确非同党，也不愿多所株连，即行释放了事。只将剑道人一名判处死刑，其余三人发边疆充军，即日详省核办。

无怀退堂，自肚里寻思："万事俱了，却怎样对崔二娘？在理，她也是同党，在义，我应如何报她？她一番意思，我自明白，我的意思，你如何得知？"无怀盘算了好一时，想不出道理。

来到后院时，只见崔二娘泪流满面，一遇无怀，忽地跪下叩头道："方才不知是大人，多失礼数，望大人念贫女一念之诚，搭救我父亲。"

无怀不防崔二娘已知道，又不好扶她，慌忙叫道："起来起来！"

回顾看侍的道："你们怎告知她？"

看侍的回道："小人们不敢多说话。方才她问是府大人不是，小人们回说：'正是府大人。'她便哭了。"

无怀想道："好伶俐的女子。"

无怀叫崔二娘起来坐下，崔二娘不肯坐。无怀道："有事商量，且坐说话。"

崔二娘坐得远远的，泣道："求大人开恩，搭救我父。"

无怀道："你救我命，我当报你，况是你的孝心，在理我如何可以不救你父亲呢？但是你父亲迭犯四十一桩大案，都直认了，我若不遵王法惩办，便是我违了王法。你是明白人，试问我如何可能？"

崔二娘道："大人明鉴，我若不引大人出来，我父不至于死。我父虽迭犯大案，理应处死，但这回全是我害他，便是我杀了父亲。大人既不能违王法，也就把我一并杀了，方是道理。"

无怀听说，立起身拱手道："小姐说得有理，但小姐方才与我出来时，曾听说如果你父亲找到我们了，便认不得你是女儿，可见他也有家法，便不能因你放我，我如何可以因你放他呢？若说你个人的话，你是个女子，他又是你的父亲，他要横行不法，你如何禁得他？可见你本没有罪。你能救我，也能救别人，可见你是极有天良的人，越发可证明无罪。一人犯罪，罪不及妻孥，我不能因你救我便把你父亲的罪抹杀了，要知你本来无辜，如何可以一并伏法呢？若说你因救了我害死了你的父亲，你为父亲报仇，那便杀了我，我绝不抵赖。如果你说我是不差的，也不杀我，我感你再造之恩，当以德报德，望小姐放心。"无怀说毕，崔二娘俯着头不答。

两个侍卫的站在旁边，听得果了。好一会儿，崔二娘道："也罢，大人所说至情至理，既承大人看觑我，我家有切齿之仇，求恳大人申雪。"

无怀道："你只说，凡有理性，概可从命。"

崔二娘道："我家本住东昌府，父亲崔自平原是屠户，向在府城西大街开设肉店，祖上传下也有些田地屋宇。那时我母未死，我家姊妹二人连我父亲，共是四口。姊姊大娘正是二十岁。我时年幼，不过十一岁。我父亲在家干些小买卖，也着实可以成家立业。只因那年有个济阳人，姓曹，排行第四，人家惯叫他曹四子。那人在我们肉店隔壁开了一爿烧饼店，无老无小，只是一身，大家怜舍，朝晚见面，少不得有些来往。常时他到我们店里买猪肉，有时与我父亲伴同出去喝酒，既是熟了，我们姊妹也不避面。谁知我家自从他进门以后，天天失少银钱，不拘你锁在箱子里或钱柜里，终是失少，也不懂是什么道理。凡是与他来往的人家，差不多都嚷着银钱少了，这也不怎么稀罕。

　　"最可恶的，是我姊大娘与他相见后，他便见色起意，不时间胡言乱语。到了晚间，大娘做梦，常时与他睡在一处，也不知什么缘故。若说大娘心中么，只有恨他，究竟为什么与他一起呢？大娘日后忍不住告知我母亲了，我母亲私下验她的身体，已不是处女了。奇怪，大娘从不出去，也不曾与他说句笑话，怎会如此呢？便大娘自己也莫名其妙。大人明鉴，我们虽是小户人家，也顾得廉耻，我母亲思量没法，只好把大娘许配与曹四子。那时曹四子便天天富起来，我家便日日穷下去，等到大娘出嫁时，差不多店也关了，田地也卖尽了。

　　"待大娘过门之后，逼着曹四子硬要他说出从前的缘故来。他拗不过大娘，便把自己做的事说出来了，方才知道他会的是搬运术，又且会摄魂，不论什么妇女，只需他见过，都摄得到，一般是夫妻模样。

　　"我父亲得知了大怒，定要把他送县去。他再三恳求，愿把这些法术传授我父亲，也是我父亲一时糊涂，果然许他了。自从我父亲得了他的法术之后，便呼风得风，唤雨得雨，再不想干生意买卖，只干这些勾当。

　　"过后，曹四子又摄了一个妇女，把大娘丢开了。大娘气愤不过，争吵起来，要告他到县里，他便起了毒心，将大娘活活地害死了，当夜便自逃走。我父亲无计奈何，只得撇了不提。后来，我母亲亡故，父亲立身不得，便带我行道走江湖，从此人人但知得他是剑道人了。不想七八年来，于今只落了这个收场，所以我们一家全断送在曹四子手里。这便是我家切齿之仇，求大人与我申雪，生死感激不尽。"

无怀道："原来如此，但不知这曹四子现在何处？"

崔二娘道："我父女二人浪走江湖七八年，不曾遇得他，前会子听人说他在磨刀岭大寨里当头目，已是好几年了。"

无怀道："你只放心，但我在世，我必查到这人，与你报仇。"

崔二娘听说，走近无怀，跪下道："二娘不能报家仇，反自害了父命，虽承大人厚爱，生又何用？既是大人允与申雪，二娘死也瞑目。"说着，自袖底掣出霜锋利刃，急去自己喉间，只一搠，扑翻倒地，那喉血直漂到无怀襟上。无怀大叫道："不好了！"阖衙闻惊，都拢来看视。

不知崔二娘究竟死也未，且听下回分解。

第十六回

旌烈女兖州府治丧
劫皇亲郓城县下狱

话说崔二娘拔刀自尽时，无怀大叫一声，两个看侍的拼命赶上，把崔二娘的手拉开，急去解救。谁知那利刃直穿喉咙，早把喉管割断，已去了半个脖子。无怀俯下身看时，只见崔二娘咬紧牙齿，皱上眉梢，两眼蒙眬，瞧着无怀微微点头。

无怀大哭道："是我害了小姐！"

无怀蹲下，将伸手抚崔二娘胸次，看有无气息。只听阖衙人员都赶来了，又不好意思，重又缩回手。这时，众人闻变，陆续赶来，见无怀襟上鲜血淋漓，只道无怀被刺，吓得众衙役魂不附体，都跪下道："大人安好？请大人更衣。"

无怀往自身一看，方知染了浓血，说道："你们莫管我，速速搭救这姑娘。"

众人都拢来看崔二娘，有识得伤科的，去崔二娘胸脯一摸，说道："不救了。"

无怀再俯身看时，只见崔二娘开了开眼，把手脚紧紧一挺，兀自断了气。无怀看了，心内大恸，却碍着众人，不好失声，只顾扑簌扑簌下泪，自肚里祷告道："二娘安心，好生仙去，无怀有生一日，必与二娘复仇雪耻。"无怀定了定心坐下。

众衙役又回道："请大人更衣，大人衣襟染血不吉，须剥尸央衣

150

服揩干，用朱砂镇压，方可辟邪。"

无怀喝道："住口，捣什么鬼话？她是孝烈贞女，上达天听，下为民模，是本府治下懿德之范，正是吉祥罕有之事，何需辟邪？"

无怀一壁说，一壁自忖："这血衣是二娘留与我的纪念，如何便可磨没？还只怕血液流散，于心不忍。"当下叫取过衣服更换了，命把血衣当心置在高处，令其自干，不准乱动。一面吩咐员役，叫速办棺椁衣衾，预备丧葬。众人领命，一一分头自去了。

无怀再俯身看崔二娘，见二娘面色微带笑容，手足平放，目已合眠，头上发髻端正不斜，一身白衣点血不染，只喉间一路血液也已凝住。无怀四周看觑，唏嘘赞叹，自念道："不想崔自平放僻邪多，而有此涉德之女。二娘虽惨死，却死得其所，二娘定然仙去了。"无怀静坐室中，守候崔二娘尸身，不离寸步。有回事的，须低声说话，不许惊动。

向晚，众役采办丧葬一应诸物都已齐备，但无现成衣服可买，无怀即命阖城裁缝连夜赶制，择天明吉时入殓。又叫打扫西北门内王公祠，暂为崔二娘停厝，将王公祠内所有崔二娘生前应用衣饰尽数携至府衙，一并入殓。无怀想："二娘是个闺女，如何可使衙役们近身提携，少不得要妇女们伺候。"即命去府前街雇了四个婆子，叫连夜入衙差动。五更过后，天将明时，所有裁缝都把定做衣服制就，提来府衙。四个婆子关上门，先与二娘尸身洗净了，改换新衣。无怀等婆子们把二娘裹衣穿好了，入内亲自察看，叫一套套依次穿上，穿得齐齐整整，然后在后院花厅上入殓。那棺木早在府衙后面停歇了，即时拆去衙后一段照墙，由墙缺抬入来，在厅上端正好了，四个婆子方捧头捧脚，扶腰挽手，将二娘尸身扛至花厅上入殓。无怀率领满衙员役，一齐站在厅下送殓，各人右臂都系上一条缟素，与二娘挂孝。

这时，天方微明，晓色沉沉，映入厅来，无限惨凄。无怀情不自禁流泪，众人见无怀伤心，也有哭的，也有唏嘘的，也有瞠目发

151

呆的。一时殓毕，无怀命将灵枢扛去王公祠停厝。众人应命，仍由后面墙缺抬出，投向王公祠来，无怀亲自带了几个人相送。那王公祠早已收拾干净，灵枢抬到，即在王公祠殿后退堂上停歇。殿前装设孝堂，无怀便提笔亲书灵位，写道"孝烈贞女崔二娘之灵位"，下署"山东兖州府知府王无怀敬题"。灵枢安置既毕，无怀便命即日延僧道礼忏，追荐亡魂，命四个婆子仍留看侍。又派了几个衙役在孝堂值差，也派了四个兵丁在门守卫。

无怀亲自安排完了，方才回衙，休息了一会儿，就请刑名老夫子将崔二娘事父、殉父、救生、复仇、生前死后一切根由细细叙了一篇，申详省宪，奏请钦旌孝烈贞女，以树懿范。一面又派员去城外山明水秀之区，与崔二娘造墓。派员去后回报，北门外紫虚观后山馒头岭风景幽雅，土地高爽，左瞰城池，右接通衢，足为孝烈贞女千古青冢之所。无怀据报，自去踏勘了一回，择了地穴，即命造日起造崔二娘坟墓。无怀一心要报答崔二娘，凡崔二娘身后，都是无怀亲自发付，只等奏准旌表，即与安葬。那详文到省时，万武扬看了欢喜，一来是无怀亲历险境，为民除患，足证自己保荐不误；二为属府治下有节孝贞烈德行，即是长官之荣。万武扬当即按照详文具奏朝廷，天子准奏，钦旌孝烈贞侠，着地方官树立牌坊，以昭不朽。那诏示下颁到府，无怀拆看，好生欢喜。当去王公祠崔二娘孝堂上供奉，定日安葬。

这时，馒头岭坟穴已经造好，无怀命墓前更建造牌坊一座，横匾刻署"孝烈贞侠"四字，墓碑上也写着"孝烈贞侠崔女二娘之墓"。

等到发丧那日，无怀谨谨诚诚，一般与打斋除荤，先行文各表，二来因无怀如此敬礼，都遵示齐集王公祠，与崔二娘执佛，一时兖州府属各县人民闻了，传为奇事，不怕远路，都来看崔二娘出丧。府城内老百姓不消说，到时挨家逐户，万人叠巷。无怀先命在王公祠排列执事，亲自主祭，其余文武官员与祭，尽数择香跪拜如仪。

灵柩发引时，出正东门，绕道至西北门外馒头岭坟墓前，一路上都有府县执司排列护送，极尽哀荣。无怀与群僚送到坟头，眼看入穴，方才各散回衙。自清规戒律晨至昏，整整一日，始行完事。

事有凑巧，无怀回衙之后，接到省谕，就是剑道人崔自平一干人等已准判取决。当下缮发告示，张贴行衢。翌日，无怀升堂，叫牢里提出剑道人崔自平来，验明正身，绑赴刑场，当委缁阳县监斩，即在王公祠前空地上斩决，枭首示众三日。又将同党三人也提出牢来，验明正身，取过铁叶护身架钉上，贴了封皮，下了文书，选派六名解差押向边县指定去处充军，即日就道去了。

无怀办了清洁，回入内院坐定，想："诸事已了，如今只要查访曹四子这人，好与二娘复仇，但不知这人究在何处。曾听二娘说，在磨刀岭剪径，又不知是哪一个磨刀岭。当时二娘慌忙自尽，无由问讯，如今先要探听这磨刀岭究是何府何县所管，是远还是近，如何取路，并要明白那些强人在山情形，方才可以下手。"正设想时，值差报道："巡抚大人派黎游击来府，说有书面投，要见大人。"

无怀照例请进，自想道："又是何事？难道那婚姻事又来了？"当下穿整衣服，出大堂迎接黎游击。无怀为是巡抚亲差，自是加礼相见，引入花厅内坐定。

黎游击道："大人前在省时，卑职曾一相见，恍惚眼前事，匆匆半年了。"

无怀道："正是，在此虚度光阴，有负中丞厚意。"

黎游击道："大人政声卓隆，遐迩皆知，中丞此次命卑职前来，就为请大人指示一切。"说着，掏出信来，欠身递与无怀。

无怀认得笔迹，原是万武扬手书，信内略说：

> 吾兄在兖州，声誉满盈，万流景仰，遐闻下风，曷胜欢忭。此次不避艰险，躬获妖道，为民间除大患，尤深感佩。唯是宵小充斥，稍一不慎，辄堕其术，尚祈吾兄勿轻

与身试，为国珍爱，幸甚！

兹敬启者，上月四贝勒南游回京，道经运河，为流寇所劫，杀伤至十四人之多，损失珍宝，不计其数。出事地点查系曹州府郓城县境界，此事与弟亦有处分。现已将该曹州府郓城县革职查办，四贝勒谕令弟督率府县，务将该流寇尽数捣灭。弟彷徨无计，用特专函拜恳吾兄指示，就近办理，不胜感激之至。所有详情，嘱由黎游击面陈。

无怀看罢，问道："这位四贝勒可就是皇四弟？"

黎游击道："正是他，即是今上皇帝第四胞弟，这祸可闯得不小，所以中丞也很焦急，特命卑职前来，请大人指示机宜。"

无怀道："中丞有命，无怀虽履汤蹈火，有所不辞，但恐无怀薄弱，不能胜任。今不论如何，无怀当竭力奔走，此是职守，理当应为。"

黎游击道："卑职现把此事始末情形告知大人。"

无怀道："最好。"

游击道："此次四贝勒南下，由直隶山东到江苏，连途游览胜景，本拟往杭嘉湖一带，再由浙江往福建，察看南边风俗人情。虽说是游览江南，其实奉有密旨，一来是考察各省官吏有无卖官鬻爵舞弊情形，便是瑞亲王奉旨考试人才，整饬吏治的意思一样，二则就为本省黄河决口的事件。当时府大人在省时，不是中丞曾奏请修治河口的吗，皇上准奏，诏令所奏办理。现在已经动工，大约四贝勒出京时，皇上嘱其顺道察看河工。这两道密旨，我们当初哪里会知道，乃是马尚书写信与中丞的。这回事变之后，中丞讲与卑职听，说四贝勒此次南下，还是钦差大人，其中关系甚大。四贝勒到济南时，卑职曾奉中丞之命，派了差使，在行辕当差，后来转道到江苏省，路上并不流连，有几处简直不知舆驾过路。听说到江苏南京时，歇了半个多月，后由镇江常州到苏州，四贝勒因水土不服，有些害病，所以杭嘉湖一带不曾再去，就由苏州折回，顺道从运河北上，一路游览，自不必说。

　　"舆驾北回到济宁州时，四贝勒想去察看黄河决口，便命船由运河驶向蜀山湖。那蜀山湖不是有一条什么紫金河可以通到黄河吗？那地方却是郓城县境界，四贝勒带了十几个随员、三十几个侍卫，共是三只大船，船由蜀山湖出口。将进紫金河北时，已是日暮时候，船上正在造饭，看看河水不深，只怕晚来触沙，就在河边停泊了。只见前面来了好几只渔船，那渔船上都插着青竹叶，船只大小也是一样，渐渐都靠拢来，与四贝勒的船接在一处。船上侍卫喝令划开，那渔船上说：'这条河不是你们买的，大家都可驶得。怎么只准你泊，不准我泊？'侍卫喝道：'贝勒爷在此，你们敢无礼？再不听话，捉你们到官里去。'那渔船上回说：'莫道贝勒爷，便是万岁爷到来，也无话说。'侍卫看了不对，即去船上提刀枪。

　　"只听一声呼哨，岸上林子内跑出二三十个强人来，飞也似的奔到河旁。七八个人一齐跳入四贝勒船上。侍卫们见不是头路，保护四贝勒要紧，只好分开一半，与那强人们厮杀。谁知那些渔户乘着当儿，都跳上来了。那渔户个个识得水性，待杀不过了，就跳下水去了。侍卫们被他们抓下水的有三四个，一面打，一面劫，把四贝勒船上箱笼杂物都架到渔船上去了，夺得这个，夺不了那个。如此杀了好一阵，那些渔户撑开船，飞也似的划到小港子去了。那些强人依旧跑上岸，窜入林子里去了。

　　"事后检点，六个侍卫被杀在河里，八个受了重伤，箱笼内都是绸缎绫罗珍珠玉器古玩之类，都被劫去了。其余杂物，不计其数。当时无法，只好报县。谁知那地方距郓城有四五十里路，等报了县，县里重新派兵下来，不但强人们四散无影，便四贝勒也等不及，已命开船，取路回蜀山湖走了。

　　"四贝勒重到济南府，会中丞，把被劫的情形与中丞讲了。中丞急得无话可对，只好再三谢罪，所有损失由中丞照价赔偿。四贝勒曾说，那郓城县太瞧不起咱，咱派人去报，连回信也不给一个。其实那郓城县不是吃什么豹子胆，哪里还敢迟缓，听得惊报，早吓得魂飞天外，急慌自己带队赶来。谁知到了出事去处，四贝勒船早开了，又赶上一程，说又开至运河去了，自然四贝勒的船快，他哪里赶得上。

"不瞒府大人说，那郓城县，卑职也是相熟，是个江西人，很是忠诚可靠，这会儿也是他的厄运，中丞要成全他也不行。既是四贝勒那么说，中丞如何可以不办，现已革职，押在牢固里。曹州府也开去原职了，现在省看守。他两个人只怕一时不能复职，非把那些强人们剿灭了不行。便是中丞自己也十分焦急，当命卑职星夜赶赴郓城县查勘，卑职先到那出事去处，问老百姓，老百姓说：'这乡平安，向无盗贼。'问起这回四贝勒遭劫事，简直无人知得。因那个去处人家稀少，路上也冷落了。卑职又前往到郓城县城内道问时，都说近来四乡还平顺，有些渔户在水上勾当是有的，不见得有大伙子强人。卑职又进去，到了黄河岸，差不多是濮州城了，卑职探问时，有人回说：'这大约是磨刀岭强人，不是近地的。'

"那磨刀岭在直隶与山东交界处，前面便是皇辕驿，是往大名府的要道，后面便是观城濮州，再过来是黄河了。据说这磨刀岭上有个大寨，共有七八十喽啰，那头目凶险得很，历来犯案，不知其数。只因那磨刀岭形势险要，无路可上，又且那盗伙各处都装有机关，官兵无计奈何，剿他不得。近年以来，那盗伙因大名府属地瘠民贫，又因提防极紧，所以转入山东境略来。当时由黄河到运河里抢劫粮船，每年必有好几次，都是那磨刀岭强人所为。

"这回必然早晓得四贝勒的船要从蜀山湖过，故在紫金河口等候。卑职想起他们走的路必然从菏泽县上面，顺着紫金河走郓城县来的，那处地面冷落，所以出入无人知晓。这些渔户自是一路，他们水陆分界，各有所使，即在运河打劫粮船，也必是这类渔户无疑。卑职当时访查回省，把话禀过中丞，中丞寻思无计，深知知府大人腹中经纶，中丞向所倚重，故命卑职倍道前来，请府大人指示机宜，设法办理，卑职谨候差拨。"

无怀听黎游击说完了，想道："原来就是磨刀岭的贼伙，正待访查那个曹四子，来得却好。"继听黎游击说磨刀岭这样险要、那样厉害，无怀心内踌躇。

毕竟无怀如何答复黎游击，且听下回分解。

第十七回

火神庙薛成闹鬼
北林寺燕儿烧香

话说无怀听黎游击说完话，问道："你到了黄河岸，就没有再进去了？"

黎游击道："是，卑职本想至濮州，因恐中丞望信，不敢多留，所以便回。"

无怀道："由此去磨刀岭，是怎样走法呢？"

黎游击道："自然也必须走济宁州，由蜀山湖，过郓城县、菏泽县，渡黄河去。"

无怀道："不知有多少路，来回需得几日？"

黎游击道："倒也不知，卑职不曾走过，约计起来，少说也有三百里路。更要渡河，再上磨刀岭，就不止三百里路了。来回总得十日模样。"

无怀道："我算起来，那磨刀岭不能不先去探一探，究竟那山势怎样，有什么路可进，内中有多少盗伙，头目叫甚名字。你说他各处装有机关，是怎样的机关，就近是哪几处地方？如果探明了，我自有办法，可否请少尉劳驾走一遭？我这里另打发人，上省回禀中丞，不知少尉意下如何？"

黎游击道："最好，卑职立即动身。"

无怀道："且住，饭后再行未迟。且少尉此去，人地生疏，不是一探便着，恐防要流连几日，须多带盘缠，也防别有使用。"

黎游击道："不劳大人费心，卑职尽够使用。"

无怀道："不是这么说，恐防别用，多备为是。"

无怀即命置酒，宴饮黎游击，叫另备盘缠与黎游击收拾了。黎游击吃过饭，拜别无怀，取路投磨刀岭自去。这里无怀便写好书信，当派人上省回禀万中丞。

原来无怀算计在心，那日差人去寻李二兄弟，已经许久，料得就可到府。李二原在丹徒县值差，必然闻信前来。寻到李二，可知陈兴、居敢当、薛成、周通等下落，不拘他们来几个，便易商量。如果都列齐了，那磨刀岭强伙即朝晚可破。因此一面叫黎游击去磨刀岭探询情形，一面便守候李二等消息。究竟无怀怎样破获磨刀岭，暂按下不提。

且说薛成自从在周家村打翻葛老虎，第二天获送上道，出得葛家村后，见周老伴同的人渐渐多了，薛成也自放心，相别周老，取回原路，投向镇江来。到镇江时，已是申刻时分。在城外吃些酒饭，心想："进城去丹徒县衙门会李二，看看时候不早，若会李二，少不得要耽搁，又不知他在也不在。"便不停留，急忙上道，投丹徒县来。

薛成原意来丹徒县乘市船，取路金坛，往马官渡。及到丹徒县城，已是黄昏过后，道问市上，说夜船早开走了，早班须待天明方开。薛成无奈，只得在丹徒县城宿，当下吃些点心，投寻宿店，一连走了两三家，都说客住满了。那些宿店本是小店，住不了三五个人，又见薛成火杂杂地夜里来投，看他的模样有些害怕，实实也不敢留他。薛成一肚子气，只得捺住，重寻庵庙寺院宿歇。来到市梢头，问了就地人，说南门头有个火神庙可以借住。薛成跑到南门，寻着那个火神庙，起劲敲门，敲了半天，有个和尚开出门来，问是找谁。

薛成道："找谁吗，谁也不找谁，没有住处，投你那里宿一宵，明日便行。"

那和尚两只眼盯住薛成，皱着眉头说道："不行，这里没有住的所在。"

薛成道："不行也要行，任凭哪里胡乱睡一歇得了。"

薛成说着，推开和尚，管自入来。进门一看，黑沉沉就只一个神殿，殿前小小一条天井。

和尚道："你不信，你只看哪里住得？大殿上也有人睡了。"

薛成道："你却住在哪里？难道里面就没有房屋了吗？你不要慌，要钱时，我便送钱与你。"

和尚见薛成原要住下，也就没法，只好把门闩上了，引薛成走入殿后来。薛成留心看时，见里面一排三间楼房。薛成想道："这秃驴倒会哄人，且看他引我到哪里。"

当下和尚引薛成来至后屋中间，说道："左边一间是我们管庙的住的，对面是厨房，只好在这中间歇一会儿便了。"

薛成道："楼上呢？"

和尚道："楼上住不得，是火神菩萨寝殿，向来关锁。"

薛成道："不管火神菩萨也好，水神菩萨也好，你领我去看看。"

薛成口里这般说，心里便想："这和尚必然又有什么把戏在楼上，你不喜我住，我偏要拆穿你。"

那和尚望着薛成，埋怨道："你这客官，怎么不讲理性？我引你到这儿来罢了，偏要上楼去，是什么道理？"

薛成道："这里睡不得，又没有床铺，我今天走乏了，须拣个清净去处睡觉。你不肯引我上楼去，却是什么道理？"

和尚怒道："可是你定要我说，老实告诉你，楼上有鬼怪，向来关锁开不得。"

薛成道："你怕鬼怪，难道老爷也怕他？你不说也罢，既说了这个，我定要楼上住。"

和尚又急又愤地说道："好好！你上去，我与你开门，看你怎样！"

和尚返回身走入左边房中，掏出锁匙来，又提了风灯，交与薛成道："你自上去。"说罢，气愤愤返入里间，关门睡了。

薛成取过锁匙，提了风灯，踏上扶梯来，打开楼上房门，只觉一阵阴风。薛成打个寒噤，走入门来看时，是三间并作一间，好大的筒楼，只见右面靠壁有床榻桌椅之类，那床上一般有帐子被铺。薛成自念道："该死的贼和尚，现成的床铺不留人住宿，却来哄人，不是你这贼秃怀着鬼胎是甚？"薛成提了风灯，四处一照，看余外并无他物，便闩了房门，把风灯放在桌上，登床就寝。想清早要上路，只随便躺一时，也不解衣。

恍惚要睡去时，忽觉耳边一阵冷风，薛成突醒，睁眼一看，吓了一大跳。只见床前站着个大头鬼，身体与人差不多长矮，那脑袋足有圆桌面大小，两只眼睛似盆钵一般，血淋淋对着薛成，口里只顾吹气。薛成大怒，跳起身提剑在手，直冲那鬼怪杀去。谁知眼一瞬时，那鬼怪却不见了。薛成重又退到床上，正在躺着想睡，兀那鬼怪又立在床前，对着薛成吹气。那鬼怪吹的气冷得非凡，臭不可闻，薛成被吹着一阵恶腥，提剑杀去，却又不见，躺在床上，忽又出现，急得薛成无法可使。

薛成想睡不得，定了定神，屏气静候，睁着圆眼，但等那鬼怪看他从何处出来。不一会儿，只觉一阵风，对面栋柱里悬空伸出一只手来。又一会儿，伸出脚来，忽然全身都现了，望空便吹气。薛成使劲赶上，但觉眼一花，那鬼怪进入柱子里，又不见了。薛成提了风灯，走近栋柱，细看那柱子上只一条小小隙缝，对缝一条黑线，余外也无差异。薛成顶把剑插入隙缝内，牢牢守候。那怪物也不出现了，天也微微快亮了。

薛成拔剑在手，提了风灯，开出房门，走下楼来，敲那和尚的门，只敲不应。薛成猛一脚踢开，那和尚从睡梦中惊起，一迭连声问是怎了。

161

薛成喝道："你这秃贼，把妖法来吓人，闹得我一夜不睡。你道老爷害死了，偏是不死，老爷今日便要你的命。"

那和尚见不是头路，拼命挣扎起，夺出门外，大叫道："这不关我事！"

薛成道："还说不关你事，你不许我睡，说有鬼怪，向来关锁，如何楼上倒有现成的床铺？这鬼怪不是你作妖法是谁？"

和尚叫道："冤哉枉也！那是我师父的床铺，师父死了，不曾拿下来，谁曾到楼上去睡？"

薛成道："我不信你的话，和尚没有好人，今日打死你才快活。"

薛成追出来，那和尚逃到神殿上叫救命。薛成追到神殿上，只听耳边有人叫道："成爷，觑我面上，饶了他吧！"

薛成一惊，回过头来看时，原来是赛飞燕母女两个，着地卧在草荐上，被和尚叫醒，正在起来。薛成看了道："作怪，怎么你也来此地？"

赛飞燕道："我在此地住了好几日了，不知成爷从何而来，因何发怒？"

薛成道："便是这秃驴，昨晚我来投宿，他不许我，我偏进来要住，他推说无住处。我入到里面，见有楼房，他却不准我上楼，我偏上楼去睡了，他便使了法术，叫大头鬼来害我，闹得我一夜不曾睡。"

赛飞燕听了，哈哈大笑。那和尚便这样那样告诉赛飞燕，说薛成的不是。

薛成喝道："见你娘的鬼，亏你还说得出吗？你说楼上是火神菩萨寝殿，向来关锁，为何有现成的床铺？不是你们睡的是甚？你们睡的倒无事，偏我睡了有大头鬼，分明是欺侮人。"

赛飞燕道："成爷息怒，你听我说。他那楼上本来是关锁的，不骗你，那个床铺还是他的师父睡的，他那师父有法术，不怕鬼案。除了他的师父，都不敢上楼。他的师父去年死了，临死时吩咐，叫

162

桌椅床铺一切都不要移动，使他做鬼也得在楼上住，所以那床铺依旧不动的。至于他说楼上是火神菩萨寝殿，就是不想你上去，他们有禁数，嘴里不说鬼怪，只好推说是火神菩萨寝殿。若说那个大头鬼也不是鬼，乃是造房子时木匠下的魇子，大约那栋柱里头有个木头人，定是头大身小。当务之急时念上咒语，叫怎样出现，怎样吹气，那是木匠的玩意儿，但凡懂得关木的人，只要念句咒就破了，也不关和尚的事。"

薛成道："原来如此，也罢，且问你在此几天了？生意可好？"

赛飞燕道："到了好几天了，什么生意，就是这么一回事。你呢？无锡的王少爷找到了吗？"

薛成道："找到了，只不曾见面。"

赛飞燕道："什么道理？"

薛成道："说来话长。"薛成说着，叫声，"哎呀！时候不早了，我要赶船去了，改日再谈吧。"薛成拱拱手，跨出门外，忽又返身，对赛飞燕道，"感谢你的盛意，送我这把剑，救了薛成不少的命。"说罢，飞也似的跑出山门。

赛飞燕见薛成慌忙的样子，忍不住咯咯大笑。薛成掉头不顾，跑出庙门，直投船埠来。正巧船开，薛成一脚跳下船，只在船上打盹。那船走了一天半夜，到了金坛，薛成登岸，在金坛县城外寻了宿头，清早取路投马官渡来。到马官渡问陈三老家，有人指点，泥墙门内朝南平屋就是三老家。薛成依话寻到，入门便见陈兴在晒谷场上梧桐树下打麦子。薛成叫一声三老，陈兴回过头来，丢下麦子，笑迎道："我道是谁，原来是薛大哥，真个难得，快请里面坐。"

薛成道："好容易，今日也被我寻到了。"薛成跟着陈兴进来，在中间屋子坐下。陈兴叫女儿烧茶。薛成问道："居老呢，回去了吗？"

陈兴叹口气道："居老吧，回到黄泉路上去了。"

薛成听说，立起身叫道："怎么讲？真个死了吗？"

陈兴道："死了。"

薛成顿足道："真是命数，早不死，晚不死，逢到我来找他死了，怎么害病死的呢？"

陈兴道："就为那个什么赛飞燕避了我这里来，他心中便不快活，每日牵念，说：'年近六十，向不为非作歹，于今反做了亡命之徒，害得家下披麻戴孝，做那些不祥之事。'我曾劝他说：'这也是你的好生之德，真真我们几个人，有薛大哥、周通在那里，难道便敌不过那个老婆子？总是为求平静，大家省些事，这不算什么。家里听他去排布，正是替你解灾延寿。'他听我的话，口里虽说不差，心里总觉不安。"

薛成听到这里，插嘴道："都是范老、周通撺掇他，装什么假死，我们要死也命数，便与他拼一拼，有什么稀罕？其实那婆子也认得我，抵注与她拼了，益发没有事。"

陈兴道："是呀。后来他的世兄到我家来，说起你夜里去杀婆子，那婆子却认得你，很感你的恩。大家谈起来，因此得悉王少爷的下落，说你与周通二人去南京会王少爷去了。我与居老闻知消息，好生欢喜，只望你们回音。在后范木大来我家说王少爷因周通闹的事发了，在监里，你来遇范老与陈家小姐都上南京去了，我与居老就说：'这事太麻烦，只怕一时难了。'居老那时已有些小病，常时头痛，听到这个消息，更是不安，一心要回家去，我便伴他回扬州。谁知路上病渐重了，到了家门，越发厉害，不满四日，已一命呜呼。我总算送了他归天，与他帮了丧事，他家一切都现成的，前日终已安葬了。我送了他上山方回来，到家也不过几天。你来必有事，方才说要找他，却是什么事？究竟王少爷怎样呢？"

薛成道："一辈子没有好事，说起来，大笑话。王少爷等府里回文一下，就放了，我来时尚在监里，我今先与你说我们的事。"

薛成便从头自扬州叫船起，与黄幼清相遇，在路一起被劫，入山囚在铁牢里，斩破铁栅逃出，重去南京邀周通，与周通如何相约

164

等等，长长说了一遍。接着又道："所以这事非你与居老不可，我与周通相约，我来请你们两个，他在紫霞岭后山岭下村等候。大家会集，一路杀入。如今居老已死，全在你的身上。"

陈兴道："究竟那一个北林寺有多少贼伙呢？"

薛成道："大约五七十人是有的。"

陈兴道："范老想是没有出来。"

薛成道："只怕打不出来，多半被黄幼清累住了。"

陈兴道："吃了饭再说。"

薛成道："不说吃饭不吃饭，今日就要动身的呢。"

陈兴笑着点头，叫老婆把鱼肉蔬菜都拿了出来，自去开了一坛酒，与薛成二人吃了大饱。

陈兴道："居老已死，范老不曾逃得出来，就是你我与周通三人。据你说来，他那贼伙也有五七十，屋宇又大，并不怕他人多，却防他下了毒手，打不过了，即把那些人都杀了，或放了火，这便如何是好？我算起来，最好邀了这个人去，万无一失，可惜今日难找了。"

薛成忙问："是谁呢？"

陈兴道："方才我们也已说过。"薛成不懂，陈兴道，"便是送剑与你的那人。"

薛成道："哎呀！该死该死，我在路曾见她，她母女两个在丹徒火神庙住，我真昏了，连这一点都想不起。"

陈兴道："何时见她来？"

薛成道："就是这回路上见她们，我们速速赶上去，不要紧。"

陈兴道："只怕已走了。"

薛成道："不管他，到那里再问，横竖顺路的。"

陈兴道："要走便要快。"

陈兴当下拴束包裹，与老婆说些话，遂同薛成立即上道，取路投丹徒来。在路陈兴与薛成道："我与你去邀赛飞燕母女，是什么道理，你明白了吗？"

薛成道："她们母女两个实是了得。"

陈兴道："不是说了得的话，但凡和尚最喜欢妇女进门，最讨厌我们这些人。妇女进门，少不得笑逐颜开，断不会猜疑的。若说尔、我、周通三人，你是他们认识的，果然不得进去，只好在外接应。我与周通便进得寺门去，那寺里屋宇既多，一时间也摸不到。今有赛飞燕母女两个，便自容易了。她们娘儿可借着烧香为由，直入里面，她们自里杀出来，我们自外杀入去，还怕那贼伙走漏一个吗？"

薛成道："好一条计。"

二人一路商量，到了丹徒城，即来南门火神庙寻赛飞燕。那火神庙和尚已认得薛成，早由赛飞燕说过薛成来历，很是巴结，回说："燕娘正在县前空地上变戏法，我与你叫去。"请薛成入内暂坐。

薛成哪里坐得住，也不要那和尚伴同，即与陈兴走向县前来。早见一群人团着，正在喝彩叫嚣。薛成不问皂白，劈开众人入圈子里，叫赛飞燕道："快不要闹了，我有话与说，立刻就走。"

赛飞燕抬头见是薛成，笑着招呼，知得薛成心急，也就立即收场，与看众道个万福，跟着薛成，携了燕儿，担了家伙，一路回火神庙。陈兴在后，四人入火神庙，来至神殿前。和尚端了一壶茶来，递与赛飞燕。

薛成指着陈兴对赛飞燕道："你可认得这位？"赛飞燕待说不说时，薛成道，"江湖上称作是海浪竿陈三老。"

赛飞燕道："原来是孝子陈三郎，相见胜如闻名，真个有眼不识泰山，多多失敬了。"忙叫燕儿过来拜见。

陈兴也不免谦逊一会儿。大家坐定，薛成便把一应根由与这回来意说了备细。赛飞燕听了，笑道："本来桥归桥，路归路，我们也不好走他们道儿，既是成爷自家的事，特来相邀，我如何可推辞？况加三老在这里，都是难得，理当奉陪。"

薛成重把烧香入寺、里外接应的话说了一遍。赛飞燕道："这个还叫燕儿出面为妥。"

陈兴接着道："最好最好。"

赛飞燕叫燕儿过来，嘱咐了一番，大家商量些话，立即动身。赛飞燕拴束包裹，挑了家伙，四人一路投向紫霞岭来。于路无话，到得紫霞岭前，薛成引路，翻过后山，来岭下村，寻至许老家，问葛周通。许老莫名其妙。薛成再三说："是个山东人，这样长，那样高，约在你家通信的，你不会忘了吧？"

许老绝口道："从没有人来过。"

薛成无奈，自念道："定在石头市了。"

陈兴道："我且去石头市走一遭，你但在此地等候，不要乱跑了。这里都是他们的耳目，须要小心。"

陈兴一溜烟跑到石头市，留心察看墙上有无记号，这是江湖上一种暗示，或画样东西，或写个字，使同道一见，便可知得住在哪里，干什么事。陈兴四处察看了一会儿，毫无所见，即回岭下村，与薛成道："不见他，难道等不及你走了吗？也不管他，好在我们四人也够了。"

当下商量，赛飞燕陪燕儿烧香还愿，陈兴扮作家人守前门，薛成不能出面，在后山，但等燕儿在内发动，前后杀入。四人议定，燕儿取过包裹，换了新衣，赛飞燕提了衣包，陈兴挑了担子，把些不相干的东西都寄在许老家。四人走出山来，薛成在寺后僻静处埋伏了，燕儿母女与陈兴三人取寺前正路，直上北林寺进香来。正是：

　　　　殿前香火还心愿，腕底风云动杀机。

欲知后事如何，且听下回分解。

第十八回

陈兴率众占山寺
罗元猎艳走江村

话说赛飞燕母女与陈兴三人来至北林寺进香，到山门口，便有知客僧自廊下出来相迎，望着燕儿，对赛飞燕道："施主自哪方来？请里面拜茶。"

赛飞燕道："家住下蜀，距此不远，为是小姐从前害病，在这里三世佛前许下一愿，今日病好了，故来宝寺还愿。"

知客僧重又道："请至这厢拜茶。"

赛飞燕道："且先去殿下进香，再叨扰。"

知客僧道："最好。"

知客僧引燕儿母女来大殿上。陈兴跟了进来，在殿前歇了担子。香火点起香烛。燕儿先在佛座下磕了头，然后去众罗汉前一一顶礼了。香火舀茶出来，赛飞燕是江湖上生长的人，深知禁数，只防茶水中有什么勾当，哪里便肯吃。燕儿也自明白，都不吃茶。

赛飞燕但道："记得里面还有观音娘娘殿，请烦指引，也与进香。"

知客僧道："理会得。"

知客僧引燕儿母女绕出殿后，入内堂来，去观音座前也进了香烛，磕过头。

赛飞燕道："还有何处？"

知客僧道："里面没有了，大殿外还有韦驮殿。"

赛飞燕道："向后再去，且问师父，拜三日三夜经忏，二十五桌斋饭，另要与老太爷做法事，看受生经，一起是什么礼数？请烦师父算一算。"

知客僧道："是，但请开下生日。"即便指算。

赛飞燕脱口报了生辰，知客僧提笔写下了，又问："老太爷生讳时日呢？"赛飞燕又报了日子时辰。

知客僧道："好，我去算来，请这里暂坐。"

知客僧跑入左面房间去了。燕儿母女处处留心察看，原听薛成说过，那地窖下铁牢自这样进去，从那样出来，便把方向定准了。一意留神，只见有好几个和尚探头探脑在门外张望。燕儿母女端端坐着，各自心下算计。一会儿，那知客来了，手中拿了一纸账单，笑吟吟走近，对赛飞燕道："都开好了。"便把这项那项一一报与赛飞燕知道，共是多少钱。

赛飞燕道："就此遵办，这里可有女客房暂容居住？"

知客僧道："现成的客房，四季都有女客进香，在本寺住的很多。"

赛飞燕道："最好，便请留下一间客房与我们下宿。"说着，立起身来，与燕儿道："我们请这位师父引去四面逛逛，这大丛林难得来的，也见识见识。"

燕儿听说，立起身来，笑着点头。

赛飞燕对知客僧道："请烦师父指引。"

知客僧道："也没什么好的去处，但凡寺院，便是个出面好看，也为敬重菩萨。若说出家人，本身是很苦的。"

赛飞燕道："自然，出家人是修行来世的，不讲眼前快活。"

说话间，知客僧已引导赛飞燕二人出观音殿，自左面廊下来。

赛飞燕道："里面还有楼房吗？"

知客僧道："是的，那是本寺僚房。"

赛飞燕见左边有一条甬道，问道："我们走这里看看好吗？"

知客僧道："可以。"

知客僧返身又请二人来，弯弯曲曲走了好几处，洞门深户，一路进入。只见好多的房屋都把门关紧了，看不出里面有人无人。

再要进去时，知客僧止住道："里面是本寺方丈，不便人去，请外面宽坐。"

赛飞燕见两边没人，料得地窖也已近了。忽然提起手，扣住那知客僧脖子，斥道："不准作声，老实说，那个地窖在什么地方？速速引我去。你若喊一声，便一把捺死你。"

那知客僧冷不防赛飞燕这一手，正如囚了立笼一般，再不能动，口里只央求道："放松些，小人便引去。"

赛飞燕道："你但说，从哪里走？"

知客僧已流得满头大汗，扁着喉咙道："就是这里进去，到了。"

燕儿听说，即去推门。那门紧锁了，不动。燕儿提起脚尖只一送，但听豁剌剌一声，那门劈破了。里面闻惊，赶出四五个汉子，都手执钢刀杀将来。外面知客僧见得有人来，猛叫救命。赛飞燕使劲只一握，放了手。那知客僧叫声哎哟，倒毙在地。燕儿跳入门来，劈开众人，夺了钢刀，杀了两个。赛飞燕一脚跟上，寻那地窖，却寻不着，只听一声怪喊，前后足有三四十人分路杀来。赛飞燕在前，燕儿在后，两个背倚背，分开势迎杀众人，比似生龙活虎一般，枪来格枪，刀来跌刀，众人哪里近得身。

外面陈兴听得叫喊之声，即去担子边提了竹杖赶将入来，只望众人处猛扑。但见那竹杖动处，似风扫叶，早把贼众打倒十几个。寺外薛成听得寺内轰动，知已发作，提剑高呼，飞步跑到寺后。看看都是高大围墙，一时心急，找不到后门。又听叫喊之声似在前殿，慌忙转到前门，狂奔猛冲，直杀进来。薛成路熟，不走甬道，绕过边径，直来地窖去处，只见燕儿已扑翻正七八人，正自对面杀将来。薛成猛叫一声，从后杀去，两下夹击，把那些贼伙都打了半死不活。

接着陈兴、赛飞燕也杀过身来，共会一处。薛成领头，正待去地窖，劫开板门，只见劈面一个和尚提板刀杀过来。薛成把剑一格，嚓啪一声，那板刀就分作两段。陈兴赶上，将去竹杖，对准那和尚身上只一晃，兀那和尚再站不住，整整仰天一跤。

薛成乘势踏上，正待踢那和尚小肚，陈兴止住道："且慢，这人好生面善。"

那和尚爬将起来，对着陈兴一打量，忽地跪下道："不知是孝子三郎陈爷驾到，小人该死，还求宽宥。"

陈兴道："你却是谁？我一时记不起。"

那和尚道："小人姓张名道的便是。"

陈兴道："原来是你，怎的也做了和尚？"

那和尚道："小人求生无计，投奔无处，只得如此。"

陈兴道："这里却是谁做主？"

那和尚道："前是小人师兄净化和尚为主，于今他死了，便是小人权当。"

陈兴道："作怪，却是你在此做主，倒是不知。"

那和尚道："小人没奈何，在此鬼混。"

原来那和尚不是别人，便是惠如。因当年陈兴在太湖干买卖时，众多英雄闻得海浪竿大名，都来投效。那时张道方才上路，不过是无名小卒，后来陈兴奉母命让出太湖，归乡种田。张道漂流湖海，到处勾当，渐自成了一路，相别八九年，不曾见面。又加张道已出家，所以陈兴一时想不起。当下张道见了陈兴，翻身在地。

陈兴道："也罢，起来说话。你既出家，叫何法名？"

张道起来，说道："小名惠如，三爷有何吩咐，小人遵办。"

陈兴道："不是别的，就是与这位薛大哥同来的男女几人，现在可好？"

惠如道："一应平安。"

陈兴道："在哪里？"

惠如道："就在这窟室里。"

惠如拉起那地窖板门，引四人走下踏步。来至窟室看时，只见两人捆在床上，正是范老与黄幼清两个，旁边坐着一人看守。惠如连忙自己动手，与范老、黄幼清解了绳索。薛成引二人与赛飞燕母女相见。范老、黄幼清叩谢陈兴与赛飞燕母女等，范老问周通怎么不来。

薛成道："当初与他约了，到了此地，只不见他。"

惠如听了，心下明白，对众说道："前会子有个汉子在石头市探问本寺情形，被小伙计麻翻了，捆了来寺。那人很有本领，问他姓名，只不肯说。小人不敢亏待他，每日酒饭送与他吃。那人也在这里住。"

陈兴道："是了，定然是他。他好吃酒，因此冒失，快请他出来。"

惠如返回身，来铁牢旁。陈兴等六人都跟过来。

惠如又说道："因他本领非凡，故把他暂住在此，小人从不敢亏负他。"

陈兴道："不说了，快与我开门是了。"

惠如叫取过锁匙，开了铁门看时，只见周通在里头呼呼熟睡。

陈兴笑道："倒是他乐意。"

惠如即去周通旁，把那羊肠牛筋练绳割断了。周通醒来，看众人站在面前，喝道："快把我提去砍了，不要麻烦。"

陈兴道："你再看看，我等是谁，难道你喝了酒，如今还没有醒吗？"

周通听说，定睛一看，叫声哎呀，拱手道："周通惭愧，无面见诸兄。"

陈兴道："说哪里话，越是好汉越错失。"

薛成道："果真，天老爷也有倒霉的日子。"

周通谢过众人，见赛飞燕母女在后，周通一惊道："如何又惊动这两位？周通真真太误事了。"

薛成道："不是她娘儿两个，我们休想进来。"

赛飞燕道："其实都是多事，早知道如此，只要三郎一句话就是了。"

惠如道："可不是呢，小人哪里知得？"

陈兴道："还有那几个娘们儿呢，快与我们相见。"

惠如道："小人另叫女客房居住，即在这里。"

惠如说着，返身出了地窖，走经甬道，陈兴等七人跟来，大家拥至珊珊、秀奴住的所在。惠如开了门，众人入来，范老、黄幼清争前先入。众人打一看时，只见秀奴伏在床上啼哭，老妈子坐在对面下泪，却不见珊珊。黄幼清一见秀奴，似饿虎扑羊一般，抱了秀奴，呜呜大哭。众人齐问陈家小姐呢，惠如也急得面色如土，再三道问老妈子，那位小姐哪里去了。老婆子连哭带说，一时众人叫的叫、问的问、哭的哭，闹作一团，再也听不清。

薛成大呼道："谁也不许作声，只听三老说话。"众人方始静下来。

陈兴道："惠如，你把她弄了哪里去了？今日不找她出来可不行。"

惠如急着道："小人也不知道，昨晚好好在这里的。"说着，掉头问秀奴道，"怎么不见了呢？"

秀奴道："便是那个三寨主劫去了。陈家姊姊不肯去，他拿出绳来把她背了走了。"

惠如道："什么时候走了的？"

秀奴道："好一会儿了。"

惠如跌脚道："该死该死，那还了得！"

众人又大哗起来。惠如说着，跳出门外，正待叫人，薛成一把抓住道："不要走，究竟怎么说？"

惠如道："小人不走。"

范老道："究是哪一个劫去的呢？"

惠如道："是这里一个弟兄，名作罗元的。从前跟小人帮问打杂在一起，这回到山上是小人一力抬举他，叫他坐第三位。争奈他这人不成器，几次三番算计陈小姐，被我禁住只不敢。今日必因山上闹了事，他趁火打劫，把陈小姐背走了。既是走了好一会儿，再不好迟延，小人须得赶紧差人追去。"

薛成道："只在你的身上，追不到时，把你抵命。"

陈兴道："不得延误，速速追去。"

惠如急急跑出后院来叫人，陈兴等六人都跟出来。那室中只留黄幼清夫妻两个与那老妈子在内。惠如走到大殿后叫悟化，叫了半日，方才出来，只见悟化已吓得如落汤鸡一般。

惠如道："罗元把陈小姐劫走了，你知不知？"

悟化道："谁知道？我又不到后院去。"

惠如道："你快叫李同、金阿三、叶阿伧追上去，不得延缓。"

悟化答应去了，一会儿来道："他们三个都受了重伤走不动了，老七、老九已死了，余者不是罗元的对手，这便如何是好？"

薛成道："见你娘的鬼，一辈子也追不上，不如我们自去。"

范老道："不差。"

周通道："最好，我们分头追上，不怕他逃到天上去。"

当下薛成、范老、周通三人飞也似的跑出北林寺，追寻罗元去了。

且说罗元本是一个破落户子弟，原籍江苏上海县人氏，祖上向在上海开设豆麦行，也是一个小康之家。只因这罗元好赌好嫖，贪吃懒做，从小没了父亲，无人做压，二十岁上不务正业，专事在外游荡，不因争风闹气，便是赌钱闯祸。当地泼皮知得他有些家计，哄他一路，乐得吃他便宜，渐渐做些手脚与他家，祖上产业荡了净光。当时他吃了眼前亏，心中便算计，必要学些武艺，与人报复。巧遇了一个江湖技师，是个奉天马贩子，学得一手武当派拳术，却

174

来上海城隍庙演拳试技，医病卖药。罗元正待投门，见了欢喜，便一心拜他为师，每日替他照料坛场。那江湖技师也就教了罗元好些门径，从此罗元落在江湖上混饭。

那时上海并不像现在的繁华，罗元又是本地人，人家都知底细，也不见什么庙出息，便跑到浦东，有人指点与他一条生路，就是那浦东船上干些没本钱买卖的勾当。正是张道从太湖上出来无处安身，在浦东船上挂褡，罗元因此结识了张道。后来，张道有人邀去长江上勾当，也带了罗元一起，毕竟这些买卖也要本钱，没本钱时只好当伙计，便分不到大股。罗元混了好一时，无甚出息，那窝藏里又出了事，被官司捣散了，只得别寻生路。在后张道出家，罗元也去陆地上混了一会儿，直到净化开发北林寺，悟化去镇江找惠如，惠如重邀罗元，因此又在一起。

自从罗元杀了净化，捧了惠如做寨主，惠如就有些顾忌罗元，只怕罗元又反变，面子上十分看重他，暗地上十二分防他。罗元也知得惠如这人不好久共，一心要淘些银钱去僻静处做家，因此每一次劫了来，罗元少不得做些小货。

罗元有个表亲，姓于名万生，曾在太平县开柴行，在仪征县城外十余里名作曹家埠地方也有一处分店。那曹家埠与紫霞岭相去不远，罗元乘着空儿，便把银钱运来曹家埠于家柴行里存放，推说生意赚来的盈余。那柴店里只见得有钱来存，当然是好的，也不管它的来处了。罗元把银钱私运出来原不止一日，实是早想散伙，只因一则撇不过惠如面皮，不好便走；二来罗元自见了珊珊之后，心里便常时转念，如果娶个老婆似这样，那便死了也甘心。但是那时净化做主，三重大，四重长，哪里轮得到罗元。罗元自想，也不过癞蛤蟆吃天鹅肉，到底不成。后来净化死了，惠如做主，自己坐了第三把交椅，罗元便想，倒有造化。从此心里每日转念珊珊，只因碍着惠如面皮，还是不成。巧遇了陈兴、赛飞燕等杀入寨内，罗元本也在那里厮打，眼见得陈兴倒打十几个，燕儿扑翻七八个，赛飞燕、薛成似猛虎般地又杀来。罗元想："直这般奢遮，哪里还做得成寨主？白白丢了性命不合算。"趁着空儿，一溜烟逃出，想："这时不走，更待何时？"便去自己房间里拿了衣服。正待出门，猛可省悟："这时众人都在左边屋内厮杀，那院子里必然无人看管，何妨趁此把那娘们儿带走了，岂不乐意？"

罗元想定，重入后院来，入到珊珊房内，说道："外面杀得紧，我救你出去，快与我逃走了。"

珊珊道："只求速死不求生，谁杀我谁是恩人，不劳搭救。"

罗元见珊珊不肯，哪里还等得及再说话，即把身上解了一条大带，将珊珊络了似馄饨一般架上身，提了包裹，飞也似开出后门。翻了后山，也不走岭下村，只望江边行。恐防有人追赶，不敢停留，立即渡江到北岸，投小路向曹家埠来。自肚里寻思："向日对曹家埠于家柴行说，曾在南京镇江行贩生意，于今忽背了一个娘们儿来，他们一定要问，却得如何说？倘使这娘们儿直说出来，岂不大害事？最好就近找个地方宿歇，却没个去处。待寄在别人寺，又怕寺里寻到，说不定这娘们儿又乱讲出来，还是不妥。"罗元背着珊珊，一壁走，一壁想，眉头一皱，计上心来，自念道："有了！"

不知罗元如何安排珊珊，且听下回分解。

第十九回

陈珊珊御暴净守身
于万生烛奸巧施计

话说罗元驮了珊珊，一路寻思，安排不得，忽然想出一条计来，自念道："如今不送太平县去，待送哪里？上海早是无家可归的了，曹家埠又太近，又不好说话，莫若雇一只船送太平县。船上便可与这娘们儿商量，且看她对我怎样意思。在船上少不得住两三天，大家也相熟了。到了太平县，自把话来说，便无人猜疑，岂不两便。"

罗元想定，沿着江边走来，打算雇船将到船埠。罗元恐防路人见了心疑，先入林子里，将珊珊放下了，转恐珊珊逃失，又把带缚在大树上系住了，然后到船埠来叫船。那太平县本在江中，四面皆水，大小船只来往不绝，也有回头船，本自太平县来的，也有半路兜生意的。当下罗元叫船到太平县，船户皆是乐意。罗元便把伙食船钱一起讲好了，急忙忙回入林子里引珊珊。

罗元便将珊珊周身捆的带子都解了，说道："你不要慌，我陪你下船到太平县去。那里很好，太平得很，什么都现成。你尽管随我走，我不亏待你。这里距船埠很近了，你自己走吧。"

珊珊也不言语，想命运至于这般田地，除死无大难，也不害怕，听罗元的话，跟着走路。

罗元与珊珊来船埠上，挽了珊珊下船，叫船上取过被铺安顿了。船上人道："还有客人吗？"

罗元道："没有了，就此开船，越快越好。"

船上人撑开船，摇起橹来，船向下流开驶，一帆风顺，似箭般驶了来。罗元心下甚是快活，只见珊珊坐在船尾，远远地说不上话。

罗元道："坐近些，我有话与你说。"珊珊不睬。罗元移过身来，坐近珊珊对面，说道："姑娘别害怕，也不要看我是强人，我没奈何在那里鬼混，何曾愿意，老早打算逃出来，争奈那些泼贱管住我，走不得。我一心要救姑娘，只是没有空当儿。天幸今日有人杀入寨来，我与姑娘乘机逃了出险，以后便平安无事。我如今也有些钱，从此去太平县安身立业，你我好好度快乐日子，不知姑娘心意如何？"珊珊听了不语。

罗元又道："究竟姑娘心意如何？"珊珊还是不语。

罗元道："你若嫌我是粗人，你也尽管说，什么地方不对，我也好改嘛！你不要老不开口，光是急煞人。"罗元说着，停了一会儿，见珊珊依旧不答话，罗元又道，"你若看不得我，我也不强你，也许送你回家乡，你但告知我，也使我明白。你若看得我时，什么事都由你做主，你说横也好，竖也好，你叫我怎样，我便怎样。你骂我，我一屁也不放；你打我，我一辈不回手。只是有一件，你可不能说出我的事来。你若有三言两语牵涉我，给外人知道，那就顾不得你，天老子也要拼命。这是我的意思，你明白了？且问你的心意怎样，你只管说。"

珊珊道："我没有别的，凭你怎样打发我，我只求一死。"

罗元歪着头笑道："谁舍得你死？辛辛苦苦背了你到这里，再不叫你死。你不要看我是个粗鲁的强人，我在娘们儿面上，着实爱好，你与我住得一年半载，便知道我是个成器的人。"

珊珊见罗元一派鬼样儿，自肚里寻思："今日在他手里，哪容得便扎挣？即使死了，也死得不明不白。想无怀既快释放了，天若见怜，死也与他一相见。苦头既吃到九十九，遮莫咬着牙齿，守过了这一关，且将计就计，慢慢设法脱身。"

178

当时珊珊想定，趁势说道："你叫我小心谨口，不要牵涉你的事，偏你自己说着强人长强人短，你也知得这里还有船上人。"

罗元听珊珊这说，争似嚼着冰雪一般，好生爽快，当下眯着眼笑道："是我该死该死，姑娘直说到我心坎里。从今到死，不说这话。现在我们却要商量商量，我在太平县有个亲戚开柴行，这里也有他的分号，我在他的号子里存有银钱，向来我只推说在外做生意。这回我与你去，少不得他们就要问，你是我的什么人，我自然要使他们不疑心，便把话来说，你看怎样？"

珊珊道："凭你怎么样说我不管，若有人问我时，我便说被强人劫了去，是你救我出来的。"

罗元拍手道："这话对得很。但是你与我怎样称呼？还是兄妹，还是什么？"珊珊不语。

罗元又道："我与你两个去，他们自然想：'分明是夫妻，还有什么？'"

珊珊道："既是你救我出来的，是好人，倘然如此，那是抢劫我了。老实与你说，我现有孝服在身，待过一年方满，到那时什么也好，凭你做主。如今可不行。你若顺我这些意思时，我便与你遮盖，你若违拗我，我抵注一死。"

罗元听了，想道："千年野猪，终是老虎食，还怕强到哪里？"说道："也好，便是如此。"

二人把话谈完了，珊珊斜在船尾假寐，一言不发，自打肚里打算。罗元取过一条被絮与珊珊盖了，自来舱中睡觉。罗元哪里睡得熟，不时间探头望珊珊，只见珊珊一动也不动。罗元爬起爬倒，也自肚里打算。二人在船上，伙食本由船户供给，珊珊镇日价在舱里蒙头闷睡，勉强吃些稀饭茶水延命。一连数日，船到太平，罗元登岸，还了伙食船钱，提了包裹，另雇了一乘轿子与珊珊坐了，自己跑在后面，来到于家柴行。罗元入内，问于万生，珊珊也下轿走入店堂。只见蜡黄细瘦一个老儿，对罗元拱手道："足下是谁？"

179

罗元笑道："万生叔，不认得了吗？小侄便是罗元。"

于万生重新架起眼镜来，看了笑道："哎呀，原来是你，真认不得了。听说你近来发财，很得意，人也发福了。"

罗元道："也没什么得意，只做些小买卖，混过口是了。"

于万生回头看珊珊，皱了皱眉说道："这位是谁？"

罗元含糊答了一句，于万生道："请坐说话。"罗元、珊珊坐下，于万生叫店里伙计端了两盏茶，问道："这回从哪里来？"

罗元道："小侄不是一向在南京镇江行贩吗？这回便往镇江来，在路遇了这位姑娘，正被强盗劫了去，在那里叫救命。小侄想见死不救，不是道理，当下追着那强盗，被小侄一脚一个打退了，救了这姑娘回来。"

于万生道："她是哪里人氏？也许有父母兄弟，难道只一个人行路？"

罗元道："也有几个人同伴，都被强人害死了。据她说，是浙江省人氏，父母亡故，兄弟全无。"

于万生道："却到哪里去的呢？看她不像是寻常人家的姑娘，如何落了这一场？既是老侄救了她，好事做到底，应将她送回家去。"

罗元道："小侄也是这么想，只因她无家可归，又不愿回去，正是无奈。"

于万生道："也许有亲族，你要问她本来到哪里去的，家住哪里，难道就没个熟人？"于万生问上问下，罗元虽不耐烦，也只好顺着意思说。于万生道："你现在打算怎样呢？"

罗元道："小侄近来生意不好，路上又多烽火，暂想在这里住家，租些田地耕种。好在表叔在这里，大家有照顾。若说这姑娘的话，她既无家无亲，一时归不得，也暂可在此住下。她如要回乡，小侄自可送她回去，她若归不得，便小侄养她一世也不妨。因此特来这里，拜烦表叔代租几间房屋居住。"

于万生听了这话，方才心里有些明白，说道："可以可以，也不许另外租宅，我这里就有余屋，家具也现成。大家亲戚，难道这一点不好帮忙吗?"

罗元道:"那便更好，多赖表叔照顾。"

罗元口里虽这么说，心里却想:"本意打算找个僻静处居住，免得外人察知底细，偏这于老头儿邀允同居。他是一番好意，如何可以不承情?"只得一口答应称谢。

当下于万生引罗元去里面，看了房子，分出几间，让与罗元。罗元自居一间，珊珊居一间，一应动用器具俱全，二人便在于家住下。

那于家虽是个柴行，生意也不小，城内外住户除了小户人家自己砍柴的以外，差不多衙门公馆都在于万生行进出。因这太平县在扬子江中孤零零一座城池，旁无邻县，又没什么高山森林，所以柴草一项却是一笔大生意。于万生为采办货物，运用便利，凡沿江一带镇市都有分号，远处来往客商往往在于万生分号里投宿过货，正似南边过塘行一般，兼可余外赚钱。又加于万生这人原由钱店出身，着实精明了得，眼看山色，脚溜江湖，也是五花八门会把戏的角儿，所有城内外绅士们与衙门里大爷们都与走动要好。

说到于万生家里，老婆早是过世了，不曾续弦，只有一个儿子、一个媳妇，一个孙子还在怀抱，柴行内上下也不过十几个司务。于万生是最会打算的，自己掌柜，儿子收账，便半个钱也逃不到人家手里。这回为何让出房子与罗元居住，便这般爽气呢?

原来于万生与罗元的父亲是远房的中表兄弟，罗元好嫖好赌，倾家荡产，把上海豆麦行收歇，在江湖上混饭等等，于万生虽不亲见，亦且耳闻。后来听说罗元常时有钱存到曹家埠分号里，据说在南京镇江做行贩生意。于万生想:"难道这人变好了吗?"究竟罗元做的什么生意，于万生也是不知。这回见罗元忽然带了一个女的来，说什么近来生意不好，要想住家种田，又说这姑娘在路上救了来的，并不问她是哪里人、往哪里去，但说什么无家可归。又看罗元只随

181

手一个包裹，也不带行李箱箧，于万生心想："其中定有蹊跷，如果与他租了房屋居住下去，倘然闹出事来，还不是我于老儿的牵头？倒不如留他在家，仔细看看究是怎么一回事。"

于万生想定之后，留住罗元，当时十二分招待，叫媳妇与珊珊相见，叫儿子与罗元一处。当时说话招呼，凡有所需，尽管里面取用。

罗元虽有些顾忌，也不甚疑，只暗地嘱咐珊珊道："你切要小心谨口，这里比不得那里，半句话也说不得。"

珊珊自肚里有算计，一概听罗元吩咐，自动手烧饭洗衣，一般似居家模样。遇着于家有话道问时，也顺着罗元意思答话，并不多说。闲着便自念经，忏悔先人，一到夜晚，早自关门睡觉，清早便起做事。罗元看了，十分放心，便于家也识不透这女的究竟什么道理。

如此半个月光景。有一天，罗元上街去了，于万生早想探听，这时见珊珊在内扫地，左右无人，闲闲走入门来，说道："姑娘太辛苦了，不要硬做，你是不惯做的，怎经得这般劳苦。"

珊珊连连端了茶，与于万生道："老伯伯请坐。"

于万生接过茶道："你住在这里，便是一家人，不必客气。元侄出去了吗？"

珊珊道："罗先生上街买鱼肉去了。"

于万生道："你来这里也有半个月了，我还不知贵姓是？"

珊珊答道："耳东陈。"

于万生道："陈小姐，你知得罗先生是干什么买卖的？"

珊珊道："不知，老伯该知道。"

于万生道："为是我不知道，那日他进门来，你不是看见的吗？我一时认不得他了，十多年不见了，哪里还认得？"

珊珊笑道："是的。"

于万生道："陈小姐，你不要看我这干瘪老头儿，我这副眼睛也

182

还明亮，十有九是准的。我是开店立业的人，凭良心靠天吃饭，我看你这人不是随随便便人家的人，你是谁家的小姐，落了这一场，不知受了怎样的委屈。你虽不说，我知道你。"

珊珊听了，心中一动，只恐冒失，还是不敢说。于万生尽看珊珊神色，已料到七八分，悄悄地说道："你只管说。你有事，我与你做去；你有信，我与你送去；你有话，天知地知你知我知。我这样的年纪，还肯害儿孙吗？你只管说。"

珊珊被于万生这一逼，逼上心事，心中一酸，眼中下泪，再也说不出话，只把手指着外面，摇摇头，叫勿作声。于万生明白，也只怕罗元入来，立起身道："姑娘保重，有话再说。"于万生踱出门外，自念道："哎，其中大有道理。"

一会儿，罗元回来了，买了些鲜鱼嫩鸡，交与珊珊。珊珊早自揩干眼泪，即去刮鱼斩鸡，依次烹调。于万生只等罗元出去，偏是罗元镇日在家，不离左右。于万生想："却是管得紧，只得花些本钱，调虎离山。"便嘱咐儿子，叫引罗元去市上喝酒。先一天约罗元道："老侄到舍间匆匆已是半月，至今不曾接风，也不曾陪老侄逛一逛，实是店里事忙走不开，好在至亲，大家原谅。明日是个好日，我叫小儿陪去外面与老侄叙一叙，也看看这里的市面。"

罗元忙道："表叔好说，这回小侄打扰府上，岂在少数，表叔这般管待，实不敢当。"

于万生道："无须客气，我已叫小儿关照酒馆，预定清蒸大圆鱼，这里的清蒸圆鱼是很好的，老侄尝一尝看。"

罗元连连道："承情承情。"

于万生把罗元稳住，第二天傍午，早叫儿子引罗元市上喝酒去了。于万生看了是个模样，来至珊珊室中，说道："今日为是与你说话，故叫他市上酒饭去了，你只顾对我说，究竟怎样来回去结，好使我得知，与你设法。"

珊珊见于万生果是至意，再不隐瞒，便把那天在船上被劫到寺，在寺被罗元背了下船，在船上怎样相迫，自己怎样对付，并说罗元是寺里的三寨主，现在已有了钱，不愿上山等等，略略说了一遍。于万生一面听珊珊说话，一面不断地鼻孔出气。珊珊说毕，去于万生前正正磕了个头。

于万生连连避身，说道："放心，有我，切莫作声，肚里明白。"

于万生拍拍胸，走出门来，故意装着笑嘻嘻在柜上坐下。不一会儿，罗元回来，喝了大醉，于万生忙叫泡浓茶、端水洗脸，益发恭维罗元。自肚里寻思："这事却缓不得，缓了还恐有意外之祸找上门来。"心中筹思如何是好。

正在算计，只见一人鲜衣华服打从门口过，于万生认得真，这人是太平县捕厅陆显堂的儿子陆禧，人家叫他喜少爷的。于万生想道："来得巧！"立即跑出店堂来，在街上叫道："喜少爷，吃杯茶去。"

陆禧回过身问道："是谁叫咱？"

于万生道："是我呀！少爷，请到小店里喝碗茶。"

陆禧道："原来是于老头儿，怎的大惊小怪的，有什么话？"

于万生笑道："也没什么话，请少爷喝碗茶去，小老儿有的好茶叶，难得光降的。"

陆禧走入门来，于万生请到店堂内客房上坐了，叫伙计取过茶盘，抓了一把瓜子，问这几天衙门里公事忙不忙，有什么消息，也谈谈哪个酒馆好，哪个茶楼清净。胡乱谈了一阵，于万生看看伸不进脚，明知陆禧是贪花爱柳的人，却得如何调拨他。正在思量，听陆禧道："你们行里的柴怎么不行了？多是潮湿得很。前几天听咱们厅里的厨子说，价钱比往前大，货色越弄越糟，是什么道理？大约衙门生意，你们是不在意的。"

于万生道："好了好了，少爷这是什么话？小老儿不靠衙门里的老爷们少爷们靠谁去？大约前次大柴断档了，搭了些不曾干透的，或者有之，请少爷原谅，下次补情是了。现在小店里有好柴，请少爷进去看看。"

陆禧道："不看了，哪有铺子说自家货色不好的呢？"

于万生道："嗏，你又不信。"

于万生定要陆禧进去看。其实陆禧说柴不好，也是一句空话，却是于万生有了主意。陆禧被于万生催不过，也便进去看了。于万生故意引陆禧从珊珊门前走过，故意高声说话，使珊珊回过头来，与陆禧见面。陆禧一见珊珊，不觉脚步一停，碍着于老儿在前，怎好意思，急往前走。于万生已是明白，想道："这样的娘们儿，怕你不惊心？谁叫你看柴，只叫你看花！"

当下于万生引陆禧来柴场里看柴，争说这样好，那样不坏。陆禧心不在柴，便随口答应。于万生复引陆禧出来，仍从珊珊门前过。陆禧又注神看了一面，想："世间真有好女子，直这般俏丽。"心下转念，便不知不觉露在面上。于万生想："果然这道儿着了。"正是：

惊鸿落雁尽颠倒，拔草寻蛇惹是非。

不知于万生如何调拨陆禧，且听下回分解。

第二十回

洗春楼巨盗自投网
艳乐院贞女误失足

话说于万生引陆禧回到店堂内客房上坐下，心知陆禧上了钩，偏不与便说此事，依旧谈些柴生意。

陆禧问道："你这铺子开了几年了？"

于万生道："三四十年了。店虽小，牌子老了。"

陆禧道："这里面是你的住家吗？"

于万生道："我的住家还在里头。喜少爷不知道，我们向来带做些过塘行生意，有什么过往商客，大家相熟的，或是有人引来的，也有自己来投的，因客店里不便，就在小号里住一时。家常便菜，一般服侍，地方比客店清洁，进出比客店稳便。凡带有货物，上下起卸的，没有不住小号。沿江一带，二三十家分号都是如此。方才我引喜少爷进去看柴，经过的几所房屋就是小号备与客人居住的，并不是住家。"

陆禧道："你真会做生意，这法子可不差，我若干买卖，也少不得住你这里。怪不得你开店发财了。"

于万生道："喜少爷，你哪里知道，如今这些生意也难做，来往的人太多了，不免其中有败类。万一不小心，便是开门揖盗，连自己也累罪了。"

陆禧道："也说得是，好在你是老东家了，看得多，行得惯，终不至于失脚。"

于万生道："也难说。"

陆禧道："你这里还有女客住的吗？"

于万生假意装作不知，答道："没有。"

陆禧道："方才我进去，不是那间屋子有女客吗？"

于万生道："啊！说起这回事，我倒忘了。你来得却巧，正好与你谈谈。"于万生说着，走近陆禧身边坐下，悄悄说道，"这人来历有些不明。喜少爷，你听我说。"

陆禧听了话，也移近身来，侧着头道："怎么样呢？"

于万生道："半个月前有个姓罗的，单名一个元字，到我这里来，说向在南京镇江一带做行贩生意，认得我那曹家埠的分号，向小号来借住一时，并且说与我有亲，居然称我作表叔。我不但不认得他，便说起来，也记不得有这门亲戚。只是我们只以买卖为重，既是生意人，出外在路，不管亲戚也好，非亲戚也好，我们自当招呼他，他就带了这个女的一路来。我只道是他的老婆，看看又不像，年纪相差太远了。我问他：'这位姑娘是谁？'他说：'在路被强人劫了去，由我搭救回来的。'我说：'如何不送她回去呢？'他说：'这女的无亲无眷无家，无处可送。'我便有些心疑，就问：'这女的是哪里人氏，往哪里去的呢？纵然被强人劫了去，当初也必有个去的地方。'问他，他也说不出。我益发心疑，但是我既允他在这里住了，又不好再回他出去。我便留心看那女的，只见她常时暗地里流泪，也不与男的住一起，也不大说话，好像心里有非常难过的事。我便问她，她不肯说，似乎只怕那男的晓得，闯了大祸。

"有一天，那男的出外喝酒去了，我便对她说：'你有话与我讲，我好替你想法子，我绝不会告诉人的，绝不害你的。'她方才啼啼哭哭对我说了。据她说，她本人委实父母双亡，早已无家，只跟随一个寄爹生活。这回由扬州动身，与她那寄爹同去南京寻亲戚，在船上，半夜里被强盗掳去，在一个深山冷寺内囚闭。那强盗不是别人，

187

就是这罗元，还有个强盗大头子在山上，要她做压寨娘娘，她抵死不肯。这罗元是个三头子，也是想她，便把她又劫了出来，打算在这里躲避，只推说在路救了来的，一心想娶她为妇。她本是大户人家的小姐，如何肯嫁给强盗，也自推说孝服未满，抵死不从。如今在这里，幸亏我们人多，要不然，早是强奸过了，只怕这女的也死了。现在这女的好比落了火炕一般，每天与那男的洗衣烧饭，什么都做，你想可怜不可怜？

"那天她对我哭了一场，求我与她搭救。我看了实是不忍，待要救她，又没法子。天幸喜少爷今日先降，还求少爷做些好事，救救这姑娘吧！"

陆禧听说，一脚跳起身道："你怎么不与我早说！这有什么难处，马上捆送到县里去是了。"

于万生道："不是，少爷，你听我说，我也知道理应告发，但是少爷与我想想，我是开店立业的人，差不多六十甲子的年纪了，一来这些强人有党徒，多少厉害，将来传出去是小店里告发的，经不得他们一下手，我这店难道还开得成？二来我年纪虽是六十光景，从来不与人吃碗讲茶、闹过口角，若是由我告发，少不得到堂对质。小老儿不曾上过衙门，委实怕事。三则这姑娘既是遭了这一场无亲无眷，何等可怜，若是告发，少不得把她也一路扭送进去。虽则她是被劫的人，本没有事，但是衙门的交易，小老儿也知道，倘然进去，便要能回原籍，或着亲属来领，这姑娘还吃得起苦吗？救人须救彻，既是她这般可怜，须得少爷们看觑她，与她一个方便，这是小老儿的意思。"

陆禧听说，想道："果然有理，如果弄得县里去，当然要把她暂行留县，自己便得不到一点儿好处。"

当下对于万生道："照你说来，只好随他去，终不成眼看他们横行胡闹便休？倘若将来闹出事来，即是你店里也有干碍。"

于万生点头道："不差，只要少爷说句话，小老儿有法子，极其稳便。"

陆禧道:"依你便怎样?"

于万生道:"依我之见,不必告发,强盗大案不比寻常,随时可以拿办。况且这罗元已有实据,只要少爷回去,与那捕快头儿说句话,叫他们多邀几个人,约在一处,或是茶馆,或是酒楼,我便约了罗元,先至那处饮茶喝酒。等我扬开时,他们一伙子赶上,把他获住,送到县里一拷问,自是水落石出。那便这姑娘与少爷,即是小老儿都无关系。少爷并且私行察访,获到巨犯,着实于捕厅老爷有面子,岂不稳便?"

陆禧笑道:"于老头儿,看不出你倒会打主意。"

于万生也笑道:"少爷看我这主意好不好?"

陆禧道:"好个主意,我回去就这么办,只是约在什么地方呢?"

于万生听了,想想道:"就是这里相近的洗春楼茶馆上,如何?"

陆禧道:"最好,今日还是明日?"

于万生道:"今日时候不及了,明日下午吧。"

陆禧道:"就是这样,我回去了。"

于万生又切实说了一会儿,陆禧相别自去。于万生仍在柜上笑眯眯坐了。不一会儿,罗元踱出外来,于万生招呼道:"这里坐坐。"

罗元道:"好坐。老叔说的清蒸圆鱼果然不差,不想这里着实有几样好菜,便是炒蟮丝也鲜肥可口,被我吃得大饱,酒也醉了。"

于万道:"是的,这里近江鱼虾都是新鲜的,明天我陪你去逛逛。这里有个洗春楼,茶水很好,有名碧螺春清茶,很是清甜,大家去吃碗茶。"

罗元道:"最好,明日小侄东道也请老叔吃晚饭。"

于万生道:"这倒不必,难道你要回敬吗?我在这里几十年,真个老百姓了,什么都吃过,也厌了,只有喝茶,很是欢喜。"

罗元道:"好的,明日便去吃茶。"二人谈了一会儿,罗元自回里面去了。

189

第二天下午，于万生看看时候差不多，约了罗元出门，一径来至洗春楼楼上，择了个清净座头坐了。茶博士冲了一壶茶，于万生与罗元说些闲话，自肚里留心，周遭一望，只见那捕快头儿与几个做公的都到齐了，也正在楼上吃茶。于万生坐了一会儿，推说小便，特地绕过那捕快头儿跟前，丢了个眼色，一溜烟下楼，回至柴行去了。这里捕快们见于万生已自扬开，当下动手。先两个慢慢过来，在罗元背后守住了，一个暗地藏了刑具，到罗元跟前，不问皂白，忽然掏出索链，不端不正，对准罗元头上只一套，收住了。其余几个乘势赶上。

　　罗元猝不及防，被颈上锁了铁链，当下狂跳乱奔，把茶楼上桌椅都翻了天，一时吃茶的人吓得纷纷乱窜。那捕快们死劲地把罗元拉下楼来，一口气拉到捕厅衙门。捕厅坐堂，先自一问，凡罗元来历，陆禧都已报知，捕厅据报审讯。罗元自难抵赖，捕厅即带罗元来县，县官升堂，照例再审，即今押入死囚牢里，听候取决。罗元既自直认盗犯不讳，当然按律处死不提。

　　且说于万生自洗春楼回到店中，当命伙计去洗春楼，说店里客人罗元在茶楼上被捕快们缠住了，不知因何事故，速去道听。伙计去了回报，客人罗元已被抓入捕快衙门去了。于万生方才放心，当即写信去曹家埠分号，将罗元名下存款尽行划入自己户下。这里又吩咐店中上下，凡有生客来店探访，一概拒绝，恐防意外。一应事毕，于万生来至珊珊房内，说道："你说的事总算办成了。"

　　珊珊一惊道："怎样？"

　　于万生把话说过。珊珊再三感谢，自心里寻思："却是害了他一命，虽见这罗元本心不良，但不因他劫了出来，或恐自己也死在寺里。"珊珊这一想，反自感伤起来。

　　正在这个当儿，伙计报说："喜少爷来了。"

　　于万生连忙来至店堂，只见陆禧笑吟吟地走进来，说道："办妥了。"

于万生道："多仗大力。"说着，请陆禧入客房上坐地。

陆禧道："于老头儿，今日为是你的话，咱不曾与父亲说这个女的，也不曾提你，所以父亲问案时，但把他在什么北林寺里做强人的勾当问了，我只道他要抵赖，谁知他直认不讳。现在已解县，押入死囚牢里了。"

于万生道："承少爷费心，小老儿感激不浅。"

陆禧道："还有个女的，你也送回她家去吧，好事做到底了。"

于万生想："这分明是来讨谢礼，不可不酬的。"说道："她不是说无家可归吗，叫我如何送去呢？这人不大说话，我难得理会，请你与她谈谈吧。"

于万生说着，当自引路，叫陆禧入来。陆禧心里想："毕竟这于老儿是个爽气的人。"于万生陪陆禧来珊珊房中，对珊珊道："这位是本县陆捕厅老爷的公子喜少爷，小姐的事，小老儿便托他，亏得他费心，不然哪里有这般容易。"珊珊听说，谢了陆禧。于万生又道："小姐一人在此，孤单无靠，究竟想去哪里？大家商量商量，所以请喜少爷来，他是极能干的人，一等聪明，你把话与他说了，请他出个主意。"

珊珊听得有些蹊跷，对于万生道："承老伯搭救，生死感激，我一心要去南京，前曾与老伯说过，老伯如肯给些盘缠送行，来生犬马图报。老伯如果不可，我便讨饭讨到那里，至死不休。"

于万生道："这何消说得？我要送你，不但盘缠，而且要与你找一个船上人，路中可以照顾。我们店里都有熟船，你只放心。但目下却走不得，也为路上有强人，船都停了，等有了船，立即可行。"

珊珊道："如此感恩不浅。"

于万生道："说哪里话，你单身一个女子，我们应该帮忙。方才喜少爷也与我说，既把罗元获住了，应该送陈小姐回去，所以我们来商量。"于万生说着，对陆禧道："喜少爷暂坐一会儿，我有些事未了，去一去就来。"

陆禧道："你快来，我有事也就要回去的。"

陆禧见于万生走了，有些虚心，觉得不好意思起来，要走又舍不得走，要坐又不知坐的干什么，要说话又想不出说话。偷眼看珊珊，只是俯着头，惹得三分颦皱，越发娇艳。

半晌，陆禧发话道："小姐定要去南京，我送与你去。"

珊珊迟迟答道："不敢当。"

陆禧道："不是说笑话，我定然送你去。"

珊珊道："与先生非亲非眷，又不相识，不敢劳动。"

陆禧道："一回相见二回熟，难道小姐与于老头儿是亲是眷吗？也是个缘，有缘千里相会，何况是送。"

珊珊听了，俯首不答。

陆禧又道："昨日见了小姐一面，我便知小姐是闺阁千金，当时我问于老儿，于老儿与我说了一应情由，我便叫于老儿诱去罗元到茶楼，一面吩咐捕快拿获了。若不是为小姐，也应问个山高水低，岂肯听一面之词，擅自捉人？实是我爱煞小姐，小姐如肯在这里住下时，一应问我，如果定要去南京，我便相送。小姐不愿我送，我自送小姐，送到小姐，我自回。"

珊珊道："多承照拂，一切领情。我是薄命不祥之物，望先生自己珍重。"

陆禧道："不管你薄命厚命，我只要送你，与你多说几句话也快活。"

珊珊听陆禧自说自话，便一言不发。陆禧也只得退出来，至店堂上。

于万生问道："如何？"

陆禧道："怪可怜的，不肯说话，我定要送她，她只不肯，还是请你成全，请你好相劝。"

于万生道："晚上我再探她意思。"

陆禧道："我等听回音。"陆禧说着，自去了。

晚饭过后，于万生又来珊珊房中，问道："方才喜少爷与你说什么？"

珊珊道："他说，我去南京时，定要送我，不知是什么意思。我这回幸承老伯搭救，做了第二世的人，什么都看空了，便是今天皇帝圣旨到来，我也只一死，务请老伯切切与我谢他。"

于万生听珊珊说得斩钉截铁，知不好再插言，说道："也是他一番痴心，总是青年人不懂，小姐要原谅。这回也幸喜遇了他，若我们当官告发去，少不得要大动干戈，哪里这般稳便。"

珊珊道："皆是老伯审度周到，此恩何日能报？不知老伯现下探得有船也未？总请周全到底。"

于万生道："但有船到，便与小姐通知。"

于万生见珊珊心意，滴水不入，只得不提。当下出来，自念道："如今倒做了难人，一个问我要船，一个问我要人，一个把着如意算盘，一个老是一掌经。如果送女的走了，陆禧必然不愿意；如果尽说没有船，把她搁在这里，赔茶赔饭且不算，这陆禧定然穿梭也似来个不了，着实有得麻烦。如此下去，不但两面不讨好，只恐还要得罪人。"于万生静静一想，想出一个主意来，算计在心。

第二天清晨，陆禧早自来店。入内坐定，陆禧问道："如何？"

于万生道："不是一天两天的事。"

陆禧道："不行就是了，还说什么俏皮话？"

于万生道："不是，大凡娘们儿有娘们儿的勾当，有些话只好娘们儿中暗地私谈，与我们汉子说不来的，所以这事，小老儿只好告退。少爷如果要马到成功，我可保荐一个人，只要请她，万事俱休。"

陆禧道："是谁有这大的本领？"

于万生道："还有谁呢，你也认得，便是西街上艳乐院张婆。"

陆禧笑道："你真会算计。"

于万生道："我的主见如何？你只要稍微与她唤些甜头，她见了

193

你去，请不到的苦，死心塌地与你办成功，这叫作蜗牛吃蜈蚣，一毒解一毒。"

陆禧道："那么我差人去叫她来。"

于万生道："喜少爷，你昏了吗？怎么叫她来？这岂是一天两天的事？我说与你听，你今日闲闲地去，到她那里坐坐，顺便把这话提起来，说有这般这般一位小姐，现在什么地方，只因这人恍惚心中有什么事，只有你们娘们儿中可以探得出来。仔细问她，叫她做媒，你也老实答应她，如果办成了，该如何谢她，且看她如何，我料她没有不竭力巴结的。等她答应了，你来通知我，我把这姑娘送到她那里去，交她去提调，你只等信儿是了，这样不怕不成功。少爷看我这话对不对？"

陆禧笑道："你说的话还有不对吗？就此去办，我停刻再来。"

陆禧相别自去了。原来那张婆是在城内西街上开设艳乐院，是个老练的鸨母，虽然年纪已过四十，一般风流倜傥，说出话来可喜可听，月老生涯很是不恶。陆禧是个爱逛的人，往日在她家喝茶饮酒，常时打诨，于万生也是明白，所以想出这个主意来。面子上是为陆禧划策，实骨子是自己卸火，明知这话一出，陆禧、张婆都是情愿，却是一举三得。

于万生心里很是快活，当下陆禧来西街上张婆家，果然照于万生所说，依样葫芦，撺掇了一会儿。张婆听得批发生意进门，跳起新鲜，满口答应，叫陆禧速把那姑娘送来，包做包办。陆禧欢喜不迭，又来于万生柴行把话说了。

于万生道："如何？只有这一法，千妥万妥，我立把人送去，你只在张婆家里等。"

陆禧听说，慌忙自去了。这里于万生来到珊珊房内说道："我与小姐已定好了船，此时即可下去，并有几位太太们一路，大家有伴，倒是很巧。"

珊珊听了大喜，起身拜谢道："承老伯如此厚爱，生死感激

194

不尽。"

于万生道："小姐珍重，路上小心。"

于万生出来，即命伙计备了轿子，在门口停等了。珊珊一身之外，本无他物，当下拜别于万生，坐入轿内。轿夫早已说好，那轿子便直投西街艳乐院张婆家来。

不知张婆如何提调珊珊，珊珊能否依从张婆，且听下回分解。

第二十一回

张婆细说个中艳
闲僧浪引物外游

话说珊珊那轿子直投西街上张婆家来，珊珊自寻思："今日也得去南京，不知无怀出来也未。"正思量时，那轿子停了。

珊珊出轿来，只见一座新漆门墙，门上写着"艳乐院"三字，心中便自一惊。那张婆子早在门口等候，见珊珊出轿来，笑吟吟说道："陈家小姐吗？请里面坐。"

珊珊待进不进时，问道："这是何处？怎么不上船埠，却叫我来这里？"

张婆乖觉，答道："是的，这里歇一会儿就去了。"张婆说着，不由分说，接住珊珊的手笑道，"里面坐说话。"

张婆引珊珊一直到里进，珊珊留意看时，只见洞门达户，锦簇绣围，一路有姑娘们指指说说，在那里窃语。自想道："不好了，果是这个去处！"

张婆引珊珊来到里进屋内坐下，问道："小姐用什么点心？"

珊珊道："什么也不想吃，只问你什么时候上船？"

张婆道："上船时候还早咧，也许是晚间，也许明天，不一定的。"

当时张婆叫人泡茶、打手巾、备点心，忙得非凡，珊珊越发疑怪。那张婆只顾笑嘻嘻对珊珊望，悄悄说道："小姐安心些。"

珊珊沉下脸道："你究是怎么回事？老实对我说，不要使人闷着不快活。"

张婆笑道："没有什么事，包你不闷，你只与我在一起，包你快活。"

珊珊道："你若是也去南京，大家趁早上船，你若不去，我自上船，留我在此干什么？"

张婆道："为是我也要去南京，大家一路。目下船还不到埠，只得等着再说。"

珊珊分明知得其中有鬼，说道："你不要欺人，于家店主早与我说了，今日都有了船。你好好儿实说，大家有商量，你若这般地撩拨，徒使人气恼，何苦？"

张婆笑道："对了，我不欺你，于家店主为是你在他那里孤单无靠，一时间又没船，所以送你来这里。横竖我也要去南京的，大家有伴，请你在我这里暂歇一会儿，到时同去是了，我何曾欺你？"

珊珊道："如此最好，究竟什么时候动身呢？"

张婆道："为此我也只等船，大约至多不过七八天吧。"

珊珊也不言语。张婆见珊珊一时说不上话，走出门来。陆禧本在后房默坐，二人所说的话句句听到，闻知张婆出门来，悄悄地迎上前问道："不行吗？"

张婆笑了一笑，接着陆禧来侧厢耳房内说道："少爷，你不要急，你听了她的话，只道是不行吗？凡是姑娘，当初都是如此，到后来什么也说得，什么也做得。我这里几个小丫头，初入门时，何尝不是铁板面孔。如今呢，似喜鹊一般，多么自在啊！你不要急，但到老娘手，生铁也要化软她，不怕她再正经些，自然瓜熟蒂落，你但等个两三天是了。"

陆禧笑道："只凭你去干，倒要看看你的本事。"

张婆唏地一笑道："不是说海话，苏州帮、扬州帮，哪里不见识？老娘不上手，上手起来，观音菩萨也要发三分骚，你看吧！"

张婆对陆禧眯着眼一笑，又走过珊珊这里来。陆禧镇日在张婆家等候，半夜方自回去。张婆来珊珊处，便变了一个面孔，一板正经，也不与珊珊说句笑话，只竭力奉承珊珊。

　　向晚，张婆对珊珊道："小姐这里安歇，只怕小姐冷静，我伴小姐同睡。"

　　珊珊道："最好。"

　　珊珊恐防出岔子，也不解衣带，浑身卧在里床，张婆在外，对面睡下。张婆斜过身，对珊珊道："明日我再叫人去道听市船，不知那船到南京，路上共需几天？"

　　珊珊道："也不知道。"

　　张婆道："你到南京去哪里？"

　　珊珊道："我到南京，去城内天津桥下，你呢？"

　　张婆道："我去下关，也许陪你一路进城，不知你去天津桥下，还是亲戚、是家族？我能去不能去？"

　　珊珊道："有什么不能去，那是我的至亲。"

　　张婆道："却是什么亲戚？"

　　珊珊道："姑娘表亲。"

　　张婆道："小姐府上本是哪里？老太太康健吗？"

　　珊珊道："先父先母都去世了。"

　　张婆道："哎呀！小姐这样年纪，老大人都去世了，可怜！"

　　珊珊道："合是我的命不好。"

　　张婆道："几位姊妹昆仲呢？"

　　珊珊道："没有。"

　　张婆听说，仰起身来道："哎呀！于老头儿该死，他说的话全靠不住。"

　　珊珊听了，也自一惊，问道："他怎样说？"

　　张婆坐起身来道："他说你家哥哥在他店里当伙计，亏空他的钱还不出，把你押在他家，凭他去变钱。他没有法子，交给我，叫我陪你去南京，并说你在南京也有一门亲戚，托我与你那亲戚商量，叫把钱还清了，方准你走。如今据你说起来，都没有亲兄弟，究是什么道理？"

珊珊听了，想："于老头儿方才与我轿送去船埠，却叫来这里，难道果有此事？"急急问道："却是真的吗？"

张婆道："怎么不真？明日我倒要去请问于老头儿为甚哄我，小姐也老实与我说，究竟有兄弟也无？"

珊珊道："我哪里有兄弟？只是一身。"

张婆见话里说得入港，便爬过身来，与珊珊一头睡了，低着声软软地说道："为是于老头儿那么说，方才小姐进来，所以我劝安心些。小姐只道是我相欺，我年纪毛五十了，前世作了孽，今生弄得不尴不尬，难道还肯害人，重遭来生的孽债？不瞒小姐说，我这里原是个窑子，为的没有法子，吃了这口饭，如今竟收场不下。"张婆说着，两眼看住珊珊。

珊珊笑道："原来如此，怪得许多姐儿们在这里。"

张婆道："小姐是闺阁千金，哪里懂得？不但小姐，便是这里的姐儿们，有几个尽是官家子女，也是命遭到了这步。就讲我吧，不瞒小姐说，我也是好好儿出身，父亲是在当典做朝奉的，家里本有些钱，丫鬟使女都全，房屋田地也有，如何弄得这儿来呢？只因那年我的父亲死了，家运不好，兄弟们好嫖好赌，常时闯祸。我的母亲是最好说话的，再也禁他们不得。常言说得好，坐吃山空。我家里共有八九口，光是坐吃，也就完了，而况嫖赌呢？所以不到两三年，把房屋田产地基，以至于家用衣穿，一概弄得精光不剩。等到我母亲临死时，已买不了棺材，我的兄弟们早是四散了，亲属们看得害怕，一个也不拢来，只有我一人替母亲安葬。幸亏我还有个娘舅，也是穷得不得了，对我说：'这都是你父亲从前做朝奉时刻薄了人，如今报应到儿女身上。现在你娘已死，终不成听她猪吞狗嚼，丢了野畈里便休。也须给她买一具薄皮棺材，安葬了方是。我是帮不了你，只有对你不住，把你这人来变钱。'我娘舅这般说，我那时是个不省事的姑娘，有什么主意，只凭娘舅做主。

"我娘舅就把我卖到上海，将我的卖身钱与我娘安葬了。从此，我便入了这个门。当时我只顾哭，但求早死，不想做人，也有些人来劝我，叫我静心安居，哪里劝得上，我只当他们放屁，最不肯听。后来过了几天，看看他们待我也还好，一般与我穿吃，如在自己家里无二，我也渐安心了。

"有一天，他们对我说：'你的花运好，有人与你梳头了。'我不懂是什么道理。当晚，有个后生来与我说笑，问我几岁，哪里人，家里还有娘老子吗。我吓得面孔通红，不敢回话。那后生却非常和气，说：'不要慌，我与你最要好的，比自己兄妹还要好。'我方才敢抬头。看那后生时，雪白面庞，戏眯眯一双眼睛，出落得一表人才，穿得一身好衣服。当时我看了，不但不怕，似乎觉得他和蔼可亲。谁知他老实不客气，一面与我说话时，一面便伸过手来揪住我，一手揪住，一手便探我的乳部。那时正是四月底天气，我穿的一身单衣，被他一揪一摸，直吓得面孔洁白，几乎要叫喊起来。谁知他那只手忽然往下一伸，托到我屁股上，一手把我抱起，提到床上，急忙拉下我的裤子，把我两脚只一张，压上身来，把那毛茸茸的一段似箭般地插入我下身，死劲地压住，不断地耸动，当下我便昏沉了。说也奇怪，待我醒来时，便觉得很是适意。第二天照样如此，益发自在，如此七八天，我合舍不得他，便白天也要与他这一来。"

张婆说到这里，喘了口气，眼看珊珊。珊珊已别转头去，向内睡了。

张婆说道："小姐，你不知道，这其中的奥妙无穷。"

张婆便将她的经验，这样那样，如此如彼，凡是口中说不出的，心中想不到的，应有尽有都说出了。张婆便手推珊珊，叫珊珊掉过头来说话。珊珊屏气不声，只管假睡。张婆也就无奈，只好睡去。

第二晚，张婆依旧讲她的话，不伦不类的无数奇语怪谈。珊珊只作不听得，管自睡觉。

第三晚，张婆未睡时，便说："这几天与小姐睡了，每晚多讲些话，头痛了，手心有些发烧。"

珊珊不睬。张婆睡不下，不一会儿，悄悄地与珊珊耳语，说自己性发了，没奈何，请小姐爬上身来，与我压一压，便一只手去抱珊珊，一只手伸到珊珊腰里去拉裤子，浑似饿虎扑羊迫不及待模样。珊珊原是和衣而卧，见张婆蛮动，忽地坐起，正待跳下床来，因睡在床里，须转过张婆身上。张婆乘珊珊越过身时，不端不正，扣住珊珊。珊珊怒极，对准张婆一选两记耳光，在张婆白胖面上噼啪两声。张婆大怒，跳起身大叫道："泼妇打人！"双手来抓珊珊。

珊珊早跳下床。张婆因不曾系裤子，一面系裤子，一面大叫。众人闻惊，推门进来。陆禧本在后房，听得有变，也急忙入来看视。

原来张婆两夜指教珊珊，见珊珊一言不发，意想已是入窍，打算这晚先来与珊珊肉体勾引，引到差不多时候，再叫陆禧进来，因此留陆禧在后房等候。哪知事出意外，不料珊珊用武。

当时张婆暴雷也似跳起身来，定要打珊珊，却见陆禧入来，对陆禧道："你看这泼妇，巴掌拳头打人，把我打坏了。"

陆禧道："好好地说话，怎么打起来了？"

张婆叫道："出世娘肚皮，从来也不受人凌辱，如今打得面孔都肿了。只凭少爷说句话，看怎么样，我绝不肯饶她的。"

陆禧道："好了好了，一应看我面上，你要怎么样，只问我是了。"

珊珊见陆禧入来，自己恍然明白，既听陆禧说这些话，对陆禧道："我被强人打劫来此，承先生仗义解救，方自深深感激。不想先生乃是衣冠禽兽，唆使龟婆来害我，我今果然打她了，先生尽把我送县去，便死在牢里也快活。"

201

陆禧听说，赔着笑脸，拱手道："小姐原谅，不干陆禧之事，都是那于万生老儿想出来的法子，叫把你送来在这里，交与这张婆看管。我早想你回南京去，何曾想害你。"

张婆哭道："便是我不是人，被人打到这种样子，竟没人说句话，反只与人赔不是。"

陆禧笑道："都是你自己说的，老娘长老娘短，这样那样的本领，说什么观音娘娘到了手，也要发三分风骚。如今究是几分呢？我不说你，你倒来说俏话儿。"

张婆听陆禧这般说，越发大哭大跳起来。陆禧也怒道："见你娘的鬼，你来大爷跟前翻什么把戏！好便好，不好，滚你娘的蛋！都把你们这些王八羔子送县去！"

龟奴见陆禧怒了，都拢来与陆禧说好话，一面把张婆拖入里面去了。

陆禧叫道："要咱走了，这陈大小姐交给你们，如有动她一根毫毛，明日取你们的命。"一面对珊珊道："小姐只管胆大睡觉，明儿我派人送你下船，好生将息。"

珊珊泣道："多谢先生。"

陆禧说着，慌忙自去了。龟奴送到大门，一路赔说好话。这里珊珊想起种种，不觉心痛，兀自坐了一夜。艳乐院众人因陆禧吩咐，哪里还敢再闯，便半个影子也不曾到门。珊珊也自感激陆禧，情知陆禧所为，一半由人撺掇。

翌日早晨，陆禧又来，与珊珊相见罢，陆禧道："适才差人去问船，说午后便有开往南京的，本当送小姐下船，因今日家父有事，未便留外。现备得些许盘缠在此，与小姐路上使用，还望收纳。"说着，去怀里探出二十两白银，递与珊珊。

珊珊叩谢道："先生赐金，本不当受，想我今日走投无路，只得厚颜拜受。今生不能相从，来世犬马图报。"

陆禧道："小姐不可如此说，想陆禧有何福量，岂敢重望来生？"

202

陆禧说着，即叫龟奴雇轿子上船埠。陆禧亲送珊珊上轿，叮嘱路上小心，方自相别回去。

珊珊感激涕零，心中莫名痛苦，到船埠下轿后，问明南京市船，正入船舱内坐定，只听船户说道："岸上有人寻陈家姑娘，是你不是？"

珊珊听说，走出舱外一望，只见张婆与两个龟奴气急急跑下船来。珊珊想道："尽是冤债不清。"张婆一到船舱上，大骂道："你这泼妇，倒安逸着逃走了吗？你吃着老娘，睡着老娘，竟一钱不花走了吗？哪里有这样便宜的事？你要走，老娘偏不准你走，你与我算了饭钱去。"说着，冲过身来抓珊珊。

珊珊让开道："你无非要钱，我与你钱是了。"

张婆道："老娘不是白要你的，老娘问你算饭钱。"

珊珊道："好了，不要吵了，我与你是了。"

珊珊将身上的钱分了一半与张婆，张婆喝道："谁要你这些钱？"珊珊又把自己存的分出一半来，想留些做船钱。张婆道："老实说，你不把钱尽将来，老娘便不准你走。"

珊珊都把钱掷在船板上。张婆叫龟奴拾取了，尽将珊珊所有夺了，方自上岸，口里还是乱嚷。珊珊见身上无半文，央求船户道："哥们与我方便些，我这里没有钱了，到南京自还钱与你。"

船上人道："你不是没有钱，方才这许多钱与婆子掏去了，倒来与我们商量。我们便不算你的船钱，你也自己要备饭钱，难道长长远路，你便不吃饭了吗？我们近来生意难做，有些客人乘船时说得好好的，上了岸，别转头就跑了。我们如今先收船钱后开船，你若没有钱时，另请想法。"

珊珊想："这太平县是在江中，又不通旱路，如何是好？"只得苦苦恳求。

同船人道："难为她是个娘们儿，你们就做个好事，这里四面皆水，又不通旱路的，叫她哪里去？"

船上人始终不肯，说了半天，船上人方道："既是这样，送你到瓜洲，船到瓜洲泊岸，你须得上去，再不能白乘了。"珊珊无奈，只得满口答应称谢。

午后，货物装卸完毕，船向上江开了，同船客人见珊珊不吃饭，分些干粮与吃。于路无话，船到瓜洲，船上人早自叫道："瓜洲到了，女客可起岸了。"

珊珊只得登岸。那船装卸货物，自向上驶去。珊珊来瓜洲市上询问路途，想："今日更有何法？只得一路讨饭过去。"珊珊问明路程，沿官道投向仪征县来。走不了六七里路，脚尖酸痛了，腿也软了，肚子又饿了，头昏了，硬咬住嘴唇，又走了两三里，两腿好似几百斤重，再也不能举步，只得在草地上坐了，想想不走是不会到的，只得硬着头皮再走。

如此走了一段，只见天色渐黑，西北方乌云暧靆，忽然一阵急雨。珊珊急待躲避，却是大路上，四面都是田畈，一无人家，二无树林，只灌得如落汤鸡一般，身上打起寒噤来，肚里饿得抽肠。珊珊仰首叹道："天哪，不曾作恶，不曾犯罪，是这般遭遇啊！"说话未了，只觉一阵血腥，扑倒在地。恍惚身在半空中，摇摇不定，自心里也明白，似乎晕厥去了。

不知经了多少时，忽然醒来，看看雨霁了，觉自身倒在地上，坐了起身，睁眼一看，只见背后闪出一个和尚来，不觉心中一跳，自念道："莫非梦了呀！"即听那和尚道："从前是梦，此刻不是梦了。"珊珊越发害怕起来，想："又遇到了恶魔。"那和尚似乎领会意思，说道："你不要慌，我来救你的。"珊珊想："又来了，那强人罗元也说救我，都是这伙子人啊！其实死了也罢。"那和尚道："你不要胡思乱想，以假为真，以真为假，要知万事无假无真，亦无无真，亦无无假，亦无万事。"珊珊听说，猛然一省，立起身来，问道："师父难道认得我？"

那和尚道："不但认得你，而且认得他。你是陈念贻的女儿，为了凤鸟缘，在鸿升栈投无锡班子。也是阴功积德，遇了米成山；也是凤孽旧冤，遇了王无怀。是报本处，落观音庵；是磨难处，入北林寺。有缘遇范老，无故遇陆禧，皆有定数。你要寻王无怀，你自家寻不着，你只跟我去，他会求寻你。"

珊珊听说，扑翻身拜道："师父真是仙人。"

那和尚叫珊珊起来，去怀里掏出一粒红丸，叫珊珊吞了。珊珊拜受吞下，只觉精神一爽，万碍俱消。那和尚大袖一挥，浪引珊珊去了。

不说和尚引珊珊去哪里，且说陈兴、薛成、赛飞燕母女等为救珊珊、范老，杀入北林寺，把寺内打得落花流水。众人都已解救，只寻不着珊珊。当时听得是罗元劫去，周通、薛成、范老三个急着分头找寻，三人往东、往西、往北，只从旱路奔寻。偏是罗元渡江往南，三人哪里去寻，只得快快回寺。薛成大怒，一把抓住惠如，定要把他抵命。还是范老道："这和尚曾经打发罗元送与我们伙食，也是他一点儿善心，不可杀他。"陈兴也劝住，薛成只得放了。

这时，黄幼清夫妇与那老妈子三人也来至大殿上，拜谢陈兴等拯救之恩。

薛成道："你们只管回去，我们有事未了。"

黄幼清夫妇巴不得早离北林寺，当下携了老妈子，辞别众人，下山回去。惠如并叫伙计送下，将从前所劫诸物不曾分散的尽行归还黄幼清。黄幼清再不敢去浦口，只雇船回家，后来便在家幽居，不与外事，一言表过不提。

仍说陈兴等方人在山上寺内计议，陈兴吩咐惠如，叫去检点众伙，已死的都在后山掩埋，那受伤的即去医治，愿归家的打发盘缠归家，以后再不得行劫。惠如唯唯从命，一应遵办去了。正说时，高贵上山来，一见陈兴，扑翻身便拜。

原来高贵也认得陈兴，从前都在陈兴手下当小喽啰，听得山中出事，有伙计下山去报，高贵便来拜见，并亲自提了鲜鱼肥鳗来寺内置备酒席，宴请众英雄。陈兴首席，赛飞燕母女、薛成、周通、范老依次坐下，由惠如、高贵、悟化三人执壶相陪，商议找寻珊珊，也说些从前在太湖时笑话。宾主九人饮至夜深，正在欢聚，忽见白光一道，一人跳下地来。众人回头看时，不觉大惊。

　　不知来者是谁，且听下回分解。

第二十二回

众英雄闻信访衙
黎游击探盗复命

话说陈兴等九人正在紫霞岭北林寺内，饮至夜深时，忽见一人跳下地来。那人不是别人，正是史卜存。

陈兴等慌忙立起身，说道："做梦也想不到，却是你会来这里。"

史卜存道："你们好快活，有说有笑有吃喝，我怎么不来？"

陈兴让过首席，叫史卜存坐地，引与赛飞燕母女、惠如、高贵等都相见了。史卜存坐下，惠如吩咐伙计添酒加菜，重复开宴。

薛成问道："史兄弟，你怎么知道我们在这里？我一向与周通说挂牵你，何时与你也相见，你真的也会来。"

史卜存道："为是你们出了事，我听得消息，这才出来。"

陈兴道："是谁告诉你？"

史卜存道："我在京城里遇了王少爷，是他说与我。"

众人闻史卜存这话，都相惊道："原来王少爷到了北京了，你怎么会遇了他？他是什么时候出来的？"大家听到消息，欢喜不迭。

史卜存道："却是凑巧，适逢我那天打从骡马市横街过，他正去陶然亭寻他老东家陈道台不见，两下一来一往，打个照面。我看得准，一把拖住，问了姓名，果然不差，好生欢喜，当下邀至酒馆说话。他本不认得我，我与他讲了，他方才知道。他说曾在南京出了事，到京未久。"

周通急问道："是怎样出来的呢？"

史卜存咯咯笑道："你再不要说，你如今不是葛周通了，葛周通早死了。"

众人不懂，史卜存道："王少爷在县里遇了个同学，叫什么李邦翰的，正在那里当刑名老夫子，认得他，一心要救他。只为案子重大，一时想不出脱身的法。巧遇了周家村捆送来一个地痞，叫什么葛老虎的，也是个强人，犯案极多。那李邦翰就施了巧妙，说葛老虎就是周通，与葛老虎伴同伴一个姓黄的，说是同党，正好他们两个在溧阳也犯过案，就将他两个抵罪了案，把王少爷释放了。"

薛成听说，跳起身来道："作怪，这葛老虎便是我干的，谁知有这么大用！"

薛成便把在周家村投宿，因葛老虎敲诈周家，被自己打翻一段话也说了一遍。

陈兴道："原来如此，却是葛周通已完案了，如今不应叫葛周通了。"

范老道："改个名字也罢。"

周通道："改什么？他杀他的，我行我的，终不成一个葛周通要杀两次？"众人都笑起来。

陈兴道："王少爷去京里干什么呢？"

史卜存道："便是与那个姓李的去考什么博学科，曾住在淮扬会馆，据说不日就考。说起那姓李的，葛兄也曾见过，便是那天到王大汉家，与王少爷送信的。"

周通道："怪不得，就是他，这人是个汉子。"

薛成道："真个难为他，我只道是个小伙计，忸忸怩怩的，一派娘娘儿腔，看不出他有这般义气。"于是众人又谈论李邦翰，说笑了一会儿。

史卜存又道："王少爷出来后，即去王大汉家，闻知薛大哥已去过，你们在这里出了事，他心中焦急非凡。我听他说了，当日出京，也曾到天津桥王大汉家问了底细，今日方才寻到。因识不得路径，到了晚上，我打算先来探看这寺里的勾当，不想你们已上山了，却是很巧。如今陈小姐在哪里呢？"

薛成道："该死，只是寻不着她。"

史卜存道："什么话？她难道不在这里吗？"

陈兴道："不是。"陈兴便把罗元劫去的话说了一遍。

史卜存道："怎么不快寻呢？"

范老道："都寻遍了，只不见她。"

史卜存道："难道罗元有三头六臂，也必在这几百里之内，更怕他逃了哪里去。"

陈兴道："一人藏，万人忙，不巧时，委实难找。"

范老道："究竟罗元家在哪里？大约走哪里去？惠如总该知道。"

惠如道："便是我也不晓得。他家本是上海，五六年前早已没有了，向在江湖上，如何能知他？"回头对高贵道，"还是请你道听。"

陈兴道："不错，水路上归你去访查。"

高贵道："理会得。"

当下众人商量了一会儿，议定天明，分头去找。一时席散，各自安歇。

翌日，众人尽都下山，四往探寻去了。谁知罗元早自雇船逃走，便高贵也因相差一日，访查不得。众人自是空劳，也有跑回的，也有在路的。

不说别人，单说薛成，自北林寺打来，走从后山，走岭下村，一路投询过来，心中纳闷，不知往哪里走去才好。正没作道理处，忽见树林里一个影子，似有人跑过。薛成想："这里又无人家，却是什么人在林子里捣鬼？正是一肚子气没处出，也来找些事做。"薛成便追过来，越看得清楚，果然有人探头探脑地在林子里走。薛成跟在后面，疾步追上，忽见那人立住脚，提出一条带子，搭在树枝里上吊了。薛成喝一声作怪，一脚赶上去就那人背后一托，托下身来。

209

薛成道："青天白日，见什么鬼？男子汉大丈夫不去干事，倒来这里寻死路！"

那人白着眼珠看薛成，一言不发。薛成往常也曾听人说，凡遇上吊的，定有鬼迷身，倘若醒不过来时，打他一个嘴巴，便冲散了。薛成猛记起，对准那人面庞，提去一巴掌。那人叫声哎哟，两颗牙齿打落了。

薛成道："不有鬼没有？"

那人道："阿弥陀佛，你这汉子，既救了我，又这般打我，是什么道理？"

薛成道："倒是我打错了吗？你身上有鬼，知不知道？"

那人道："便是没有鬼，有鬼早死了。"

薛成道："你为什么老不说话？"

那人道："方才我入林子来，不曾见有人，你这汉子，却从哪里来？"

薛成道："你不管我，我且问你，好死不如恶活，为什么寻短见？"

那人道："我在路出了事，见不得我主人了，只有一死。"

薛成道："又是什么事，这样大惊小怪的？"

那人道："为是小人奉府太爷之命来这里找葛周通、薛成一行人等……"

薛成不待说毕，一把拖住道："原来你是做公的。"

那人道："小人正是。"

薛成道："好好，今日巧遇了我，放不得你。"

薛成不问皂白，将那人紧紧一把拉住，拽了就走。那人似杀猪般叫起来，说道："汉子为何这般欺弄人？"

薛成竖着眉毛说道："你要我们的命，我不取你的命吗？"

原来薛成问知那人是府里的差人，来找自己与周通，料得自己无锡的案子发作，周通旧案仍是不了，故急把那人拽了就走，待上山再去拷问。那人不知薛成是谁，听得话中有由，一路叫道："汉子，且松了手，听我的话说完了再杀我未迟。"

薛成被他叫不过，只得放下手来，说道："你说，有什么话？"

那人道："我与汉子今生无冤，前生无仇，何故这般待我？"

薛成道："你不是要拿薛成吗？只我便是薛成，不杀你杀谁？"

那人扑翻身拜道："天哪！原来就是薛老爷，小人奉府太爷之命，特来请薛老爷，正是找寻得苦。"

薛成道："是哪个府太爷请我？"

那人道："便是兖州府王知府相请，小人奉命来这里，带有银两公文，叫先去南京天津桥王大汉家投书信，再去丹徒县寻李二，叫李二转寻老爷们，速速往兖州。小人奉命到南京，已在王大汉家投了书信，急待去丹徒县寻李二，小人不敢怠慢，连夜起程。谁知路经楼霞山，被强人拦劫，将小人所有公文银两尽行劫去，小人仍想去丹徒县，却因公文已失，又不与李二相熟，不敢相投。小人寻思无计，难以复命，只得自尽，不想正遇了薛老爷，望老爷与我做主。"

薛成道："你说半天，我只是不懂，究是哪一个府太爷？叫什么名字？"

那人道："便是兖州府知府，名作王无怀大人的命小人来此。"

薛成道："你这话是真还是假？王无怀在京赶考，难道不到几个月便升了知府？我且问你，你临走时，他吩咐你什么话？找我们干什么？"

那人道："小人动身时，大人曾说有陈小姐父女两个被紫霞山强人劫去，叫小人来李二处道听消息，并命去马官渡找陈兴、居敢当一行人等问话。大人曾吩咐小的说，无论陈小姐救得救不得，与大人一个信儿，并要请老爷们速去兖州，大人有话面商。"

薛成笑道："果是王少爷做了知府，也罢，你是什么人？叫什么名字？"

那人道："小人名作洪标，在大人跟前值差的。"

薛成道："你怎么不早说？险些把你冤死了。你跟我来，好好儿走，不要害怕，什么公文银两，丢了算了。你也再不用去寻李二，我们这些人都在这里。"

洪标大喜道："天幸遇着薛爷，小人命不当绝。"

薛成引洪标走紫霞岭而来。在路薛成又问道："你去王大汉家，王大汉怎么说？"

洪标道："王大汉父子两个，小人都见面了。王大汉说：'只在南京等老爷们一路去兖州，与大人请安。'"

薛成道："最好。"又自念道："也罢，王少爷升知府了，也与我们出口气。"

薛成引洪标一路来到北林寺，薛成早在大殿上喊道："你们都来，听我的消息。"寺内只有史卜存、范老两个尚未回来，余人都在寺内。正说话商量，薛成大喊，大家慌忙跑出来，只道珊珊寻着了，问有什么消息。薛成道："王少爷升兖州府知府了，你们还在梦里。"

众人问哪来的消息，薛成把洪标的话说过，众人听了大喜。薛成、洪标见了众人，吩咐酒肉管待，一面与陈兴、周通、赛飞燕母女商量道："我们即便动身，好不好？"

周通道："却是找不到陈小姐，如何去见王少爷？"

薛成道："又不是我们丢了的，我们不是不寻，寻不着，没有法子，待怨谁来？"

陈兴道："且等史兄弟、范老爹回来了再说。"众人在寺内等过一夜，范老、史卜存回来了，两个找不到珊珊，正是垂头丧气，薛成忙把无怀的消息说了，二人大喜。当下众人都聚在一处，又叫洪标出来，体问了一会儿。薛成主张即刻动身。范老道："你们都去，我不去，我找不到家小姐，我便死在寺里也不走。"

史卜存道："老爹，我们这许多人都是无用，你一人还想寻着吗？在下又过了不少日子，那泼贼已走远了。陈小姐是死是活，都

212

不可知，你尽在寺里干什么？依我看来，你们都去，但留我在此，我去四面八方探查，一面也叫高贵多托伙计访问。如果查得了，我自来通报，万一寻不到时，你们去了再来。这样如何？"

陈兴道："这话正对。"

薛成道："也说得是。"众人都劝范老同去，范老也只得答应了。

赛飞燕道："你们既说定了，我要失陪了。"

薛成道："不行，你也须同去，你不是不认得王少爷，你又没有一定去处，乐得大家走一遭。"

赛飞燕道："不是，我也有我的事，你们汉子去哪里自有勾当，我这变把戏的叫花婆子去了干什么？况且陈小姐不知下落，我也可以一路访查，岂不两便？"

众人见赛飞燕意决，也不相劝。当下赛飞燕携了燕儿，挑了担子，去岭下村许老家收拾暂寄的东西，相别众人自去了，众人都送到山下方回。

陈兴又与众人商议，要否约李二同去。周通道："银两公文也丢了，李二在那里本有事的，既无公文，还只怕不准出差。不如我们先去，见了王少爷再说。"

众人都说有理，于是大家下山，约先到南京邀王大汉。惠如端正盘缠，又备了一只大船，高贵选了四名得力的水手，特送陈兴等去南京。史卜存在山下相别自去。陈兴、周通、薛成、范老、洪标，一共五人到江边下船，开驶南京去了。

这里惠如与悟化回山，照陈兴所说，整饬寺内，拔去凶邪，从此真诚做和尚，再不敢为非作歹。便是高贵，也应这一次以后，渐渐归正，安居乐业。皆因陈兴一来，大家感动，可见人心都善，不是生来做强盗，没有不可教化的。

闲言休提，仍说陈兴等五人乘船来到南京，在下关登岸。那船开回石头市自去。

陈兴等入城来，至天津桥下王大汉家，王大汉见了大喜，即问陈小姐如何。众人把话说了。

王大汉道："真是命数，万事都有一定，急也无用，只得听天由命。"

大家说了一会儿，王大汉当下收拾些衣服，捡束包裹待行。墨耕急得也要走。

王大汉道："你不能去，一来对不住曹家，二则家下也少不了照顾，待我先去。王少爷日后自会叫你的。"墨耕只得罢休。

当下王大汉与陈兴等一共六人出城来，直往山东兖州府进发，一路结伴，有说有笑，好生热闹。不则一日，来到兖州府城。洪标引众直到府衙门，叫陈兴等在外小坐，自入内禀报。无怀听得有五人到来，不停片刻，立即跑出大堂，亲自迎接，与陈兴等一一相见。大家道喜不迭。王大汉早在无怀跟前扑翻身，请安叩贺，无怀迎接陈兴等直至花厅内坐定，王大汉即站在无怀身旁，伺候值差。

薛成先说道："王少爷，我知得你定要出山，于今也给我们吐口气。我得到你的消息，高兴煞，一夜睡不熟。"

无怀道："多蒙薛大哥远念，无怀也是如此。每日乱梦颠倒，不知诸英雄近状如何，这回更是挂牵不安。且问居老如何不来？"

陈兴道："不幸居老已作古了。"

无怀一惊道："哎哟！是病死的吗？"

陈兴道："病死的。"

无怀道："我极想见他，谁知他已永别了。人事真不可测，且问诸位与史义士相见了没有？"

众人回说："见了，就是那天杀上山时见的。"

薛成心想："你尽问这些不相干的人，如何不便问珊珊？"急得说道："王少爷，你不要问了，万事都好，只是那位陈小姐寻不见。"

无怀听说，似半空霹雳，忽觉眼目一花，抽声问道："是怎么讲？"

陈兴道："我们杀上山去，内中有个强徒把小姐劫走了，窜出后

214

门逃去。我们五六人找了七八日，只不见她。现留史兄弟与赛飞燕母女与船户高贵分头访查去了。"

无怀听了，说不出话，已自于邑起来，半晌说道："只要不死，终有相见日子。诸英雄皆为无怀一人吃尽辛苦，真不知如何得报。"回头对范老道，"你老尚无恙吗？"

范老道："王少爷，我很好，没有什么，但觉得心酸。你想，趁这时小姐在此，好不好？偏她独不见了。"范老说着，呜咽起来。

无怀也自流泪。薛成看了，坐不住，立起身来，在厅上打旋。陈兴俯首不语，周通拉着薛成，硬叫坐下。王大汉递过手巾与无怀拭泪。薛成看看范老还是哽咽不止，薛成道："老爹，陈小姐又不死，日后自会相见。你也哭得够了，尽这般啰唆干什么？譬如我们在山里死了，便今日也见不得王少爷。"

无怀道："薛大哥这话真不错。"

周通道："都是我误的事，万不该吃酒。"

无怀道："这是怎么讲？"周通便把自己在石头市被赚的话说了一回。无怀道："哎哟！其中还有这般的危险，倘早知道，益发急死我了。"

说话间，洪标回说酒席已备，一应在里厅端正了。原来无怀于洪标禀报时，早命备酒伺候。当下无怀引众人来里厅，依次入席坐下。

无怀与王大汉道："你方才到，又是有年纪的人，不可劳动，快去休息喝酒。"

王大汉谢了出去。无怀一面亲自斟酒，一面与众人讲别后情形。大家畅谈痛饮一会儿，无怀道："众位到此，无怀尚有一事拜劳，此事上关朝廷，下系百姓，非但无怀一人之私，望众位竭力相助，无怀盼望众位不止一日。"

众人忙问何事，无怀便把四贝勒在郓城县紫金河口被劫情形先说了一遍，然后将万巡抚差黎游击前来的意思也讲了备细。

无怀又道："据黎游击往那处察勘说，这大盗却不在本省，乃在直隶境内与本省交界地方，叫什么磨刀岭，是个极险要去处，盗伙就据了那里为巢穴。我现叫黎游击前往察看形势，不日就到。等他一到，即请众位设法剿办。"

薛成听说，起身道："原来却是磨刀岭，那是我的熟路，果然一座猛恶山岭。我曾到过那寨里，险些性命休了，亏杀田广胜与我相救。那时我只一人，被他欺侮，如今有这许多人不要紧，早晚杀得他草木不留。"

无怀道："既是薛大哥熟路，越发好了。"

说话间，人报黎游击来见。

无怀道："好巧，我算定他明日到府，却是今日早到了，就叫这里见吧。"

那人出去，引黎游击进来。黎游击请过安，无怀道："这几位都是自己人，方自江苏到此，就为这事，我特地请来的，正在这里说起你。"

无怀引黎游击与众人一一相见了。黎游击道："卑职此去，险些回不得了，托大人洪福，幸喜遇了个樵夫引我出来。那座山真好险恶，立山下望上去，竟看不出树木，直溜溜一壁到地，无路可走。只是后边略平坦些，看去似乎有路，其实并不是路，都是弯弯曲曲，回旋周转，特地做的迷路。那些路有一定走法，如果走错了，山上贼伙望见，知不是内行人，便放下石炮。那石炮一路路对准，百发百中，中着便变了腐粉。我到半山里，正走上岔路时，有个老樵夫叫我：'快快停住，再走不得了。'我听他的话，由他领我下山，方才无事。据他说，寨里共有八十多喽啰，头领姓曹，诨名四爷，常穿蓝袍黄马褂。那寨名作镇武大寨，是直隶、山东、河南几省的总寨，凡有生人到山下，要经几次盘问，盘问得不对，就拿去了。我在山下走上山，也被问了两次，因我会说本地话，所以他们不疑。山下共有三四十家住户，前面半里路便是皇辕驿，是个大镇子。这是卑职探访的情形，理应报告大人。"

众人听说，都觉上山为难。大家商议了好一会儿，想不出法子。

无怀道："头领姓曹，诨名四爷，那定是曹四子不差了。"

黎游击道："正是他。那樵夫也曾说曹四子，不知大人如何知道？"

无怀道："既是曹四子，那就不难了，我便有法子破他。"

不知无怀想出什么法子来，且听下回分解。

第二十三回

曹头领陈尸祭烈女
王巡抚微服谒奇僧

话说无怀听得磨刀岭头领曹四爷就是崔二娘所说的曹四子，果然不差，心中便想了主意，与众说道："这曹四子本是济宁州人氏，向会左道惑众，懂得铁算盘，也会摄人魂魄，是个穷凶极恶的人。曾在东昌府城西大街开设烧饼店，与东昌府崔自平父女有牵缠，我因此知得这人。如今要上山破获，却有个法子。"

无怀说到这里，便将王公祠探获崔道人，崔二娘如何自尽，与曹四子怎样牵缠等等择要说了一遍。无怀重又说道："现在要上山去，可假托崔二娘相找，但说崔自平已死，二娘单身无依，闻得曹四爷在这里，无计奈何，前来投靠。只因身是女流，不敢上山，故叫人先来诉说，最好用言语打动，骗他下山。万一他不肯下来，也得借此近身，众位的本领，难道还怕不济？我料那曹四子听得崔二娘来投，必然相见，众位看此计如何？"

众人道："好一条计，但得上山，再不怕他。"

无怀对周通道："这事还需你上去最要，你是济南府人，同是本省，言语相仿，便说崔二娘相托前来，也使人不疑。众位意思如何？"

众人道："果是有理。"

周通道："最好与三老同上，便一路可以杀尽，免得麻烦。"

无怀道："能够两人上山，那便更好，只怕他起疑。"

陈兴道："就是这话，须看那里情形，仔细斟酌，方可计较。"

于是陈兴、黎游击等五人又商量了一会儿，众人计定，准时动身。无怀道："你们去只去，却要小心，那人有妖术，须要提防。"

陈兴道："这个我却有解法，自理会得。"

无怀道："如此最好。众位破了以后，能将曹四子生获前来，那便可以问供，押去京城，与四贝勒严讯，此是上上。万一死了，也把他那尸首带了来，不可砍断了身首。众位也带了公文去，只叫那处地方官吏派人获送便是。"

众人领命，把话都商量好了。当晚，无怀又请宴送行。

第二天早上，陈兴、周通、范老、薛成与黎游击共是五人，辞别无怀，出得府衙，由黎游击向导，直投磨刀岭来，于路无话。五人到了直隶境界，先来皇辕驿，下了客店。这客店便是薛成从前出事的所在，薛成知得其中有盗徒，又有什么辛苦婆在店诈诱旅客的，大家便格外提防，一言不发，稳便从事。五人吃些酒饭，周通、陈兴两个一径投磨刀岭来。薛成在山脚下把风，范老在路巡候，黎游击在店前察听，各自分守，一路连接。

周通、陈兴上山来，到山腰里看时，四面都是小路，记得黎游击的话，便不敢再走，二人停住。

周通喊道："哪里有哥们，与我们方便些，我们要上山，认不得路了，却是哪条路最近？"

周通大声叫喊，不多时只听得一声呼哨，半山窟窿里钻出好几个人来。周通依旧打话，那些人都赶拢来，喝道："你们上山干什么？"

陈兴道："为是这位客官要见山上的大王，小人陪了他来，到这里认不得路了。"

那些盗伙对周通道："你是哪个寨里来的，要见咱们的大王？"

周通道："却是大王的亲戚，有个姑娘，名作崔二娘的，只叫小人投山来。"

那盗伙道："有信没有？"

周通道："娘们儿不会写信，但叫小人面陈大王，拜烦哥们方便，与我指引。"

那盗伙问陈兴道："你干什么的？"

陈兴道："小人在皇辕驿酒店里当司务，这位客官特叫小人陪来。"

那盗伙道："你不要动，等在这里，我们带他上去。"

陈兴只得站住，那盗伙引周通上山去了。陈兴留心细看那盗伙的上山路，却是走的螺旋道，有名叫作三步十七变。陈兴本是内行，看了明白，记在心里，牢牢守候，只听周通消息。

周通跟那盗伙上山来，到寨门口，只见有七八人守候，再不准入去，但叫周通在门外站着，那盗伙入内通报。约有一盏茶时，盗伙跑出来道："大王叫你进去，有话面问。"说着，带了周通进门来。

周通细心察看，只见那房屋似宫殿般壮丽，一路有守卫，直到里厅。见一人高高坐在圈椅上，身穿二蓝箭衣，上罩杏黄马褂，腰系宝剑，脚踏朝靴，好生威武。盗伙引到厅内，叫一声大王，叫周通跪下。周通只得跪了，心内打算怎生动手。

只听那人在上问道："你奉何人所差，有何话说？"

周通道："上复大王，小人系东昌府崔自平之女崔二娘差拨前来，找这里曹四爷说话。"

那人道："只我便是四爷，你有话尽说。"

周通道："四爷明鉴，崔二娘父亲崔自平一病身亡，二娘无兄无弟，无处投奔，叫小人来此拜求四爷，容与收留。"

曹四子道："原来她那老贼死了，便来找我。也罢，你既是二娘所差，有何为凭？她人现在哪里？"

周通想："倒是凶狠，却要凭据，哪里有什么凭据？若说没有，又只怕过不去。"周通情急智生，依然答道："有二娘玉钗为凭，小

220

人带来在此。"周通说着，立起身，假作腰里探玉钗，觑得亲切，一溜烟赶上，猛叫一声泼贼，对准曹四子脑门只一拳，说时迟，那时快，趁势拔出曹四子腰间宝剑，对胸又一刀，把曹四子搠翻。厅内盗伙死劲儿赶上，来杀周通。周通回过身，使个左右开弓势，踢翻两个，顺手杀了。周通一手提剑，一手拖着曹四子尸体，口中大叫大喊，杀出门来。冲到寨门口时，只见众伙已团团围住，周通丢下曹四子尸体，把脚踏住了，提着剑招架众伙，乱叫乱嚷，众伙一个也不得近身。

下面陈兴听知事发，顺手拔了一棵小树，打翻几个在路盗伙，飞也似的依着螺旋路杀喊上来，把寨门口所有盗伙打得落花流水，一时尽皆窜逃。山下薛成看得盗伙逃下山来，一路兜击，范老知已破寨，也就赶到，二人杀将山上来。在山腰遇了陈兴、周通，已拖了曹四子尸体下山。四人回至山下歇了。

那皇辕驿原是濮阳县辖管，本有哨官驻扎，也带有几十个土兵，距县城尚有十多里路。黎游击即去哨官那里，叫派兵丁看守曹四子尸体，一面下公文投濮阳县。濮阳县闻报，哪敢怠慢，当夜亲自来皇辕驿接办。黎游击与陈兴等重又上山，将所有盗窝内劫来诸物尽数搬下山来，与濮阳县帮同检点了，装好封固。又把那曹四子尸体也装在一处，一应完毕，当下起程。濮阳县派兵丁获送出境，直到郓城县，交由郓城县收领，换兵获送，随同陈兴一行人，共投兖州府来。

到得府衙，无怀亲自来大门上迎接，慰谢众人，接进陈兴等来里厅坐了，问过情形。当下一面缮备公文，即由黎游击飞马报呈万巡抚；一面命将获送兵丁们换给文书，发回原县；一面检收盗贼，叫将曹四子尸体抬去馒头山崔二娘墓前陈设。无怀率众骑马出城，亲来墓前祭奠，以示不负二娘所托，实慰地下亡灵。当时城内外居民前来观看者人山人海，都道知府为孝女复仇，大众感泣。一时祭毕，无怀恐尸体毁坏，即命棺木盛殓，暂厝王公祠封锁，以备万一

221

解京检验。诸事既毕，无怀与陈兴等在衙畅叙，每日宴饮，好生欢契。

陈兴等一住半月，省里复文已到，说奉四贝勒谕旨，将该盗匪首领曹四子就地戮尸示众，所有赃物一并解京。说知府王某迅获巨盗，才堪大用，着加级升调，仍在原职供职，静候推任。无怀一一遵照办理，自不待言。

又过了半个月光景，圣旨便到，说历据保奏，兖州府王某才堪大用，着升调安徽省巡抚。无怀奉旨，不敢怠慢，遵例朝服北面稽首谢恩，即命员吏干办交卸，选日赴任。满城官员闻讯尽来道贺，少不得又是一番热闹。陈兴等自是欢喜不迭。原来无怀自剿灭磨刀岭后，直隶总督得知，首先保奏，请予特用，四贝勒本待擢拔无怀，正合意思，瑞亲王也上了一疏，因此下旨，连升三级，调任巡抚。

当时无怀奉旨后，除照例具折谢恩外，即行部署人员，整备舆马，将陈兴、周通、薛成、范老都给了功名，到日全副执事由兖州府起程，浩浩荡荡，直投安徽省城来。一路上文武官员恭送恭迎，奉承不迭，另是一番壮丽气象，不待细表。

单说无怀到安庆省城，入来巡抚衙门接印，谕令所属官员挨日传见，一面具折奏报到任，一面又申谢瑞亲王、四贝勒、直隶总督、山东巡抚。各项例行公文都了了，无怀首先函告万武扬，请同奏保山东济南府历城县知县李邦翰。万武扬自是照办。无怀随将陈兴、薛成、周通、范老等都奏保了武职，又叫李二、李大兄弟，居敢当儿子居健良，范老儿子范木大，王大汉儿子王墨耕等都来前给了差使。无怀一心整饬吏治，常时私行察访，又有陈兴、周通等周游探听，无弊不除，无利不兴，无事不察，上官下吏，谨谨勤勤，不敢怠惰。那安徽省皖北一带民情最是枭悍，常有奸淫劫掠的大案，历年延搁不结，自从无怀到省，尽都断清了，因此上行下效，州县官越发谨慎小心，一时间安庆城内真个道不拾遗，夜不闭户。

无怀心中好生快活，只是那珊珊始终无消息，无怀想着，便暗中流泪。念自身现已为国家大员，虽不尽孝于父母，亦且无负于朝廷，平生受人恩德，差不多也已报了，唯有这珊珊，为我走过天涯，吃尽苦痛，至今仍不得一面。回想当日在无锡时，与我握手言笑，共说她家厄运，形影双双，娇声呖呖，那种神情都在眼前耳边，何曾一日相忘。她的家况身世那样悲惨，所以与我终身相誓者，也因我知得她，她吃尽苦前，走遍天涯能寻找我，我如今明知她为强人所劫，竟不能救她，她巴望我到了这一日，我今便到了这一日，还是于她无干，毕竟我对她不住。无怀想到这里，觉得做人毫无意思，从前被人构陷为盗，受尽牢头打骂，也只是我，如今养尊处优，居上临下，依旧是我，究竟这样那样，有什么道理？自己也莫名其妙。

无怀如此想念，不止一日。这天正在迷思，只听有人报道，瑞亲王有谕旨到来。无怀接进，打开看时，上面无非是褒奖的话，中间便说与无怀做媒。那女家不是别人，就是万武扬的小姐。

原来万武扬前托赵明浩与无怀说媒不成，意以谓无怀必然别有所眷，到后来探听，并不见无怀成亲，也不闻有旁的干系。万武扬想："终不成这样的人才不娶室成家，莫非就为我从前一说，有意相候，遮莫他有别的缘故？我的门第女儿也配得过，但请瑞亲王做媒，不怕他不允。"万武扬进京时，便对瑞亲王谈起，说这事从前曾由赵太史说过，为是他在制内，不便议婚。如今已隔多时，他又晋升大吏，不能不有中馈，还请老王爷福禄，出面做主。瑞亲王想："既是说过的事，又是门当户对，如何不允？"便切切实实写了一封信与无怀，即叫择日过礼，末后更加了不少的颂词。

无怀接信看了，叹了一口气，自想道："正急得无法可施，又这么一来，不是要我的命吗？"无怀想："不复他果然不可，复他又不行；答应他果然不成，不答应他却怎么说？难道尽有把这事告知

223

他？"想来想去，想得呆了，兀自坐着，半天没主意。又不好与商量，商量也是枉然。无怀想得昏沉沉，伏在案上，不觉倦了入睡。只听有人在旁叫道："做什么梦？有什么了不得的事？快醒来！"

无怀忽然惊醒，抬头打一看时，只见长须雪白一个老僧站在面前。无怀迟疑道："你怎么进来的？"

老僧道："自来处来。"

无怀道："你来何事？"

老僧道："倒要问你，你为何事来？"无怀答不出。老僧道："蠢奴！世间本来无甚事，这个便是事。"

无怀一想不差，问道："据你怎么说？"

老僧道："据我，要你无事去。"

无怀道："去哪里？"

老僧道："自去处去。"

无怀再要问时，只见那老僧脖子伸长起来，面孔也变了，忽然间变了一只白鹤，自窗外飞去了。无怀醒来，方觉是一个梦，细想："这梦也奇，怎么叫我去处去？我如今还有去处吗？听得前人说，挂冠归来，两袖清风，名山小隐，乐寿终年，是这样吧？可是我也不行，我无家无室，怎能过得这一世？"无怀想了一会儿，又转到瑞亲王的信如何回复，心下着急。

正在这个当儿，范老进来，无怀抬头见范老，问道："有什么事？"

范老道："我要走了，特来相商。"

无怀道："为何要走？"

范老道："陈小姐至今无信息，史兄弟又不来，我每夜睡不稳，遮莫找到找不到，我定要走了。"

无怀猛可省悟道："老爹不差，我与你同走。"

范老道："少爷现是巡抚大人，是朝廷命官，如何可走？"

无怀道："也说得是，我倒忘了，恁地时，怎生是好？且问你到

224

哪里去?"

范老道:"我也不知投哪里去才好,只是我想起当日在居老家祝寿时,大家谈论福缘寺的无来大师,年高有德,识得过去未来。那时陈小姐因寻不到你,天天急得眼泪直流,还是居老说,何妨去问问那个大师,究竟将来怎么结果。于是我们共八个人都到寺里,田广胜、史卜存先在那里,还有周通的师父雪门和尚。不待我们开口,那雪门和尚就说,大师已明来意,王公子与陈小姐日后自得相会。如今少爷做了巡抚,偏是陈小姐又不见了,我仍想到寺里去问那大师究竟怎样,请他爽爽快快说一句。"

无怀道:"原来还有这么回事,却是哪一个福缘寺?"

范老道:"便是绣龙山。"

无怀道:"怎么不早说?"

范老道:"为是薛成不信,我们也搁了不提,难道周通也不讲吗?"

无怀道:"不曾听讲过。既是这样,我与你同去。"

范老道:"小老儿不敢做主。"

无怀道:"我定要去看看是怎么一个年高有德的和尚,你叫三老、薛大哥都来这里商量商量。"

范老应着出去,不一会儿,众人都来了。

无怀道:"我想去绣龙山福缘寺访无来大师,问个休咎,你们伴我一路去,好吗?"

陈兴、周通都道:"最好。"薛成也不发话。

无怀道:"谁与我去请李藩台来,我有话与说。"

周通道:"小人便去。"

原来这李藩台不是别人,便是李邦翰,已由历城县升济南府,由济南府调到凤阳府,由凤阳府调升安徽藩台了,都是无怀一力奏保的。当下周通应命去请李邦翰,不一会儿,李邦翰到来,无怀请入里面,把话说过,也将几件重要公事交代了。无怀瞒住外人,悄悄地便带了范老、陈兴、周通、薛成四人，轻衣小帽，雇了民船，投绣龙山来。方到山下，正待泊船登岸，只见岸上站着三人，无怀看了，兀自一怔。那三人中，无怀认得两人，却是田广胜、史卜存，还有一人，是个和尚。周通跳上岸，早去那和尚跟前叩头，口称师父，也引与无怀相见了。原来那和尚就是雪门。

众人正在惊疑，只见雪门和尚合十道："小僧奉本寺长老无来大禅师之命，在此迎候中丞大驾。"

无怀听了大惊，连连回礼。雪门和尚引无怀上山来，田广胜、史卜存、陈兴、薛成、范老、周通等都相见了，在后跟同上山。只见一路有寺僧拈香恭立道旁，迎候无怀，个个顶礼，无怀暗暗称奇。到得山顶，雪门和尚引无怀入寺来，至左厢请茶，众人都入内依次坐了。

雪门和尚道："众位在此小坐，小僧且引王中丞入内见大师。"众人唯唯答应，都在外坐，但见雪门和尚引无怀直入里面来。穿过大殿，走经大悲楼，见有端端的三间小屋，雪门和尚道："此是大师净房。"无怀跟雪门和尚入来，闻得一阵荷香，想："这时哪里来的荷花？"不觉心神一清。入至屋内看时，只见一老僧高坐蒲团上，眉长过颧，须长过腹，双目下视，双手加膝，红光透顶，紫气绕身。无怀想道："真乃仙人。"那老僧见无怀入来，正目一视，微微带笑道："你来了吗？"

无怀这一看，猛可惊觉，却是梦中所见化鹤老僧一般无二，不觉下拜道："望大师指点愚顽。"

老僧偈道："历劫沙数，涉世万千，法身无二，见龙在田，如是如是，唯致知先。"

无怀听了省悟，老僧语雪门和尚："且引他去那里暂歇。"

雪门和尚引无怀出门，来至一处，无怀看时，却是一座观音阁。只见殿宇新葺，宝光闪烁，真乃洞天福地，雪门和尚引无怀来至观音阁后面净房上坐了。

226

雪门和尚道："中丞暂歇，小僧去去便来。"

雪门和尚说着自去了。无怀端端坐在净房内，约过了一个多时辰，左等右等，不见雪门和尚到来，无怀想道："奇了，却叫我如何？"

不知无怀怎生结局，且听下回分解。

第二十四回

观音阁韵语征双雏
绣龙山艳塔传千古

话说无怀在绣龙山观音阁后净房上坐等雪门和尚，久久不至，心中有些不耐烦，一时坐不住，立起来在房内踱了一会儿，看看门外一人不见，静听也寂无声息，便踱出门来。转过弯，是个甬道，打从甬道望去，好像是一座山头，青翠一碧，怪石峥嵘，心想："这外面还有更高的山。"情不自禁走出甬道来。只见是一条花径，两边竹篱上满缀花簇，鲜红姹紫，随风飘荡。抬头四望，一面是稻田细草，一片平野，也远远望得有人家烟火；一面却是大江，白浪横流，似乎听得出滚滚水声。无怀想道："好个去处，真是天工，不是人工。"一时胸襟豁然，气宇爽朗。

无怀徘徊了好一时，走从花径过来，只见一路都是竹篱，一路是花草，一面望江，一面看田，那竹篱沿着山脉弯弯曲曲，约莫走了二三里路，还是不断。无怀喝彩道："好个去处，便在这里优游一世，也不枉为人。"无怀尽往前行，也忘其所以然。走了一阵，只见前面大石当路，又是一峰了。无怀攀登上来，见有几间茅棚，孤零零在山峰上，无怀想道："这是什么去处？真是与尘世隔绝之地了。"走近茅棚前看起来时，只见檐下有瓦炉瓶钵之类，那茅棚共是五间，虽是狭小，却收拾得非常精致清净。对中一间是个佛堂，堂上挂着观音大士像，香烟袅袅，满绕座前。无怀随步跨入门来，见右壁挂的是无量寿佛墨画，左壁上贴一条妃色桃花笺，上面簪花小字，好生劲秀。无怀拢来，看那笺上写的两首诗，兀自念道：

> 人天一去渺文殊，争说坠楼有绿珠。
> 海上剑芒添塔影，江南艳迹传双雏。

无怀想道："好熟，却是哪里见过来？"再看第二首是：

> 凤泊鸾飘事总非，金陵城外认依稀。
> 草堂话别浑如梦，寂历空山人自归。

无怀念毕，不觉沉吟道："作怪，是谁写了这首诗？"便记起南京城外客店里题壁的诗来，原是一韵，分明是说我的事了。

无怀正兀自呆想，只听里面有人声。无怀自寻思："何妨问问这里的主人，哪里来的这两首诗？"无怀跨入左边室内，探头一望，只见一个尼姑，正对佛座，向内拈香顶礼。无怀想："原来是庵堂，也太冒昧了，如何可乱闯入？还喜那尼姑背面，不曾看见，也罢。"连连退出外来。只见背后一个老婆子舀茶过来说道："居士用茶。"

无怀一惊，问道："这是什么去处？"

婆子道："且请小坐。"

婆子说着，跨入左边房内去了。不一会儿，只见婆子引了那尼姑出来。无怀对面打一看时，叫声哎哟，再定睛看时，果然不差，那不是珊珊是谁？无怀想道："莫非梦了吗？"说道："小姐如何这般？"

那尼姑道："居士到得晚了。"

无怀被说，流下泪来，叫道："小姐，是真还是假？"

那尼姑道："假便是真，此是缘法。只是如此，居士珍重。"说着，仍叫婆子回入里面去了。

无怀听了，目瞪口呆，立着痴想，又不好进去，只巴望那尼姑再出来问一问。坐了不一会儿，忽听得婆子在里面大叫道："不好了，师父纵下山去了。"

无怀听叫，也顾不得什么，直闯房内来。走入里面一问，只见婆子伏在窗槛上乱叫乱嚷，指着窗外道："师父纵下山去了。"

无怀急得靠窗一望，谁知窗外是怪石削壁，下临平坡，足有二十几丈高。原来这是绣龙山最高峰，那草庵结在这高峰上，门与福缘寺观音阁遥遥相对，背后临空，都是削壁千仞的怪石。当下无怀伏窗槛上探首往下看去，只见珊珊直挺挺倒在平坡上死了。无怀这一看，再顾不得什么，急得踏上窗槛，死劲往下只一纵，正待飘飘乎仙去，吃背后一把拖住，说道："却使不得，你还不到这时候。"

无怀回过头来看时，却是雪门和尚。雪门和尚仍把无怀搀入窗来，纳在椅子上坐了，说道："你莫悲伤，陈小姐已是仙去了，那山下不过是个躯壳，更有何用？你见得她那躯壳，却追不得她的神灵了。"无怀不说不动，兀自坐着呆想。雪门和尚道："你也不过是要见她的面，如今既见面了；你又不过是要知得她的下落，如今也知得她的下落了，还有何想？"

无怀半晌说道："如今她会来这里，却是何时出家的？怪我来得太迟了。"

雪门和尚道："你便早来，也不中用。你听我说，陈小姐被北林寺罗元劫了去，在太平县城内藏匿了，遇了陆禧，脱了身。只缘历劫未尽，重又入勾栏，又逃出来，因无盘缠，不得搭船，只在瓜洲登岸，单身上路。既饿且疲，天又急雨，已在路中困乏了，再不得走。我便在那时遇了她，也是大师先时曾说：'陈家姑娘孽缘将完了，你去与她可相见，只把她搭救来。'我当时遇她之后，既知是她，就把大师吩咐我的话与她说了。她自是聪明，当下领悟，随我来此，也曾拜见了大师。大师就叫在这草庵住。

"说起这草庵，大师从前造的时候，也曾说将来这里是个发迹去处，禁止一切，游人寺僧等不准入内。这草庵也只通观音阁一条路，四面都是削壁，天造地设的城墙，若把观音阁后面关断了，谁也走不进来，向例不许开门。自从我下山，携了陈小姐回寺，先几天，大师叫人把草庵收拾清净了，也曾雇了一个老婆子伺候陈小姐。当时陈小姐拜见大师后，便悟了一切，即发愿皈依。大师与说：'日后王公子须来此地，当与你相见，你不可后悔。'陈小姐回说：'自知缘法如此，永永不悔。'大师道：'你既了解了，也罢。'即命在草庵净修。

　　"那时我也曾问大师：'既是陈小姐与王公子有相见之缘，何妨早了此事，求大师慈悲，指引王公子现居之所，小僧也便与他送去。'大师摇头道：'不行，不到其时不相见。她若相见，也早见了，岂待你送？不因北林寺一留，石落村一散，更何待今日？你便送她，也只如此。'小僧听得话中有因，也就悟意，这都是前定，一来一往，何莫非数。"

　　正说时，田广胜、史卜存、陈兴、范老、周通、薛成等都拥入草庵来了。众人闻知珊珊投崖而死，都相顾叹息，唯有田广胜不语。范老伏窗槛上大哭。薛成在茅檐下骂道："都是这些贼和尚捣鬼，把人家的夫妻活活地拆散了，还说什么天数地数，年高有德。既是早晓得王少爷要来，如何叫陈小姐做尼姑？既是识得过去未来，也应晓得王少爷升了巡抚了，如何不把陈小姐送了来？我原说和尚没有好人的，偏是你们不信，如今陈小姐寻死了，你们好快活了？还说罗元劫去，实实比罗元更恶。"众人听薛成骂，都不作声。薛成叫史卜存道："史兄弟过来，我与你说。"

　　史卜存道："薛大哥有何吩咐？"

　　薛成道："史兄弟，你难道也是死人？别人不知，你该知得，好歹也通个信与我们，你自己寻陈小姐，却在这里白着眼珠看她死。"

　　史卜存道："薛大哥有所未知，我也在梦里。自与你们别后，我一路访寻，凡紫霞岭七八百里之内，没一处不寻到。前月因我师父有信，叫到山上来会，我曾与我师父说起，我师父道：'不必再寻她了，日后他们自得会面。'我到这里不久，这观音阁的门向来是锁的，我也不知后面是庵堂，还是昨天师父说王少爷要来了，今日必到，叫我一路来接，因此也知道你们都来了。如果早知道这里是陈小姐的庵堂，我死活也要通信与你们。"

薛成道："你看吧，这贼和尚狠不狠？连你都瞒住了。我说呢，你是有义气的人，不合不给一个信，怪道你也是不知。"薛成在外闹了一会儿，入来问无怀道："如今怎样呢？"

无怀道："我不回省了，就在此住了。"

薛成道："也好，你不去，我也不去了，伴你一处过活。"

无怀道："不行，你要与我送信去。"

无怀当下写了一封信与李邦翰，信中尽把这事说了备细，说自今以后，一领袈裟，在山终老，请奏明圣上，开去原缺。并叫李邦翰上奏时，尽说急病身亡，免得麻烦。无怀写好信，即命薛成携投安庆去了。

这里无怀与范老等商办珊珊身后，将珊珊尸身取起，仍置在草庵内，堂中设了神主，白幡素幛，挂起孝来。择吉日吉时，端正净呢瓦缸，盘坐法身，即在草庵前盖了塔院，自有福缘寺道场开场做法事。无怀与珊珊安葬既毕，拜求无来大师，选日皈依受戒。到日，福缘寺山门洞开，宝殿雄启，众僧诵经，大师入座。无怀依礼剃度，大师赐名慧海，从此无怀即在福缘寺为僧。剃度之后，无怀请求大师，愿住草庵净修。大师允准，无怀便来在草庵上挂褡。凡珊珊生前所用诸物，一概不动，无怀坐卧之处，即是珊珊昔日坐卧之处，开门便见珊珊塔院，日日相对，亦是乐意。

这时，陈兴、范老、周通等都在寺内陪住，无怀再三叫各散去，众人不忍相舍。过了多日，薛成回来，李邦翰接信，不胜感叹，也特与薛成登山来看无怀，不免话沧桑之感，动今昔之悲。李邦翰将无怀所嘱各节都照办了，——报知无怀。万武扬的婚事自然不了而了。瑞亲王、四贝勒等都道无怀暴病身亡，不胜惋惜，也无非空文吊唁。当时李邦翰说过话，无怀催他速回，也叫众人都仍回原职供事。

陈兴道："小人本当早回家，只因明公盛意相留，不敢故却，今日小人只便回去。"

周通道："小人也不愿再做事，在此一并出家便了。"

薛成道："我死也不做和尚，我也不去，我与王少爷烧饭。"

范老道："王少爷有我服侍了，不劳费心，望薛大哥正干功名。"

五六人搭搭延延不肯走，又住了两三日，被无怀催逼不过，只得各散。陈兴自回马官渡种田去了。薛成、周通仍与李邦翰去安庆省城供职。范老定要服侍无怀，留在草庵。在后薛成升提台，周通当统领，李邦翰升巡抚，范老因范木大升游击，自己年迈，也接回家去了，不在话下。

单说慧海在草庵送了众人下山去后，定心涤虑，把自己从小生长以来，迄于现在，从头想了一遍，不觉暗自好笑。再看那壁间桃花笺题诗，知得是珊珊手笔，记起珊珊当日在客店和天仙祠原韵，料得这个便是天仙祠神签，竟无一句不说到自己与珊珊身上。想万事皆由前定，不可逃避，又常把珊珊和韵兀自念道：

昔年闺阁今何殊，辜负亲心惜掌珠。
谁道生离更死别，神灵枉说有双雏。

尘海无边去路非，怀人有梦但依稀。
纵然净土留青冢，郁郁孤魂何处归。

慧海念着诗，便去珊珊塔院前祭酒一杯，必祝道："生虽离，死不别，神灵不欺，魂兮归来。"如此，月必数次，引以为常。慧海在草庵挂褡，万虑尽消，心性洞明，每日只翻阅经卷。约过一年，尽把一切经卷看完了，豁然贯通，便参得个中玄妙，觉快乐无穷。

无来禅师知慧海已入佛门，吩咐雪门和尚教以运气会神吐纳之道，又指点了好些武艺。毕竟慧海是个童子，未曾破身，一经指点，自是容易。如此二年，朝晚不辍，便自有了门径。

到第四年，无来禅师命慧海道："今你既内外通明，可以了你的心愿去了。"

原来慧海要与珊珊建造九级浮屠，常时想下山云游，募化功德，只是心里想，口里不曾说出来。谁知无来禅师早自算定时日，先与慧海说了。慧海大喜，即日打扮行脚僧，拴束诸物，拜别大师下山来。一路募化，一路拯济，风餐露宿，不止一日。这时慧海比不得从前的无怀，着实有了看家本领，便来七八个强人也不在意，跋山涉水，自是分内，便有何畏葸。

这一日，来到无锡城，慧海即来观前街，探看从前俗家的住宅，已是别姓人家住了。问起房屋来，还是王家族里公管的，又问有王无怀的人吗，有的说死了，有的说逃走了，也有说做了官。慧海心里想："世间有什么是非？"当下问那家抄化些香金，投自家祖茔来，整整拜扫了一会儿，在父母坟前徘徊了半日，兀自下泪。再寻那舅父梁锡诚住家处，已倒败不堪，门堂开了裁缝店了。又往各处都走了一回，心中寻思："真是一大梦，可笑可叹。"慧海在无锡住了十余日，又往他处，如此云游募化，两年回山，已积香金约九万家，即在珊珊塔院前鸠工建造了九级浮屠。塔成之夜，月朗风清，那塔影正映到珊珊殉情之处，风动时，便听得塔铃咿呀，好似当年倚红偎翠时絮絮情话也。

慧海回山之后，又复修炼功夫，文才武略，聪明才智，真乃不可计数。无来大师便把所有衣钵都传了与他，所以慧海成功，也识得过去未来。后来无来大师圆寂，慧海便为福缘寺上座，曾朝名山，重游天下，直到民国，有人曾见他杖锡说法。所以不肖生说："岂但见过，岂但知道，那山中所谓慧海禅师的，我并亲自会过……"后来泗水渔隐游历其地，过那草庵，并有一律诗，题道：

煮鹤焚琴泪欲吞，美人香草空留痕。

玉台钗鬟埋荒冢，宝殿琉璃照古幡。

雨洗乱山迷去路，云封岔道迟沿门。

古今多少痴儿女，几见飞腾入帝阍。

毕竟慧海禅师后来如何现身设法，田广胜、史卜存、雪门和尚、薛成、周通、范老、范木大、李二、李大、赛飞燕母女等如何尚侠行义，如何成功结局，以及李巡抚如何判理无头大案，并近代侠义英雄来因去果，待在《江湖铁血记》中再与诸君从头细说。

图书在版编目（CIP）数据

艳塔记／泗水渔隐著. — 北京：中国文史出版社，

2020.2

（民国武侠小说典藏文库·泗水渔隐卷）

ISBN 978 - 7 - 5205 - 1675 - 4

Ⅰ．①艳… Ⅱ．①泗… Ⅲ．①侠义小说 – 中国 – 现代

Ⅳ．①I246.5

中国版本图书馆 CIP 数据核字（2019）第 261491 号

点　　校：清寒树　旷　野

责任编辑：牟国煜

出版发行：**中国文史出版社**

社　　址：北京市海淀区西八里庄 69 号院　邮编：100142

电　　话：010 - 81136606　81136602　81136603　81136605（发行部）

传　　真：010 - 81136655

印　　装：廊坊市海涛印刷有限公司

经　　销：全国新华书店

开　　本：720×1020　1/16

印　　张：15.5　　　　字数：197 千字

版　　次：2020 年 2 月第 1 版

印　　次：2020 年 2 月第 1 次印刷

定　　价：56.00 元